起初

纪年

· 中

王朔 著

北京出版集团
北京十月文艺出版社

新经典文化股份有限公司
www.readinglife.com
出　品

29

　　九月，阿娇陷入妄想而嫣儿抑郁了。起初，只是觉得阿娇有点神叨，也不是这二年的事了，阿娇起小就话密，一群孩子中就听她叽叽呱呱，讲故事扯闲篇，我一点印象没有了，林虑还记得，说阿娇小时候老给她们讲她有一个朋友，三寸高，平时躲在树荫里，晚上大家都睡了，钻窗户进来找她玩。我说这不小鬼么。林虑说是阿，这故事可是给她幼小心灵造成阴影，现在太阳天一人从树荫底下走心里还激灵不敢抬头。

　　内时正是晁错蹦哒先帝削藩啃节儿，一天到晚密在宣室殿跟先帝扯，宫里人给晁错起了个外号：晁扯子。我也忘了是谁了，可能是带阿娇的老保姆，嫌她话多，给阿娇也起了个外号：女扯子。后来晁扯子扯出事儿来了，七国反了，让先帝斩了。我们小孩得着信跑去堵阿娇，围着她喊：扯子！

扯子！阿娇气得大哭一场。

后来我们都大了，阿娇还是爱扯内些没用的，什么谁谁谁算命特准，把她小时候的事都算出来了；谁家请了个仙儿，特神，能通阴间，死去的老人你想叫谁出来吧，姥姥姥爷说叫谁谁就能出来。我都懒得驳她，可她不让我睡觉，一边淡扯一边拿手扒拉我，说哎哎你别睡，你想叫谁出来，你特想见你们家乃位老人我帮你联系。我说行，你下回把仙儿带来，让她把我爸叫出来。阿娇说哟，你爸不行，你爸是有牌位的，也算登了仙籍，仙儿叫不动，你想个一般人，你有不太重要的舅妈么。我说你能歇会儿么，你难道不知道么，我是什么人？什么仙儿到我这儿来都得崴菇，法术尽废，原地嘚嗦，人神灵三界我都压她们不止一头。

阿娇说你是什么人，你是天神分神啊？我说咱俩之间就不说内些有的没的事了，我不是分神。阿娇说好像你不说谁就把你当根葱似的。我说是是，您是谁呀，我只是不能相信这世间被安排得这么细，细到每一天，好像宇宙有计划，而目前已知计划都是假说。更不能相信这计划还能叫人这帮缺算出来。神是领导者，你大概不太清楚领导者是怎么工作的，领导者只做决策和看结果，神的决策是要你们光不出溜来，光不出溜去，一根草都不许从世上带走，是不是这么个结果，是，别的，中间你碰上什么事，不重要。所以为什么我说算命的见我都逮嘚嗦呢，兹凡算祸福吉凶在我汉，严格说都不是算命，是算我呢。这也是我和神的分工，您管结果，我管中间这段。阿娇说二大神，我命如何？我说善女子，踏踏实实的，你命好着咧。

我问司马迁为什么女的特爱信凡事皆有前定呢。

马迁说也不光女的吧，心多大，命就有多悬。

养猫之后阿娇颇多感慨，跟我说太喜欢猫了，看见猫就高兴。我说你是喜欢小孩，小动物都是小孩。

阿娇说人说猫是好女孩投胎五次，每一世都必须是好女孩，才托生成猫。我说我信，猫的内种美丽自尊，不随便，还真不是装的。阿娇说人还说，猫是神的眼泪，神看到世间不正义、不公平和生命的苦难，忍不住难过掉下眼泪，世间就有了猫。我说信！我还听说神是照着自己样子造的猫，所以你在每只猫眼睛里都能看到神。不知你怎么样，我是受不了和猫对视，每次被猫凝视就感到惭愧，马上给她们拿小鱼干去。

阿娇说为什么我现在开始有点恨人了呢？我说昂，这种事真的发生了，过去我还不太信，听说猫是使者，来人间一趟不是白来，表面是无辜可爱小生灵，大事缘由是接引颠倒失落沉睡在这个宇宙的异乡者，也即属灵的人。你听说有内招猫体质的人么，走在路上总能拣到奶猫，大雨天下雪天老有猫妈叼着崽儿堵你家门口，开窗就能钻进猫，那不是你拣到猫，是猫拣到了你，因为你属灵。

阿娇说有有有，我就是招猫体质，从八步到黄干干都是我拣的。拣到我怎么了，瞧得起我让我养她们？

我说瞧你这话说的，这么不属灵。拣你，为了带你认回家的路，因为你不属于这个宇宙，你是被囚禁在此。你知为囚禁你本宇宙诸神设下多少道眼障法我们属灵的叫涡子的？阿娇说什么涡子？我说就是打着转儿的泥涡，人在里头，大头朝下，见过溺水的么，江上有漩涡，怎么都游不出来，扑腾半天，死了后男的还是翻不过身，脸朝下，女的能翻过来，脸朝上。

阿娇说代表什么呢？我说不代表什么，可能女的骨头轻。——四道，层层穷叠生生不息的涡子：我观、人观、生命观和看似永恒的大自然也即本宇宙观。哪一观都有看守，就是你自己，如你所见，如你所闻，这一切都是因你而在。故尔你把自己看得死死的，生生世世钉在原地，旁顾无所依，旁挪无从落脚。为什么说你在沉睡？没有参照的生活是无法论断的生活。没有醒着的人同框，永远不知道谁在梦中。而不知道自己在做梦的人，自我惊醒全无可能。你眼睁得再大，在别人看来也是合着眼。故尔猫老师来了！猫老师，上来就站得高，超越我、人，立于第三位阶——从醒的角度说：生命观。现在回到你最初的问题，为什么你开始恨人？因为你移动了，从牢不可破的人立场出离，获得一个新立场也即猫立场也即广大生命同立场怆然回顾，故有此言。

《三坟》有言：恩养动物的人有福了，因为我必不使她永堕黑暗。恭喜你，我的姐妹，你今天一小步，就是挣脱桎梏踏上回故乡之路三级跳。从前你闭着眼，如今你睁开眼。过去你在铁窑，现在你在路上。你知你这一步跨哪儿去了？跨到前无古人呢儿去了。在你之前，古往所有圣贤不过踟蹰在初级和第二位阶也即我、人之间，所言无非做人，未逾人本这一大观——大涡子雷池一步，包括我所敬重的李耳李老师，本来有机会出脱，看也看到了，话也说出多半截儿，又褪回去了，可惜！其所言都可以废了。

阿娇说真吗？我有嫩么高么？我说你行，《三坟》还有言：凡睁开的眼，我必使她不再合上。你已然醒了，再也装不成睡。

讲这个话时是去年，在长门园，因为什么忘了，可能是个节令趴儿，天气老好，是深秋景致，在场人有林忠，手里抱着八步，八步有点老了，身上毛儿失去蓬绒感，若细草，瘦了半只猫，腹下原始袋也没了，这个印象很深。阿娇招呼别人去了，林忠跟我说：我发觉你这人很无聊，没事岔姐干嘛？我说我岔她什么了？我不过顺着她说了几句，过去我老拦人话头，你们说我净给人添堵，如今我顺毛捋，你又说我岔。

林忠说你可算了吧，你说的你自己信么？见过满嘴赶大车的，姐是实诚人，叫楚服带得本来就够偏的，再上了你这通胡车，回头岔道儿回不来看你找谁哭去。

转过年，大概是七月，刮大风内天，庭前雪松连根儿掀了，我在屋里听着呼呼风响，看五福现调糨子糊吹开了边儿呼扇呼扇的窗帛。阿娇在旁边跟我叨唠：昨儿晚饭吃咸了，半夜口渴，起来找水喝，哪儿都没人，走到备办处小厨间，站着一人，正在偷吃，男的，胖子，不认识，我也没害怕，说你是黄干干吧？这人就喵一声变成猫跑了。我说嗯嗯。（刘彻案：黄干干，是只黄白猫，特别能吃，被称作干饭机，因得名。）

阿娇说前儿个你跟我说的内些话其实我没听懂，现在才明白，真的有两个世界。我说什么两个世界，我跟你说什么了？阿娇说你不是说这世间其实有两个世界，有的人不属于这个世界，可是来到这个世界就忘了来路，以为自己就是这个世界的人，混得还挺开心，就是不知内个世界爹妈还在惦念你。猫是唯一能在两个世界之间穿行的小精灵，能带你找到回去的路。

我说我说过么？阿娇说你瞧你这人，说过的话不承认。我说你不是做梦吧，黄干干还变成了人。五福说她就是做梦，昨晚我一直呆在备办处，既没见黄干干也没见皇后，黄干干出去玩了一晚上早上才回来。

阿娇说我掐自己了，没醒。我说好吧，下回见黄干干跟他说你都要胖死了！

八月，阿娇一直住在长门园。很多闲言传回宫里，说长门园进了野男人，皇后大白天看见一个黄胖子在园子里溜达，爬到很高树上下不来，还进了皇后房间。

张汤也听到了这些传言，特来问我要不要他出面加强一下长门园警卫，立案调查一下周边街坊四邻，看是什么人如此大胆。我笑说不用一惊一乍的，应该没事，是皇后闹着玩呢，皇后最近想象力有点丰富。

汤还是私下传唤皇后身边工作人员及腻友五福、楚服、董偃进行了秘密交叉询问，据信是得到了太后准允和授权。秘密的意思是不许受传唤人回来告诉我。

大概受传人提供的资讯不支持传言真实性，因而达不到立案标准反而超出了汤的认知。韩嫣私下跟我讲前日他与众人一起候于宣室殿前待诏，听到汤与儿宽私语，好像在向儿宽请教何谓幻觉。儿宽似乎也不得要领，说了一些个人经历，他姥姥临死前老望着空中喊一些人名字，跟空气说话，好像这些人就在眼前，问他妈也不知是谁。送姥姥出殡来到家族墓地，看到乱坟岗上戳着几块墓碑，才知姥姥喊的人是早已亡故的祖父母、夭折的姐妹，故尔得出结论：就是见鬼了。

我说嗜，问我呀，我懂。下次朝会，谈完待办之事，我回头对张汤说幻觉不是见鬼。汤立刻大红脸，敏感看了眼儿宽。我说你不用看他，不是他说的。

我说你平时心里盘算事是不是用文字？汤嗫嚅不能语，说唔唔。我说想一个人呢，你想过人么，譬如你姥姥，你姥姥还在么？汤说还在。我说呕，老人家真是长寿，姥姥的姥姥呢，不该还在吧？汤说姥姥的姥姥臣没见过。我说那就随便什么人吧，你家谁跟你亲又不在了你们家不会人都在吧？汤说臣父已不在。

我说想他么？逢节祭祀，夜静睡不着，白天你也挺忙的，睡眠怎么样？汤说不太好，有时躺下了还满脑子公事，刚要入眠想起某件未决之事立马就精神了。

我说你呀，真是为工作而生。想你爸时不会是文字吧？汤说是生前样貌。我说是阿是阿，想人还用文字岂有此理。相信你对你爸充满感情，将睡未睡之际，神思游散惚恍，他老人家神貌可有浮现眼前？汤说有。

我说那就是了，念念不忘必有回响，那个说的是幻听；晨思暮想或有梦回，这个说的就是幻觉。文字就是标记语言嘛，岂有无读音文字？看似在默想，其实也在读，读给自己听，未出声而已。老这么暗示耳朵，终有一日，耳朵会神经，把暗示当明示，错误开机，真的听到声音，恍若来自隔壁，有人议论自己，其实是自己心声。你是完美煮义者么？汤说昂？算吧，我愿意把事做得滴水不漏。我说完美煮义也即苛求煮义，苛己每甚于苛人，而世上本无完美这回事，故心底深积对己不满，一旦耳朵错误开机，听到的也全是对自己不满，根儿上是深度反省表现为受迫害妄想。

汤说臣……貌似还没到这步田地。我说并没有针对你，只是在讲一个道理，你瞧你现在已经很敏感了。顺便问一句，在你漫长的一生，可曾有过钟情对象？

汤可怜看韩嫣。嫣儿说上关心你个人生活呢。

我说去！聊正事咧。汤说臣……这方面一向不太灵。我说故人入梦或蓦然惚恍音容栩栩这种有模板的情景再现都可称回忆或者按我们古代心理学叫心识回流。很常见，不尽然，基本属于初级幻觉或者我们笼而统之称之为有视觉经验基础。很容易遭到误解，令不求甚解以讹传讹者哄传为鬼上身。而中级幻觉则无模板，无视觉经验，也即非故人，从来不曾见过，一刻也没有忘记，念兹在兹，晴天白日，这人出现了，无比真实，我、他——儿宽，你周围这些同事相形见假。为什么问你有没有钟情对象，未必是指真惦记上谁家姑娘，是想象，阴麻针——不好意思我这古夏语不留神又冒出来，心想成像——心中摹画反向投射造影于您这双眼，膜，内层膜，活了！你懂我意思吗？

汤说从来没见过？阴麻针？膜？不好意思不懂你意思。

我说行吧，不懂就不懂吧，只是告诉你世间有这么回事，不要因为自己不懂就乱揣度人家。

韩嫣说不好意思，我有点关心高级幻觉是哪能。

我说所谓高级幻觉，就是跟你完全没关系，既非心中所想亦非本世所见之万象万物,简单说就是阴麻针——穷极想象也想象不出的非象非非象,非物非非物,其壮阔、其诡美,之难以名状,惟有绝倒拜服。

儿宽说不好意思,上,我拦您一句,心画同意,反向投影不同意。臣浅陋,臣也是听说,膜只是感光,犹如窗糊帛,成像亦在心中或说脑海亦可,并不在眼。

我说行啊,儿,知道得还真不少,以后就叫你懂弟吧。

散了朝,天儿还早,想着去我妈呢儿展一眼,入长乐宫迎面遇小邢小李望着我笑,说懂哥来了。我说……见过话儿比人走得快的。

30

九月，楚服和韩嫣一起来找我，跟我说我们觉得你该跟阿娇谈一次。我说怎么拉，你们俩这么正经我很不适应。楚服说皇后最近越来越……怎么说，不对了。我说又梦游了？是不是可以考虑把黄干干关起来。楚服说黄干干是无辜的，现在晚上睡觉已经把黄干干关我屋里，倒不是怕他变成人到处乱逛而是他太淘了，他能直立行走你信么？还会敲饭盆、开门，是凡拉门都会开，皇后衣橱可倒了霉，是凡羊绒衣裳都叼出来拖在地上踩奶；最爱皇后梳妆台，粉盒胭脂盒能扒拉的全扒拉到地上几次我从梦里挺身而出……

我说好聪明。楚服说是哈，韩嫣一对猫过敏的人，从不抱猫，沾猫毛眼皮子就肿，就爱抱黄干干，说手感好。韩嫣说敦敦实实，满满当当，真的手感好，跟抱我儿子似的。我说你有儿子了？嫣儿说就蜡么一说。

楚服说您听说过一个叫妈姐瓦酥米的神明么？

我说知道，妈大拿，五帝世代一个重要会道门南社大法师，你们女的邪教老祖，《山海经》中名字叫雨师妾，绝地天通时被帝颛顼镇压，怎么拉，她显灵了？

楚服说雨师妾阿，噢噢，听说过，是我们邻村一姐姐，智力有点残疾，特别爱把一些跟她没关系的事聊成是她的关系，譬如下雨不下雨，大家一般不信她，实在没辙了也拿她当最后一步险棋，现在有些偏远地方求雨停还哭喊她的名字。噢她去了北方，乃年阿？

我说少说也有两千来年了吧，跟着蚩尤大帝过来的，火过一阵。楚服说噢噢，那就是大洪水内年了，两千多年，怪不得，木头也能修成仙了，我就怀疑是个熟人，听她和皇后说话的时候，口音有腊肉味儿，只有我们周围内几个村才嫩么说话，把是吵说成是哈。

我说跟你讲了多少回不要给皇后请仙儿，皇后位尊心思重，多少树精花妖督着她，等着把她往沟里带。

楚服说看来你是真不了解我也不了解你媳妇，你问韩嫣，见过我请仙儿么，我们天天在一起，都是皇后自请，早起起床洗着洗着脸一扭脸仙儿就到了，日间吃饭筷子还没放下，饭还含在嘴里，张嘴就是仙言仙语。只能说皇后太上道儿了。我说皇后病得不轻阿。

韩嫣说正想说这句话呢我，为啥我俩决定必须来找你，真是听不下去，就恨自己长了耳朵，那话说得实在没边儿，我们谁说都没用，她大概也就还信你。

我说她说什么呢她一般？韩嫣说你让楚老师说吧，我真学不来。楚服说仙儿对皇后说今年是她的坎儿，她将有一人生重大变故，她会碰到一人，是她凤昔前尘镜像，于今失散好的、宝贵的内一面，凤昔她是花儿，内人就是她酿的蜜；凤昔她是岫岩，内人就是她含的矿；凤昔她是孤雁，内人是她孵的蛋；是她心底的本色，灵里的爱憎，全部情感的凝华，生生世世失散又生生世世暗生追忆，非与之重逢——重合不能成为完整生命之另一半，还是比较重要另一半。为什么她总觉得若有所失，富贵与她即俗累，宫廷与她如缧绁，在亲爱者堆里也感到孤寒，皆因一直没遇到这人实际她都不知自己在暗暗期待这人故而时陷绝望。

我说这人出现了？楚服说出现了，皇后间歇表现狂喜、忧桑、沉思、矜羞和鬼鬼祟祟乱钻杂草棵子。

我说长啥样儿，黄胖子？楚服说不要再拿黄小胖说事了，人家没招谁没惹谁。韩嫣说开始确曾怀疑黄干干，后来经观察，黄干干只知道吃，舍此就是玩，舍此无追求。皇后严重失望，说我本来就不爱吃，并不缺这一口儿，不能相信自己本色、凝华是吃货。

我说后来呢？楚服说后来皇后陷入苦闷、觉得为难，不知怎么跟你讲，觉得对不住你。我说还是有这人？韩嫣说有。我说你们谁见过？楚服说我们上哪儿见去，只是听皇后说，这个人希望皇后能脱离现在的环境，人家也很慎重，不想惹事，如果皇后能解除和你关系，再带皇后走。我说行拉我知道了，我跟她谈。

又数日，宫里开始摆菊花，蒸桂花糕。我坐在廊子上修发，歪着脑袋采耳。阿娇来了，说九号我们家尝秋会你来不来。我说应了长乐内头妈的会了你不去呀。阿娇说去，长乐的会开得早，午后就散了，我也跟平阳林虑说好了，然后一起去长门。我说姆，舒服。

采耳师傅从我左耳掏出一块奶渣儿大小耵聍，用帕子接住小心包上。我说这还攒着？师傅说哟，您这可不是一般物，是龙沙，大凉，专治痈疔热毒，小儿惊风，张苍公收。我说张苍公真有邪的。阿娇说你这还得多一会儿？我说马上完。歪向另一边竖起右耳。

师傅说这边还蛮干净。我说你要不要掏掏特别舒服，她内行吗，凤沙？师傅小声说不知道没收过。我说应该不是治一样的病吧。阿娇说去一边去说什么呢，现在能看出你老了什么样了。我歪着头说老了什么样儿啊？阿娇说就跟内老墙似的一扑撸就往下掉渣儿。

我说哎哟哟！师傅攥出一根长线儿。阿娇眼睛都瞪三角了，说这啥呀你耳朵里咋还有这玩意？我抠着耳朵眼儿说谁头发进我耳朵里了。师傅说像纱线。

我说不可能噢噢前两天洗头怕耳朵进水拿纱布球塞耳朵眼来着，我说怎么这两天听什么都远。阿娇说你洗头还潜水阿？

西晒阳光铺进廊子，廊中人鬓廓皆勾边，一人一条花胳膊。阿娇说有件事我得跟你谈谈。说完不吭气。

我捧盏水过来，也不吭气，挨着她坐下，吸溜吸溜喝水。她说也许你已经知道了。我说什么事阿没人跟我说。她说我……喜欢上别人了。我说能问是谁么。

她说你不认识。她说什么也没发生，你不用多想。

我说内个不重要。她说我很苦恼。我说人家喜欢你么？阿娇说这个我可以肯定。我说他说的？阿娇说不用他说，我知道。我说明白，好多久了，我不是打听你们俩的事阿，只是多问一句，是一时还是……

阿娇说懂你意思，认识很久喜欢也就最近。我说明白。阿娇说我很苦恼，一边是你，一边是他。我说理解，他什么想法？阿娇说他当然是想让我跟他走。

我说他说的？阿娇说他没说，他怎么说？他很清楚我目前的状况，让我做决定。我说他是做什么的？

阿娇说我不能告诉你，做什么不重要，我看重的不是这点。我说姓什么叫什么也不能说？阿娇摇头。

我说你什么想法，想跟他走？阿娇迟疑了一下，点头。我说想知道我的想法？阿娇点头。我说你相信我跟你说的都是实话么，我没必要这时候跟你瞎说吧？阿娇点头。我说那我能再问你一句，你见过这人么？

阿娇说我知道他在。

我说你别回避我的话，我问的是你见没见过这人。

阿娇说每天见，当然不是你想的内种见，大白天，我上哪儿，他都在。我说大白天，你上哪儿他都在，那是咱们这伙人里的喽？阿娇说不是，不是你认识的人。我说说过话么？阿娇说我们不需要说话，但是他意思我全懂。我说从来没说过话，实际你也不知道他叫什么，是干什么的。阿娇说我和他，关系比你想的深，不在内些表面，我们不是拿话——语言交流，这你能懂么？我说懂。我说那我也实话告你吧，没这个人，从来就没这个人！因为谁也没见过，你住内地方，咱们呆的这个地方也不可能有谁也没见过，谁也不认识的人跑进来，哪怕远远的，不说话，跟你隔着人心识交流。阿娇不说话，一副碰到缺不可理喻的样子。

我说你岔道了知道么？你盼着有这么个人，你对现状不满，对我不满，心里老憋着，凭你自己，没可能改变，久而久之，压抑变成故事，我了解你，和我一样，内心属戏剧结构，七情六欲都是戏。心思都是图景我跟你说过吧？说出来才换作语汇。语言文字才几年，人之为人之前不过呐喊动物，采食流窜经验习取皆仰构图存疑，我要说黄小胖小脑瓜里饭就是一盛满鱼刺瓦盆你同意吧？人之不为人之后设若有魂灵或叫心识或叫希玻子，人间忆回亦是图景而非语文这个我可以肯定。忧伤是棵老树；幸福是午后静谧无人的田野；憧憬和热爱是碧海远帆或一个永远追不上看不见脸的背影，一旦背影回头，瞧见脸，坏了！幻梦、现实两个世界没界限了，你现在就是瞧见脸了。

阿娇优越望着我，似笑非笑。我说你别这样，看傻叉似的。我懂你，你经过的我都经过，我不是内种因偏见、刻意愚弄被锁在无知中的社会大众。心灵求解不能一个人这么闷头干，你听我的，停几天，再看看你说这知心人还在不在，你现在完全丧失现实感了。

阿娇说我没有幻觉，不是妄想我就告诉你，一切都是真的。

我说你上师怎么说？

阿娇忽然愤怒：我没有被人暗示！

我说我就是有点好奇，你怎么会知道妈姐瓦酥米，不记得跟你提过这人。阿娇说你所有自作聪明都不成立了吧。我说就说你们女的有一种隔代心传至今无法解释的自我开启或干脆叫贯穿灵知我也不奇怪。我想说的是即便妈姐不是你心魔，确实是——姑妄说天地间一种超然通观，她揭示你内个人也不是你才刚形容内个人，你想阿，她是怎么说的，你的蜜，你的矿，你的蛋，你的凝华，还不够明么？是你的孩子嘛。她意思是你会得个孩子，您添枝加草，想成相好了。我说你岔道也有这层意思，无子焦虑，对生活失望，对人失望，男的都不是东西，自己生一个全心全意对他好不容他辜负不是老天给你们女的特别恩典特别开的一扇窗么？

阿娇抬腿就走。

我说别走嘛，再聊聊。

阿娇说滚！

九号，我和阿娇去我妈呢儿混了会儿，吃了半块桂花糕，喝了几口糯米醪糟，之后和平阳林虑一起出来去了长门园。一天下来，阿娇都乐呵呵的，我说你扮上好看。阿娇说湿妈，我怎么觉得戴上这冠脸色显绿，个儿都压矮了。平阳跟我们俩开玩笑，说听说孩子不请自来都长挺大了？她也接得住，说都会喊妈了。

平阳说其实一点也不奇怪，我怀我们家老大也老梦见一个大小子，看着眼熟不知是谁，后来生下来一看，我儿子！正常，特别正常，当妈的盼儿子，梦见什么的都有，多少梦见大动物的，都是寄托，男的浅薄复可悲，没功能领受这份深情。

林虑说你揣上了？阿娇大笑，说借你吉言，回头我这就请脉去。

阿娇去招呼别人。平阳跟我说看来也没多大事，她还是挺正常。我说事儿应该没多大，正常不正常这会儿也看不出来。平阳说东西都给她收了？我说收了。

平阳说我说句不当说的话,她身边内几个人你也应该给换了。我说不一下搞得这么激烈,再刺激她。

当日醪糟喝得有点多,回宫躺下一口酸水犯上来胃酸泛了半夜,睡着已经五更。醒来天光已如珠子沿窗隙罗列,东方朔进来推开窗帷,说醒了,看来昨儿喝得不错。我手遮阳光说甜酒不行,喝多了头疼。扭脸见永巷令庄好带着一帮女官候在廊下,说她来干什么?方朔说一早就来了,问什么事也不说,让她进么?

我说等我穿好衣裳的。说……请吧。

庄好入内施礼,礼毕,以目视方朔。我说方朔可与闻奏。庄好说是家务事。方朔遂退下。庄好说皇后已经找到,目前已护送回长门园在太主监护下。我惊说什么叫已经找到,在太主监护下,皇后去哪儿了?

庄好说昨夜五福报告皇后三更起夜久未归寝,遂往园中寻找,遍寻无踪,见墙根残砖一摞疑似有人攀越,遂往宫中报告皇后出走。我司接报即动员永巷、掖庭值夜女官并黄门侍郎分往长门及两宫皇后可能去处搜寻,各处值更人员均报未见皇后出没包括您这儿。

我司即告两宫卫士令及掖门司马请他们派员以长门为点向南扩大至覆盎门、西安门,向东扩大至霸城门、清明门逐间逐里进行搜索,请他们特别留意废屋废园墙角树丛后可隐身处。这时已是寅正四刻,天已大亮,辰时即将开城门,我司急报城门校尉，以有宫人走为名，请他通告十二门门候，开城门时务必重点盘查出城妇人，并告知那宫人可能已经易装，可能有伴儿。

我说你就拣直说吧，在哪儿找到的皇后。

庄好说在城墙上，洛城门城头，谁知皇后竟然走了半个城还上了城头。城头守卒正在吃早点，粉汤羊血油酥饼，麻花油茶杂肝汤，各种凉皮驴肉夹馍……

我说吃得不错嘛，脏摊儿都喊城上去了。

庄好说以为您知道呢，守城各营包括南军伙房只管营里不出勤的人，外面哨位，守各门的兵，早点宵夜都叫街边摊，午晚饭上横门一条街点着名馆子叫餐，一天四顿，各家记账，月底到各营炊办处统一结账。

我说我知道。我还知道你们也没少从外边叫小馄饨，甑糕柿子饼。庄好说该怎么说怎么说，脏摊儿做得就是比宫里好，您知底下人都怎么说咱们宫里内几位大师傅么？我说都是喂猪的。庄好说文皇帝德盛，文皇帝泽厚，四海靡不获福，文皇帝留下的厨师班子不能再用了。我说宫里东西贵吃得不好咱们以后聊。

庄好说开始以为皇后爬城上去，后来分析应该是跟着脏摊混上去。皇后也不知哪儿拣了身男人衣裳套上，像商贩内样儿包着头，看上去就是个少年，上了城不知怎么下去，扒着垛口往下紧瞅，这边正吃油饼兵看了吓一跳，呼喊谁家娃闹甚咧可不敢！您知咱这城头日常闹啥事尼嘛，城里头一些个娃们奇轻把作，瓜皮闷怂，逃婚也有，偷人也有，做下丑事怀上别人娃也有，她大她妈打骂活不成人，上这儿寻死来，用她们内说辞数咱城头风景美，数咱城头离地远，乃年十二门也得跳下去七八个，男娃也有女娃也有，长安老人叫拧次楼，娃们叫万货台。我说我还真没听说过。

庄好说春上江阳侯苏朋家二小子和横门一酒女好上了，死去活来，他妈找人家去了，给钱女方回邯郸，苏家二小子想不开，上直城门跳了楼，他舅他哥还带人砸了人家店事儿闹挺大你没听说？我说没听说。

庄好说我可听说城门校尉专门给底下弟兄们开过班，讲怎么往回拉人，不能离太近不能太拱火动之以情晓之以俗人乐，还规定乃个城楼跳了人全体当班守卒罚拔正步七日，回营吃大锅饭。所以当兵的一看皇后扒城头以为是个怂娃咧，惊着了，汤也泼了，油饼也不吃了赶过去苦苦相劝：为个娘儿们值得么？娘儿们有滴是。据说阿，当班伍长给他长官讲，他长官转述给我司追逃人员：怂娃乐了，这时一个兵果断出手拦腰摆皇后抄回来，一齐仆倒，惊呼：是个娘儿们！

我说行了，过程就讲到这儿。皇后情绪怎么样，是一人出走还是确有同伴？

庄好说皇后移交我司人员后一直未说话，入长门园见太主则失态詈骂继而痛哭，从皇后那里我司人员未获任何有价值线索，询问守城卒皆称未见有人与皇后同往，是独行，我司现在判断亦是独自一人出行。

我说我现在就去长门，只求你一件事，太后那里暂时不要惊动。庄好说这个由不得我。

我喊方朔，叫韩嫣，跟我去趟长门。方朔说韩嫣刚被张汤叫走。我说他找韩嫣干嘛？方朔说没说。我说找辆车，你跟我去。方朔奔出去，从羽林监借了辆值班小马车，我亲自撅着屁股赶车从小南门出了宫。

到了长门，见门前摆了拒马，周边街道及园子围墙把角有缇骑步哨。进园见执金吾、掖庭令、黄门令及其属官一堆人乌秧乌秧站在庭前阶下。我说你们来干嘛，谁叫你们来的？众官诺诺一齐退下，复又堵在园子门口。才进了厅，就听一片嚷嚷，一个人跟头趔趄抱头蹿出来，放下手才认出是张苍公，冠也歪了，纽襻也扯了，大襟泼一身药汤，还粘着草棍。太主跟出来连声道歉，说不好意思，让您受屈了。苍公看见我，狼狈转为蔚然，说人没事，就是有点亢奋。

我抬腿往里走，还没见着人，就听里边喊：滚，让他滚！五福出来说你别进去了，正骂你呢。

跟着的太主说疯了，见谁骂谁，连我这当妈的都踹了一脚。我说怎么一下这样了，头前儿还好好的，谁惹了她了。太主说你都在阿，昨儿散的时候都瞧着呢，没人惹她。我说楚服呢？太主说我来就没瞧见，说是叫掖庭的人带走了。我说我找太后去。太主说你能说什么呢，你想说什么呢？我说阿娇这个事，是病。

跟着我去长乐见太后，人还没出来，宫里就疯传开，上被太后撅了。我从我妈屋出来和小邢边走边谈：太后的工作还要做，说阿娇和韩嫣搞上了完全是无稽之谈，根本没有另一个人嘛，我也做了调查，昨晚到天亮韩嫣一直在郎署值班寸步未离，嫣儿是跟阿娇走得近，那都是发小儿阿我们！他一直很尊重阿娇这都是哪儿跟哪儿阿？小邢说你不用说服我，你说的我都信，可是架不住宫里都那么传，不是今儿的事昨儿的事，你知宫里传他们俩好传了多久？光我耳朵里就小二年，你以为老太太没听闻过，她们内小麻酱（刘彻案：太后日常与赵太妃等几个老人儿玩鞋垫赌大小，御膳房每进小碗蒜汁麻酱粉皮淋陈醋作局间小食，故御膳房一捣蒜泥瀹麻酱，人便知太后有局，久之以小麻酱代指），内几个牌搭子有的没的宫里宫外谁的闲话不传八百年前的事儿都有。我说那你怎不跟我说呢？

小邢说我能说么，说了我不也成了传闲话的？我也就跟小李说说，我们俩也都不信，都觉得不可能。

我说我你不说也就算了，公序良俗我就该最后一个知道。韩嫣那是你叫哥的，你就愣可看着别人那么毁他啥也不说你还像个妹么？

小邢说怎么没说——没少说！少往长门去。你以为他不知道，他也是没法张口，跟谁解释去？堵得跟什么似的，都抑郁了没事呆着就心慌，失眠、听见刮风就流泪，想闪，不是还跟你请求过调走下部队？你没当回事，你净想你自己了，没事就把他发长门去，你是躲了清闲，陪媳妇全成了老韩差事，没法不出谣言，宫里人头二年就管老韩叫凤辇内史，椒房宫太尉。

我说赖我赖我，怪不得最近看嫣儿老是耷头耷脑魂儿没在家似的，还以为是武娇的事闹的呢。必须把老韩捞出来！咱俩分工，太后归你，她现在也就你的话还能听进去点，我扫外围，把内些嚼舌头根子的都访出来，重办！

小邢说你能有点诚意么，太后什么时候听过我的？我也就天阴天晴穿乃身衣裳多吃一口少吃一口把个关，别的事充其量敲个边鼓这还得是问到我了。

我说我不是沾包了么，在太后呢儿已然说什么都是废话了，不让我管，认定我怕媳妇，管不了身边人你也不替我说句话。

小邢说没少替你说话，今儿你来前太后还跟我码呢，说你是他的人还是我的人？嗔着我向着你，说你肯定不知情。

我说你别说我不知情啊，说我知情，一切都在我掌控下，老韩是我安在阿娇身边的人，阿娇是病，我一直给她求医问药——治呢。咱们逮摆老太太往阿娇不是乱搞男女关系而是……淫邪发梦这条路上整。

小邢说那你去说去呀！再怎么说你是儿子，皇帝，自个不敢说让我这小女子替你挡乱箭。

我说你觉得老太太内趣知结构习见来源能听懂人的内心世界会以外化形式出现，把没有想成有的吗？

小邢说不知道，你说的屁话我都不懂。

李益寿迎风站在宫门口，说看你们俩半天了，嘀嘀咕咕，嘀嘀咕咕，就等下一波谣言造你俩了。

这之后，宫里盛传要废后，候选人有邢李。李说喔靠这谣造咱俩头上了，我逮往后稍。邢初还到处解释没我，没这回事。人说有也不是什么坏事。气得找上哭鼻子：你得给我作证我真没这心。上说你这不是越抹越灰吗。上攒了一些神棍灵媒李少君宛若之流以提前拜年为由，组团到太后那里聊天，讲一些黄鼠狼刺猬长蛇可以幻化为人，魅惑勾引良家妇女，某女曾于自家后花园遇一俊俏后生，自报邻家子，与之不伦恋，后结珠胎，生下来是一刺猬；某女曾于灞桥踏青遇一长大汉子搭讪，春心烘动与之私奔，后家人多方寻找，于山中一蛇窝寻见，身被大蛇缠绕，已产一窝蛋，孵出小蛇数条，遭家人熏硫磺放烟儿乱棍打死大蛇救出什么的。用迷信的鬼话熏陶太后，使太后生一些山外有妖天外有仙遐思。据说效果还真有，老太太跟小邢说看来这个楚服对皇后使了妖法，必须严办。

韩嫣下在廷尉狱，上虽不能对抗太后懿旨亦可上下其手请托张苍公出具医学证明：人犯情志不舒，气郁失畅，思维破碎，问话不能应对，间有严重自残倾向，可诊为重症郁症，严重不适合监管环境，建议办理保外就医，居家待审。当天就给捞出来送家去了。

苍公还出了一份关于眼睛的诊断，是捞楚服的，其曰：精之窠为眼，骨之精为瞳子，筋之精为黑眼，气之精为白眼。今患者脑转引目系急，目系急则目眩，邪入其项，中其精，精散视歧，故见两物；是故瞳子法于阴，白眼赤脉法于阳，神精乱而不抟，卒然见非常处，散不相得，故可诊为惑症急性发作云云。

因楚服被关押于掖庭女监保宫狱，上手伸不过去，便将这份诊断交给小邢，让她面呈她母亲庄好，请为楚服办理保外就医，上愿为保人。庄好拒绝接受诊册，说闺女你还是少搀和吧。小邢含臊而退。出长乐入未央，将竹册子掼上脚下：以后少让我干这种破事！

上拾搂起散落一地快板，看了一遭，自语：说特么什么呢！俄而复语：可以留给阿娇用。

这之间，上数往长门，探望皇后，每见皇后于深帷厚帐暗室中沉睡，唤之不醒。太主说一直睡，白晴黑夜地睡，只在吃饭时候起来。上问进食可好？太主说快赶上黄干了，一顿三大碗干饭二斤扒烂肉还不够，还要，这是亏成啥样了。上说介是睡眠债务饿饭债务双恶补。太主说老王眼下是个什么态度。上说有缓儿。

十月，年到了，宫廷大趴儿皇后未能出席。宫中废后流言日甚且有情有款颇见言者用心，有称皇后善妒，擅宠骄矜，十余年无子，每闻上幸诸姬辄以死相讹闹，上收邢美人割回腕，收李美人喝回药，收卫子夫差点投井，上苦后久矣。又称皇后宠衰，娇妒滋甚，女巫楚服自言有术能令上意回，为后设祠请邪神雨师妾，献祭公羊睾丸海狗肾及虎鞭，合药服之并妖蛊咒诅压伏后宫诸姬。又：楚服著男子衣冠帻带，素与后寝居，女而男淫（刘彻案：可能是指佩戴亵具，不堪详解），相爱若夫妇，后复使韩嫣加入，做大三元。

还一类传言直指上和后夫妻关系，说上不举，强举似棉花套，须扶，遇热起球、缩水，故二人无子，皇后也是人，还是女人，搁谁也受不了。此传言亦涉邢，说也就小邢能跟上做一头，因为阴冷，倒合适了。

这些谣诼太恶毒，几无人作想会有不开面儿者敢去与上搬弄触内个霉头。邢数涉谤，无以自处，告病躲在自己许舍以避众口，也有避上之意，她作为上之耳目在宫里已经曝露，遭孤立。汉家起于楚蛮，后宫许舍本来管理松弛门禁不严，高皇帝自是格局旷大不惮泥礼，文皇帝亦是朴讷随和亲切长者，向少清规，恩重于威，故深宫亦有闾里气象，时可见世家出身女官同在宫中当差父兄捉鱼奉果入内探问叙亲。上有时想起问个事，颁个赏赐，现凑一局，差遣身边近侍如韩嫣者辈跑一趟，一个大男人晃进后宫，当庭喊姑娘名，传递东西，也不是什么莫名惊诧令人骇叹景观。

今宫主皇后出了事，太后下了禁男令，庄好亲自带人守在后宫入口处，上欲入亦遭坚拒：您想找谁我给您叫去。上另一线人李美人因也涉谣，传谣者见其飘过皆噤口，也属被宅在圈外的人，她有多不知情上就有多懵懂。（马迁案：许舍，秦称习社，习所，习舍；原指宫闱中专设教习新进宫人应对进退之馆所，后泛指宫人所居房舍。汉兴八十年，一音之转，称许舍。）

冬十一月，有些流言证明非空穴来风。楚服案经特别法庭诉审合一法官张汤与前已审结御史诉长安三百妖妇咒诅厌胜致人民流行瘟疫案串并案，一审定谳：楚服坐教陈皇后祠祭厌胜，挟妇人媚道，弃市。

同案韩嫣经查本系皇帝宿卫，奉旨谒长门，素与皇后楚服等洽近，虽有匿好狎熟之名，实无与闻参造淫行所谓大三元等事，且情节显著轻微，另案处理。

另案另到太后那里，太后随颁懿旨，列嫣两大罪状：出入永巷不禁；以奸闻——听说有奸情。赐死。

长乐女官多人次目睹上伏于太后前涕泣不止，遭太后冷对。亦有长门当值宫人言皇后如今体貌大变，暴肥增重若气吹，宽出两个人，河马腰犀牛背海豚手，面色如皂，走路带喘，不复再见当日丽人，上与皇后见，默默然。

乙巳，上亲往长门，赐废后册，收皇后印玺。后拜谢。二人皆无语。太主叩首谢上。上曰：皇后所为不轨于大义，不得不废。太主当信正道以自安，勿受妄言以生嫌惧。后虽废，供奉如法，长门无异上宫也。

上使方朔往长安东南七十里文皇帝陵寝霸陵左近购得乐成侯丁客吾一处废园，请营造名师未央扩建总工林洁老人比照长门院落布局放大改扩建为一处皇家宫苑，门悬铜匾：长门宫。元光六年迁废后陈氏于此。

据说陈氏下车，举头见匾，神色俨然，拾阶入门，此生再未出园。后七年卒，葬于园内。

31

  十二月（这时已是元光六年），北边、西南待办事多，再次显露旧有以军功子弟为主世官世守循吏队伍已不能适应国家领土急剧扩张需要。驻守边郡军队将领以掌兵力度兼理民事把老百姓当兵带动辄诉之刑杀之弊亦甚突出。下诏各郡征召懂得当今做事人情世故通例潜规，又学过古代内些处世大家道学不甘为民之寒门实诚孩子，由所在各县给他们提供路途所需饮食，随每年到朝廷送户口统计、税赋征收账簿计簿使者一同上长安来，参加中央各府署衙吏员选拔考试。

  公孙弘负责出题自己也答了题。化名齐牧之写了篇策论，说古代没有爵赏，人民却能向善，刑罚宽松人民很少犯法，是因为有尧舜那样本身就是道德楷模君长，对人民言而有信，说不征税就不征税，老百姓信他们。后世又赏又罚，而民不善且敢于铤而走险作奸犯科，原因在于在上者本身不正，老百姓不信他们。厚赏重刑都不能解决一个"信"字。所以要按能力选拔官员，少说空话，不浪费物料制作奢华、装点愿念及妄披艺术外衣无用之器；减税，有功者上，无功者下，有德者进无德者退喑啵喑啵一大通所谓各种治平之策。最后聊到天人感应，声气同则上下和，不但气和形体也会随之和，大家越长越像，一齐发声天地就会产生回应，所谓阴阳和，时令和，风调雨顺，再客气点还能降甘露，五谷丰登，六畜繁衍，茁壮高产旱涝保收优势麦种自动出现，奇草异花妊紫粉橘长满郊野，山不秃，沼泽老有水，这就是和的至高境界了。

太常阅卷老师把齐牧之的文章排在最末，当时参加考试的有一百多人，大概是一百二十几吧，全部考卷送到我这里由我最后给分。卷一厚我就习惯先从后边抽看，有没有跋，这么一堆积木似的卷子，我就从底下抽出一卷，边看卷首作者名边问侍立一旁公孙弘：这齐牧之是谁呀？公孙弘说是、在下。我说呕，倒要仔细拜读。看了一遍，放下卷子说：都是屁话！尧舜时就没个正经国家，天子只是我们后来比诸商周那么叫他，不过是广大赤县一个流浪部落头领，全民游耕，大家几年碰不上一面，才有老农遇天子而不识，说出"帝力于我何有哉"那样的浑话，所谓上不知渠下，下不知有上。天子本人都无世爵，拿什么赏人家？老百姓善不善不见面怎么知道？刑罚大概比高祖约法三章还要俭省，打得过就打，打不过就跑，杀了人也不算犯法，盖因没有有司执法。信，根本谈不上，只不过你没有干涉到他。税的本质是保护费，今天大家都很讲道理，可以文明收取，上古谁跟谁讲理？自己活也叫别人活是很晚近才出现，发现吃光抢光下回——就没下回了才反应过来，得出的教训。才有了国家，从长谋措、奉天承运、各地设局收费机构。我收了你钱，没跑，老在这儿，什么时候来什么时候能找到我，这是什么？这是最大的信。所以不要讲古时比今天有信，那是你不了解古时。弘老——您这岁数我应该叫您声老，按说轮不到我来教导您，可是我必须说，民善不善与在上者私德构不成关系，与什么构成关系，我也不知道。上古，有国之前，尧舜德品再高裱，其德被也不过行藏所至，恩泽止于亲好左右。上古很苦，地广无路，天子遛断腿还是有更多地方顾不到，到不了。尧舜不是慈善家，只是赖循军事共和诸侯选任共主古制那不叫禅让，只能说大节无亏是不是真嫩么锔器还两说着。逢到荒年，老百姓吃不上饭，因无国窖公廪府藏、官僚责分体系，也只能干看着，于心不忍，滴两行清泪，倾己所有，陪着饿两顿，那都叫野蛮。

弘老！上聊骇了，站起来说：我尊敬的齐牧之齐先生，您不能只看贵宗派内些经史子集，贵宗派历史观很成问题，材料很少，构想很多，生逢乱世，有心杀贼，无力回天，贼都不请他。体系出自周，偏偏周自己打自己脸，刨根儿刨到当初，史上第二犯上。只好再往前捯，捯到虚无缥缈，搞死无对证。还是思想方法出了问题，预设前提，前提不存在。以为秦火把书烧净了，哪知秦始给自己留了一本，现在我这里。还是政务活动参与少，坐在屋里憋想法换作我也不免从绝对正确入手，包治百病天下就没这么一方子，吹这个牛第一个绊倒的是自己，这句话我常对张苍公讲，如今送给贵宗派。你这样，不要坐在屋里空想了，下去接触一下实务，西南现在很混乱，一会儿报喜一会儿报忧，说来说去都是要钱，你去就替我搞明白一件事，这个钱花到什么时候是个头顺便也可以回老家看看。公孙弘说我不是四川人。上说哦对对，你姓齐，齐国人。公孙弘说我也不姓齐。

公孙弘去了四川，哪年回来的我也忘了，只记得有一个人向我报告：四川为了通黔滇，先后开工修两条路，修了多年哪条也没修通，巴蜀广汉犍为四郡公帑公粮都花在这上了，筑路士卒中暑劳累死了很多。西南夷索要无度，邀赏不足辄反，袭击我筑路部队，我筑路部队予以反击，一打就散，宣抚罢兵又撅着屁股放冷箭，很多时候最后还是用钱摆平，一里一外不知耗费了多少钱饷，结论是喂不熟，养仇。这个钱花起来没有头。建议可以不再当这冤大头，留点钱干什么不好。我说你的思路很清楚，汇报语言简洁明了，没废话，四川真是出人才，我这里正需要一个你这样的人，我要用你。这人说您已经用我了，我就是您派到四川去的。当时司马迁在旁边，说你不认识他了，他是公孙弘，御史大夫，你有几个御史大夫阿，这还能忘了？公孙弘说我不是御史大夫，我是待诏金门，御史大夫还在呢，张汤。我说不对呀，张汤我不是让他去接石庆了么。马迁说张欧御史。我说张欧不是丞相么？公孙弘说丞相薛泽。我说哎呀呀不说了太乱，为什么我这个年纪就这么健忘，老年失智现在报告最小岁数是多大？马迁说你不是健忘，是心里有事，是不是家庭不和睦，别憋着，容易走内，你跟我聊聊。

我说你真敢打听，我是那能叫家里事拿住的人么？我现在的拧恐是忽然看到人生尽头了，站位掉了个个儿，过去都是往前看，眼下、未来很清楚，现在没未来了，全是过去你懂我意思么？马迁说还是受刺激了。

我说聊这些你确实不行阿，站位决定思考我信了。

马迁说你也别拿这些虚的抬高自己贬低别人底下掩盖着好面儿。我说好好我好面儿，您实在，你想听什么我告你。公孙弘忙捂双耳告退：我不要听，我走。

我说你听说的都是真的。

春一月，我下令停止西南修道工程，集中资金在上郡、定襄沿黄河构筑要塞。实在也不是派个什么人听个汇报决定的，而是大的情势所迫，去年总提会上就议过，有预案。北边形势吃紧，马邑之谋后果渐显，匈国方面去年入秋即开始打草，可能有大动作。故弃一头保一头。犍为不撤郡，还是两个县，任命叶弘为郡守，能维持多久维持多久，不捉急，慢慢发展。

癸酉，为了弥补西南、北边亏空，开始抽车船使用税，范围有所控制，只针对行商。

大司农郑当时建议：近年来由于城市发展，官民生活水平不断提高，人口增加，加上军队大量食用，每年通过漕运调拨关中的粮食猛增，由几十万石达百万石，去年已达四百万石。但是漕路遥远劳民费时，一石粮运费损耗即达三、四斗，尤以黄河崤函段砥柱滩险，每年在那里翻船损失的粮食以十数万石计，人命损失不计其数。而渭水段多泥沙，多浅滩河洲，流量时丰时枯，河道多迂曲，河槽冲淤交替，虽年年清理航道仍时常淤塞，关东到长安的漕船六个月才能跑一趟。如果从长安开一条人工渠，引渭水沿南山北麓直抵黄河，这样可将渭水九百里河曲缩减为三百里，路直，且无淤塞之困，函谷以东的粮米转运就变得便捷，三个月就能跑一趟，又可以灌溉沿渠两岸老百姓土地万余顷，省时，省工，增收，与民方便自己方便。

我说我刚攒点钱你就惦记给花了。郑当时说您瞧您，别处八竿子打不到的地方给挨不着的人花钱大手大脚，现在自己家门口挖条沟倒又抠门了。国家的钱收上来不就是为花么，再者说修这条渠长远说少损耗就是收益，您怎么不说内省下来的粮食粒粒皆辛苦呢。

我问公孙弘：齐老，您脚着这钱该花么？公孙弘说我脚着，该花。我说刚增的税，这下又要加税，减税的话怎么说呢。公孙弘说两说着，该减的减，该加的加，分干什么。我说那就听您的，您说修咱们就修，您说不修咱就还那样。公孙弘说我说，修。我对郑当时说齐老批准了，修。郑当时说齐老英明。公孙弘说能给您提点小意见么？我说您说。公孙弘说您闲的给我改个名也就算了，您别给我改姓阿。我说下回注意。

春二月，郑当时勘定河渠路线，经临潼、莲勺、郑县、华阴至三河口。规划送来时封题写着"刘渠"。郑老说其实您内名讳最合适，彻渠，不是不能叫么。

我说我不靠这出名昂。管什么用阿，历史全是我，我在哪儿呢？亲手将刘渠之刘刮掉，写上：郑；郑渠。

郑老说科别！其实我跟您想的一样，权且当且归根说来人——甭管谁，终将被遗忘，不管你把名儿写在竹帛上还是刻在石头上还是铸在金铜上。留名和留财、多子多孙一样草昧，都属于小执拗大不明白胡乱托付。人来这一世只是借道，还要怎么赖着不肯消失阿？拿曾用名命名地表物怎么想怎么傻。

我说可不么，看着很多明白人活着活着突然不明白了，颠预了，真是不知他们当初是真明白还是装明白。一直不懂为什么求名比求财更为世论高看一眼，根本是一个筐上来的，大家都眼瞎了，看不到。

郑老说都是跟着哄。我说真不愿这么想他们。

郑老说叫齐渠好不好？我说你甭老跟人开这玩笑，人真不高兴。

郑老说那就叫漕渠，为什么非得头前摆个姓呢，显得咱们都挺想不开的。我说也行，本来就是想让你空欢喜一场。拿刀把郑也刮了。

当月，开始征收土地，搬迁渭水南岸红线内村庄。民怨沸腾，围了渭南郡、河上郡郑县华阴县几个地区衙署日夜哭闹。我说他们不知道这是为他们好阿？郑老说知道，还是要补偿，一棵草也不能白饶了你。

我说每当这时我都特想跟齐老说，老百姓是缺教化欠引导，才这么不知道好歹的么？郑老说你说去呀。

我说我不说，他们内单一孔径钻习已经把脑子钻得跟咱们这渠似的，直的，一点弯儿没有。郑老说这钱要是都给了他们，渠得窄两尺。我说窄就窄吧。

三月，下令调集九十七军、九十九军、新九十一军、新九十二军四万人，进村拆房、砍树、清理工地。

惊蛰之后，地层松软，战士们在以石灰划线百里漕渠内，动土开刨。三年后漕渠通水，沿渠老百姓给各衙署送丰收麦穗、特书"功在千秋"万民伞，称赞官府终于为民办了件好事。各衙署向朝廷报喜，送来新麦蒸的馍。我说你们省省吧。把凉馍分送孙弘、老郑，说温水浸碎拌入肥猪肉馅烧狮子头别有风味。

四月，匈奴入侵上谷，六十四军有所准备，依托要塞进行抵抗，还是有百姓和守边之吏遭到杀伤。

起初，马邑行动受挫，总提判断匈国迟早要报复，夏侯赐便拿出一个作战计划，主旨还是要打出去，坐在家里等，这么长边境线实际防不住，也是灌案二期计划本来构想。这四年里，北边一天也没放松，一面修葺关城、边堡，构筑要塞，加强守备；一面加快一线部队步改骑。到本年，第一代畜字马得到儿马已成群，可大量补入部队，雁门五军、云中十一军、太原十三军、十四军分别完成改装。骑十三军随之调上谷，十四军调代。夏侯案计划是先在离境不远地方打一仗，锻炼一下队伍，打得好再往远走，打得不好迅速退回来，边境这边也有接应。选择出击点是上谷、代、云中、雁门西口几个繁荣、交易额比较大的关市。选这几个点主要考虑匈方老客聚集比较多，捉得到人，无论如何都会有战果。首战有战果很重要，不光部队信心提高，我、夏侯、郦坚、大周总提几个人也需要信心，匈奴人能打，且战之能胜。既然撕破脸打，出境我军将视所有匈人为敌方战斗人员，这是当年决定对匈作战灌案形成前早已定下原则。

年初郑当时跟我扯漕渠事之时我这里已秘密下了命令，任命李广为骁骑将军，赴雁门，指挥骑五军；公孙敖为骑将军，赴代，指挥十四军；公孙贺为轻车将军，赴云中，指挥十一军；还有一个重要新人，建章宫尉卫青，任车骑将军，赴上谷，指挥十三军。各万骑，随时准备出动。

起初，很多人认为卫青获此委任是靠裙带关系，沾她妹子夫光，即使在他立下很大战功成为我汉对匈作战取胜最多、战果最大、也是能连天下兵组织多兵种大集团联合作战有韩信样帅才唯一之人后，议论还是有，说我要有这个妹，也能上马使军，封侯授土。

其实卫青还真是靠裙带关系，但不是她妹，是我姐，我姐平阳公主逼着我封他建章宫尉。当时建章宫还没建，只是一帛图样，因为用石青勾描称为绿图，也是萧何内时候留下来，萧老常怀千岁忧，说千年之后未央这几间房子肯定不够住，长安没准都得套一城，我在直城门外先留出块地儿，省得到时候地价高到皇帝家也买不起。我姐说我什么时候往你这儿荐过人，妈家你安排了多少，我这头一回张口你就给我啵儿回来是吗？我说这不是宫还没影儿呢么，一人没有你让我设一尉，能不能安排一别的地儿阿，北军，几个尉他啐便挑。平阳说不行！我应了人家了，就必须是一宫尉。我说按宫尉，高配，下去当校尉行不行？平阳说不行！你不就是没地儿开这份饷钱么，我开，算我的，月俸我出，你就给他一顶缨盔这不算难为你吧？

我说不是钱的事，行行，建章宫尉，我应了，你让他把内身甲穿出去吧，早置了吧头回穿小心拤着肉。

平阳说你不会后悔，你招了多少没用的人，就会跟在别人后倚儿打幡儿，说看菜下饭的话，等你叫人堵宫里都要逮你的时候，你看谁能站出来摆你背出来。

我说你说的内种事就不可能发生。

宫里例行授盔，所有在家的尉、老将都来了，观礼。宣礼官喊：建章宫卫尉卫青。我把宫尉红缨盔授给他，卫青抱拳接盔三拜退下。旁边站的尉、将就拿眼角互瞟。材官将军李假瘪着嘴问我宫在哪儿呢？我说在建。郦坚说军里干吏很缺，真有心栽培，可以放到下面。我说人家自己掏钱就为得个名头。郦坚说明白了。我特地把卫青留下跟他说：你不用随朝晋见，跟社会上的人不要讲自己是尉，就是说是监，低调。

就这样，社会上传言还是很多，什么阿娇善妒，没斗过卫子夫，窦太主替闺女出头，把卫青捕去，要黑掉，在后花园挖一坑，土埋脖子了，被他朋友三署骑郎公孙敖单刀匹马救出来，送到建章宫保护起来。聊得皇室跟江湖似的。还是有很多人信，很多人传。司马迁都信了，跑来问我，有没有这个事。我说你动脑子想想，乃件也不可能发生，窦太主爱女，不是乡下愚妇，还带买凶杀人的。卫子夫入宫我就没怎么见过，真要得宠能安排在厕所组么？阿娇都没听说过她，你要说尹婕妤善妒我承认，卫青住在平阳家，窦太主上哪儿绑他去？公孙敖不是山贼，单刀出营干这种事按律就该论斩。司马迁说是是，我也觉得不太可能。

当时确实有这种情况，老一代打过大仗能统军将尉都老了，远的不说七国平叛挥师千里独撑一方之帅周亚夫、窦婴、栾布都不在了。当年力战第一勇将张羽、戏车第一能把马车赶得跟陀螺似的卫绾现在都爬不上马了。就说马邑行动，几年前的事，能拉十石弓大力士李息现在端筷子都哆嗦，吃饭改用勺，问他十句话九句接不上，剩下一句也是岔。我说您这是怎么回事阿昨儿还好好的。李息说我也不知道怎么搞的突然就没劲了浑身，眼圈黑了，可能拔了两颗牙，拔的。

所以我才把太中大夫换了张汤，也没干几天闹着要走，回司法口，现在职位还空着，我问个事还得到处找人。

部队将领面临迭代问题，尤其是一线部队。内个将不是好当的，要嗓子好，裆硬，骑个马山也得登，水也得蹚，睡觉睁着半只眼，上边有事，下边有事一叫立马起来，脑子即刻恢复清醒。吃饭头一口是热的，剩下全是凉的，再棒的身体干不到四十就一身病，胃里长噎膈，腰肌劳损，两腿两臂肌肉陈旧性拉伤，躺下睡不着，叫不顷刻醒，得缓一阵让人重复一遍，才能明白人家在说什么。一般这岁数就调回朝廷当个宫尉、在五大署安排一下坐办公厅。著名边将李、程、韩，也就李广还在一线，程不识腿伤好了，胳膊还不能过肩,到军务署接了灌夫的缺。韩安国走道还拄拐。

这一拨年轻的、二十啷当岁的就起来了。领头的是公孙贺,已经做到太仆正经九卿,马邑行动已担任将军。(马迁注:我汉惯例,将军不常设,乃战时一等军职,授过杂号将军者以后就称将军。类如京兆尹、左右内史,虽是地方长官,地位却高于一般郡国之守,有资格参加廷议,政治上享受九卿待遇,称位列九卿。当过将军就是在家闲居也享受将军称号,衔称随身。)

我也是后来才知道,卫青公孙贺公孙敖这是一伙的。卫青大姐卫孺是公孙贺老婆,我跟公孙贺属于担儿挑。公孙敖跟卫青二姐卫少儿好过,后卫少儿又和陈平曾孙陈掌好了,蹬了公孙敖但是俩人关系没掰还是好朋友。我跟陈掌熟,二小同学,小时候一起玩过,老实孩子,他有一妹陈瑶跟林虑也是闺腻。我说来来来,咱们几个担儿挑都认识一下,问陈掌他们都在军队安置了你想不想也谋个军职?

陈掌说我就算了,我们家虽也是军功封侯但不是舞刀仗剑内种,我也没我们曾太爷能洞察人心腑照着人黑暗点下套本事,我比较理想生活是袭侯以侯闲居。

我说你不是嫡传,起根儿就是代代妾一路生过来的,袭侯不可能,人正经夫人生的一堆还呢儿等着打破头呢。你这么着吧,到我这儿当个詹事,把咱们几位担儿挑涉卫家事管起来,听说她们家同母异父兄弟也多,这里的事你都熟,你不会好几天又不跟我们二姨好了另攀高枝儿吧？

陈掌说哪儿的枝儿能有您高阿，我准备跟二姨结婚，婚礼我们自个办您千万别随份子。我说必须的。

所以说卫青这裙带深了去了，你们谁要有这关系哪么就是一裙边我也重用你们。关市计划敲定后，我在陈掌家组织了一次担儿挑局。陈掌和我们二姨结婚，我送了他一所北阙甲第宅子，没收灌夫家的，算我随的份子，以后就拿呢儿当了点儿，我们几位担儿兄担儿弟（哥几个自嘲语）有局就是呢儿，都喊陈掌陈局。我把李广也请来，当面托付，让卫青公孙敖喊叔。公孙贺马邑已和李广熟识，官爵又在李广之上，就不搞这套庸俗作风了。

我跟李广说我这俩担儿弟就托付你，初次带兵多给他们传授点经验，以后出国作战可能也要经常配合，对年轻人既要大胆使用也要教他们晓得厉害，千万不要藏一手呕。李广说放心，我就把他们当自己子弟带。

这时就看出小卫青会来事了，双手捧盏给广爷敬酒：听您战斗故事长大的，最大誓愿是给您挎刀，今天能与叔同席，做一日饮凤寨之想偿矣。今后塞外驱效，侄儿即叔胯下马、弓上矢，叔指向哪儿，侄儿奔向哪儿，您瞄准天，侄儿即在天；您瞄准山，侄儿即在山；您瞄准人，侄儿飞、飞，整戳他眼。广爷都给逗乐了，说同在军中为将，不用说得这么砢碜。我说是份人心。

广爷说也没什么好传授的,草原上水源第一,我军行进必依水而止,敌踪亦在水近。匈人冲锋,矢尽自退,自左而右,叠番轮进,只要中军稳住,自己不跑,打上一天,他还在那儿,你还在这儿。卫青孙敖齐说领教了。

四月,匈奴入侵上谷,遭六十四军坚强抵抗,遂扫荡我沿边居落,络绎回撤。我下令执行关市计划,蒙面快马夜往西畤就总提指挥位。因事出于秘,未向社会公布。

公孙贺出云中,平日喧纷扰攘关市竟无一黑发黄瞳鹰鼻络腮客,只有我汉各种长括脸圆括脸黑瞳长髯老汉守着成麻袋布匹粟谷蹲在河滩发呆。询问之下,昨日还有瘦马羸驼载狐貂羔皮衔尾而至,还有天山雪莲昆仑美玉余吾水采的虫草燕然山挖的灵芝约好今日交割,时已过午,一个人毛儿没见着,想来是提前得到了什么消息。孙贺向西北方派出快马斥候,跑至日暮,到达总提严格限定一日马程折返点,所见皆茫茫。

李广出西口,纵骑掠前疙针沟番市,番客皆不走,亮弓矢白刃凭毂据轭猬集团斗。广骑反复冲杀,不得尽剿,遂下马格斗,从车底盘拖出顽敌,槊于地,方鸣噎拧转咽气。尤有数驼马脱围还走,广骑一部穷追至诸闻泽,遇大批匈骑,打了一下没打动,抓了俘虏一问,是匈主力号称最能打之南大都尉苦叻拜万骑。

广迅带五军主力驰至,见匈骑若行猎,三面围我军循行比射，我前驱千骑已七零八落，马皆伏尸，尤能引弓还射者十不及一。

见我大军至，匈骑撤围，两翼雁行。广亦令部展开，与虏偕行。至我部尾绝，虏骑尤源源而至，观其旗号：小谷蠡王尤内湿；大谷蠡王阿特。皆是劲旅。

广命士卒下马，向左向右转——环陈。我布阵停当，匈对我更大合围亦成。

时已至暮，匈人皆下马，解甲坐卧啖肉哺酪。我军掘地为灶，升火熬粥。广曰今夜无事，可饱睡。率先裹毡匐地鼾声顿起。

明日，我军甫起，还未引灶，匈人已结甲执弓陈于马上。继而分列，或百或千并辔而行，继而扬蹄，瞬至我阵前三五十步处，鸣镝至、万箭至。一队回马，二队又至，首尾相衔，周行不殆，尤如旋转寿司，顷刻我军八面遇袭，前后左右士卒如镰割秋禾行行倾倒。

我军亦奋力还射，广取大黄弩三座，六士为厥张，连发如链，止射金档饰首插貂蝉鹖尾者，中一人则余虏簇抬号哭而去。我军操典射人先射马，走马轰然倒地，虏卒跌踬而去，俄而乘生驹复归，踊跃凶狠若前。

战至日暮，敌越打越厚，我军两翼不支，被压缩至胶泥沟、小南梁狭长一线，挤成一疙瘩，各部曲建制已打乱，部找不着曲，曲找不着屯。匈军亦有长弓，集束越顶发射，我中军即倒一片。此时我西南两面六苏木、东梁、柜门口均为敌重兵遮断，从飘扬白旄看分别为苦叻拜、尤内湿帅营所在，彻底断我南归之路。

军长史、司马建议向东突围，与丰镇、马忽我公孙敖部十四军取得联系，经代归国。时，天色已晚，广坚持夜不移军，这不仅是我操典明禁，也是广爷多年行伍经验，匈人善逐猎，攻坚伤亡大，围掠常三缺一，纵敌脱逸，于行进中歼灭。我军伤卒多，弃之军法、袍泽之情双不允，带上走形同蜗行，突破了也跑不了，直打到全军尽没，况复拉开跑，纵使敌拦击不力，掉队、溃散乐观估量十去其七，到时候即便几个将帅跑回国，弃军罪难辞，跑是下策。可是不跑又不行，再这么叫人围着打，打上两天，部队亦不复存在。最佳上策是派人突围回边，引雁门我六军出塞接应。

军长史说连日已派出多路斥候向东西南三个方向突围，期与我二公孙部及六军取得联系，均一去不返。

军司马问中策是什么？广曰没中策。遂议定明晨突围。

是夜，匈人遍生篝火于旷野，饮酒纵歌，遣懂汉语者阵前喊话：李将军，你已经被包围，跑不出去了，我大匈国重用降将，你在汉卖命多年，连个侯都没混上，过来给你一个王做，封地千里。广笑曰妈的可让他们得志了。高声回曰：吃不惯老羊肉。匈方又遣汉降卒喊阵：我是某某，某部某曲某伍兵，老张，小李，过来吧，这边吃的都是烤大腰子，五个人发一姑娘。我军以鸣镝循声射之，内边笑骂：没打着——孙贼！

明晨，全军分食生粟，负锅为盾，集中全军所有大黄弩，对东面之敌实行一刻钟、两拨次急射，遂以军直属材士营强弩校尉路博德为马上先锋，向东突围。

日中，打到丰镇。马忽方向烟尘蔽日，派出骑兵侦察，回报军臣单于率本部主力上大都尉兀吐思部万骑并左贤王太子於单部万骑，左谷蠡王伊稚斜部万骑共三万骑，围我公孙敖部，正在激战中。时，我建制稍全五部三千余骑在军长史率领下已达丰镇，余部携轻重伤员数千人尚未出小南梁。广指挥断后，率骁骑数百前后驰骋，与追敌鏖战，虽身覆熟铜金甲尤似豪猪，负箭无数，乘马屡仆屡换，最后得到消息——一个负伤逃至丰镇骑郎描述——将军身边卒俱亡，矢尽，一人单跪于地尤挺身控弦铮鸣不已，四周尽围胡骑。

军长史判断，敌主力尽出，平城定空虚，我们就往敌最料想不到的地方钻，搞灯下黑，遂命路博德继为前驱，向马厂、北羊坊突进，被围于六亩地。

军做拼死战，三日后矢尽，军没。长史、司马皆战死。路博德伤重昏迷，被当做死人曝尸于野，天葬时被雕啄醒，辗转爬行，遇匈籍汉裔商驼队获救，因驼队是往西走，数月后经陇西归国。

李广被俘后，伤重仰卧不起，苦叻拜、尤内湿先后来看他，表达敬意：久仰久仰。汉话都说得很好，从小都是汉族保姆带大。请来随军胡医，口嚼各种珍奇草药为李广敷伤，对他说安心养伤，不要你做任何屈尊折节事，单于要见你，只是单纯敬重，不愿意归我匈，伤愈也可安排归汉。李广说有礼。遂佯昏不语。

遂命二骑士置吊床于两马间，所谓吊床就是粗麻绳结编网子，匈军将帅长途行军经常卧此床于运动中小憩。匈人置广于网中，快递往单于当前驻跸地平城。

马忽之围也近尾声，除公孙敖率三千骑脱围而归，余者七千士卒皆陷虏手，伤重者或补刀结束痛苦，或弃之于野，天葬；健壮者当场为各王、大都尉、千长、百长、什长或卒瓜分为奴；伤轻能行者则索颈束手结成长队牵往茏城，发卖各贵人、牧主、牧民家为奴。

广于二马间，疾行至后山岔，倏腾身而起，跃胡儿马上。咱也不知道他怎么做到的，躺在网兜里，发力点在哪儿。有司做过侦查试验，当时广爷还在北军总院特护病房养护，全身上下没一块好肉，半拉身子是紫的，脸肿得跟河马似的，大拇指、大脚趾都有骨折，本人不能到场，由北军越骑校尉李广利代为测演，确实能站起来，劲儿全在手上，抓着骑手腰或不管什么地儿衣裳也行只要能吃住劲儿，把人顺势往下那么一带，自己顺势嫩么一爬，能上马，骑手在网兜里。

匈国内边传回的消息也是，骑手光顾看路了，没留神叫人拽下来，还被蹬了一脚，二马并排还跑了一会儿，马上二人拿胳乐摆子使劲互相拐哒，都没使弓，也使不开，网里这位冒次头挨一踹。后跑到岔路口，二马较劲，一个往东一个往南，网兜都被抻平，跟蹦床似的，网里这位弹上弹下跟蹴鞠似的，只顾双手死扣网眼别颠下来，后尾儿还是掉下来了，网兜生给扯撕了，仨人一人一片。广爷打马奔南了，这边本来能射下他，可是临行有死命令：单于要见活口；矢都搭上了，瞄正广爷后心，稍一迟豫，低下半寸，瞄马尾根儿，人马跑出射程，拐一弯，只见一股烟儿了。

广爷壮勇无可置疑，我各边陆续收容五军回归人员近千，皆可证将军力战至最后一刻，矢尽不支被俘，是光荣的。上亦私表衷佩，可是全军尽丧，按律必须下吏治问，广、敖都是将军级，横着说位列九卿，故交廷尉。时，石庆告丁忧，张汤兼廷尉。汤在军方人员郦坚、萧婴陪同下带着花篮瓜果亲赴病房探望广爷。公孙敖无伤，腰闪了一下，在家歇着，汤也去家里坐了坐，送了几贴虎骨麝香膏。都没深究细问，只是说您把经过情况写一写，我按律上呈，该怎么办怎么办。

失军，按律当斩。也要分情况，确无重大指挥失误，坚决执行命令，把部队打光者，一般情况不予追究，或因其失，促整个战役成，有重大贡献，可记功。

张汤无法做这个判断，这个结论要由部队自己拿。

总提关市战役战后检讨也出来了，结论是我们的战役准备为敌预判侦知，匈方早有防备，或可说设伏，致我两军失利，这个大的责任应由总提负。李将军在战役目的未实现，敌情不明情况下，挥师轻进，致军陷围，负有一定指挥责任，可赎。公孙骑将军敖，出关即遇优势敌军，在敌合围尚未完成还留一线空隙之际，果断率部突围，指挥决心下的是对的，但突围组织不力，自己先带领率机关跑出来了，又未在缺口两端组织坚强防御，致敌迅速封闭缺口，大部没出来，且失去指挥，无法组织有效抵抗或二次突围，各自为战，很快为敌聚歼，要负一定领导责任，可赎。

另一位公孙，轻车贺将军，无得无失，无赏无罚。

总提提出表扬是车骑卫将军青，出坝上亦未遇敌，望尘见大股匈骑东去，迅派长骑侦知匈左贤王、左谷蠡王部主力调往于延水西参加会战，于延水东、单晶河西之间无强敌。迅刻抓住战机，发挥骑兵优势，长驱七百里，突袭茏城。（司马迁注：此茏城非余吾水左、狼居胥山阳今单于庭所在之茏城，匈奴语称：麻解里·撒底解比玛杰米；中部单于庭。冒顿单于曾长期据此为单于庭，为击东胡便故，也在这里垒石祭天，也在这里课校人畜，举行蹛林大会。后东方已定，迁狼居胥山，为其地多沃美草场，无广漠赤地故。茏城为汉称，匈国无此谓，或称南北庭，中庭即南庭。边民行贾常入胡地熟稔地理者有称北庭大茏城、南庭小茏城。汉吏不知，故多混淆。）于卧虎湾、三云井、忽鸡图、毫赖四战四捷，斩虏首七百级，快进快出，在东、西、北三面之敌压上前，全军安然归国。

此役卫将军组织有力，指挥得当，战役发起前即对敌充分侦察，组织部队烙饼、炒豆，不带一锅一碗出境。战役发起后，亦对各向之敌充分侦察，做到部队到哪里，斥候先到哪里，充分利用匈国左部人民对我友好亦多汉裔天然亲和民情，对匈国人民亦友好，赠以粟帛，使其民乐为我向导，通情报事，做到敌情明，我情明。发现敌情有重大变化，敢于下决心，突破计划所限，改变战役方向，集中精兵快马，昼夜突进，取得战果即班师，不恋战，不贪大功，故部队伤亡小，建制序列始终完整。撤军时全部战亡者尸首、伤员、残弓、断戟、瘸马牵驮携运入关，还派人清扫关前要隘，不遗一秭一草于归途。

上阅之，说甚好，甚慰。郦坚、大周、萧婴也齐拱手庆贺，说贺上今日得人。上说他们还说我任人唯裙呢。三人说那他们不能再说了，都得服您知人、善用人了。上说可惜呀，我留了个关内侯名额，本来想封给李老，如今也封不成了。三人说别糟践了，封给内有功的。上说你们都觉得合适？三人说只是觉得低了，平城围后我军首胜，首次打到茏城甭管乃个茏城，封列侯给他也不高。上说胡说！年轻人，首次领军，一次给满了以后怎么给，要一点点给。

遂封卫青关内侯，属赐爵，没采邑，故无建号，象征性食三户。

上接见他时跟他说三户老百姓每年地租交给你，你挑一地儿，离你们家近的。卫青说那就挑我们家左邻种菜街坊吧，每次路过他们几家内几亩菜园子，葫芦、卜萝卜甸甸喜人。上说以后你们家不缺萝卜了。

准李广、公孙敖以律赎：金二斤八两。折铜两万五千钱。

上说李将军家里人口多，生活不宽裕，自己又有伤，可不一次性交纳，从月俸里扣，不要扣多了，以免影响生活。张汤说他没月俸了，具律赎死是赎为庶人，死可免，官爵一撸到底。上说是这样阿，那真得另想个办法了。张汤说他没积蓄么，我问过公孙将军，他就准备家里拿。上说据我所知他还真没什么积蓄。

广爷，景帝初即为郡守，二十多年老太守，真两千石，月俸钱六千五，加上边防补助，近万，比中二千石只多不少。后迁未央宫卫尉，正经中二千石，位列九卿，月钱九千。因为属军职，工资比地方同品官高半级，能拿到万二千，加上赏赐，一年能再多拿俩月工资，挨得近么，皇帝太后随手就给了。后又兼总牧，又多拿一份真二千石月钱。任杂号将军期间拿的将军津贴、作战补助都不算，里外里，一年下来半个三公。按说一个月赎一次死都够。可他是真缺钱，军人世家，没有置地意识，全靠内点死工资，家里老人都长寿，孩子多，孩子生养又多，都在部队工作，当个郎，当个尉，工资都不高，还不够自个置装置鞍置军器的，孙辈儿也全交奶奶、太奶奶带了，一开饭用部队做饭大锅，蹲一院子大人孩子，快半个屯了。

还有内些卫士马夫，他一个二千石，出门总得有个排场，养几匹好马不算很过分吧。还内些没提起来退伍还乡老战友，战殁同僚寡妇幼子，伤残无亲部属，乃个见了不得撂下几文钱，真没地儿吃饭了就得让家来，住一个月也是住，住仨月、不走了你也不能撵。所以说他们家开饭半个屯说少了，怎么也一个大屯，每月发的秫米，半个月就光，二千石里就他一人跟单位借过粮，还有拿细黄粱一斤顶五斤跟同事换荞麦。

李敢、当户都发生过这种事，放假回家说吃顿老娘的搅团，扭脸回来不像吃过饭的样子，大小伙子两眼放蓝光，赶车经过路边摊儿，眼睛不看路盯人手里碗，上坐后边都能听见咽口水，说你这不像吃过饭啊。这才回说慢了一步，锅空了。上说有没有这么紧啊，没了再做啊。李敢说还真没隔夜粮，每回都是现买现磨现下锅，我奶都舍不得买脱粒的，只买原粮。李敢当户工资也是全交家里，几回阿娇看见衣裳太旧洗太多遍色儿都花了袖子破个洞露出肘，自个掏钱给哥儿俩置身新的。所以都传、可能也是真的，广爷盼着封侯，不是内三户侯，而是带地名的侯，弄个千八百户老百姓帮着养家，这日子才能松口气。广爷常说：咱也没别的本事，就会开弓，就指着这弓射出几百垧地。

这样，上跟张汤商量，我这儿先把这份钱交上，你跟他也别说跟谁也别说，过个一年半载我再设法重新起用他，再从他月钱里扣。张汤说那不还得跟他说么。上说是阿，内时候可以说了，您这账一直挂着，现在有了，是不是可以清了。必须说，老头傲着呢，要说死账还该着，脸没地儿搁，对别人也是不公平。

上还不放心，亲自叮着张汤核定将来扣俸钱额，每月八百钱，扣两年七个月，把这死账清了。

汤说还差二百呢。上说二百你掏了。汤说没见您对别人这么上过心。上说我还不能有一个敬重的人么？

32

夏，大旱，关中闹蝗虫，从西北大漠飞来，跟阴天似的，这片阴天落在哪儿，哪儿的田野就由夏入冬，青绿转黑白。渭水细若腰，漕船一艘接一艘搁浅于沙洲。

六月，銮驾入未央，向社会发布消息，上行幸雍。

起初，四月，上幸西時，头一天就一头钻进作战室，看沙盘，听雁门夏侯赐前指橘骑回报我各路出击部队战报。对我各部出关未遇敌，关市多未开，显示情报泄露，匈军主力当前位置不明，大为紧张，一直蹲在作战室等消息，饭都送到作战室，摆在呢儿，谁想吃谁叨一口，与郦坚等人分析，单于会在哪儿呢？到天黑，今天的橘报不会再来了，才回屋，想躺会儿。

一进屋，发现屋里有一女的，背对门蹲地上正拿小扇子乱扇，小泥炉上炖着一锅粥，咕嘟咕嘟开。

上说哟，走错门了。女子回头说没错，是你许舍。

上说你是谁呀？女子说我变化有那么大么，我是子夫。上说谁让你来的，大热天你在屋里熬粥，还嫌不够热是么？上一步跨到廊上，喊陈局——掌！

陈掌从暗影冒出来，说：掌在。上说这怎么回事，开始给我乱安排人了是么？掌说我确实有这心，但确实不敢，人是咱姐、平阳公主送来的，我也不能拦呀。

上说你说平阳这么一人，怎么就叫卫青拿得死死的。掌说女的对谁好，那就是真好，天天想的就是怎么对这人好，越上岁数心越重，什么都替他想到了，什么都管。上说她管卫青？掌说管，每天穿什么，里边穿什么外边戴什么都得她挑，亲手给扮上，才准出门。今天去哪儿，跟谁，都有谁，多长时间回来，都得问遍了，超时一分钟，就连着派人去催，三刻钟再不到家，公主大人就驾到了，骂起来别提多难听了，我都没耳朵听。弄得卫青哪儿都不敢去，串个门只能来我家，信任我，有我们家内位给当坐探，俩人勾结在一起，整天聊的就是怎么管老公。上说你们家内位也管你？掌说管，不过我有不服管的招儿。上说你能有什么招儿啊，不就是没实话么。掌说我们家内位脑子不太够使，能识破我一个瞎话识不破我整个故事一句实话没有。上说你说咱们招谁惹谁了弄得天天跟家里斗智斗勇。陈局说你还行吧，我们都认为你还行。

上说我也不老行，谁架得住一人天天老琢磨你呀，天天撒谎也累，还得找一帮人帮着圆谎。陈局说谁说不是呢，不过这事还真不是卫青提的，是姐提的，在我们家，姐说不能让你老一人呆着，卫青还说呢你别多事。姐说那不成，别人不关心我弟我得关心，他胃不好，西畤内个饭就是大油大肉，每回吃了都胃疼。

担儿挑聊了半天，上回屋，跟卫说你把内炉子弄外边去，以后熬粥在廊子熬。卫说我能等炉子凉了再端么。蹲下把粥盛碗里，连勺送上嘴边。上说你要喂我呀，最烦别人假关心！卫不嗳嗳，拿揸布垫着手端起小泥炉往外走。上让开道，追着说少把你们卫家内一套拿出来对我，我不是平阳，不吃这套。

陈局在外头掩嘴跟顶着竹帘出来的小卫说别不嗳嗳呀，不是教你了，怼他呀。小卫说真行？局座说出了事姐夫兜着。小卫扭脸回屋说：怪不得。上说什么怪不得？小卫说怪不得人家都说你不识好歹。旋再扭腰夸哒一甩帘子出去了。上说你回来，把话说清楚，什么叫好歹，卫子夫，你不奉旨是么？

局座往远推小卫：赶紧走赶紧走臊着他。

小卫塔拉塔拉一阵拖拉板响，闪另一屋去了。

一会儿，竹帘窸窣响，上鬼头鬼脑挑帘往外看。

局座迎上去：您要找谁？上说不找谁，瞅瞅不行阿？局说瞅瞅行，您敞可瞅，今儿月亮好，明儿没风。

上呱嗒撂下帘。

明儿一早陈局把饭端进屋，上在榻上看着他啥也没说，一看地上粥碗都舔净了，局敛了碗，躬身退出。

这一天全天都是好消息，李广在诸闻泽抓住匈骑一部，公孙敖在马忽亦抓住匈骑一部，公孙贺、卫青正在扫荡前进，匈骑望风披靡。上在沙盘上找到诸闻泽，中指点着内一点蓝说命广部应歼尽歼。马忽太小，沙盘上没有，只找到东北方向脑包山和盘羊山，上指着这俩山头说山区不是骑兵应行之地，估计孙敖抓住敌人不多。提请前指多注意诸闻泽方向，那里可能有大仗打，必要时可提前使用战役预备队步六军，前出西口，随时准备策应广部。同时命二公孙将军，若当面无敌或敌少不堪打，可超越总提指定各军作战地域，相机向诸闻泽方向靠拢。当然要等总提下一步通报，是不是抓住了大股匈军。上握拳对郦坚说我有点激动肿么破，如果真抓住了匈军主力打得下来打不下来。

郦坚说怎么打不下来，他是主力，我们也是主力，诸闻泽属苦叨拜管区，他就是全部出动不过万骑，我们三个军上去是他的三倍，他再能打，我们三打一，不能全歼击溃也是很大的胜利。而且我们行动突然，他不可能一下完成集结，最多大几千都给他多说了。

上说抓不住单于，抓到苦叨拜也很好阿，一定要告诉前面，抓活的。郦坚说还不知道哪，没准也就是几百个散户。上说那就没意思了，那就全成白忙了。

风大爷送饭进来，见大家都很高兴，也凑趣说了句：今儿中午庆功包子。上一下脸拉下来，说你怎么净说不吉利话，什么事一说出来就不灵了你这大岁数不懂么？风大爷撅着嘴低头放下包子眼没抬走了。

晚上，上兴致依然很高，在廊子上逗了会儿大黄，喂大黄吃了俩剩包子，说你这么信任人，将来人对你不好了你怎么办阿。进屋盘腿坐地上，喊陈局——局！

局入内，说您什么吩咐？上说小卫呢，她怎么不挨这儿熬粥了？局眨巴眨巴眼，说在呢，要熬么？

上说你把她叫来，我要教育教育她。局说得嘞。

一会儿小卫嘎得儿嘎得儿来了，掀帘探头，上正严厉看着她，低头磨磨蹭蹭进来，靠门框玩手指头。

上说你过来，你坐下，我要教导你一些事。小卫顺门框出溜下来。

上说坐正，抬头，别呢儿三道弯。小卫抬头，眼睛却瞟着墙角。上说你到我这儿来工作，首先记着一条：话不能说着一半就跑。小卫不嗳声。上说再一条，不能问你不嗳声，有问就要有答。刚才我说的话记到没有，记到了就说记到了。小卫说记到了。上说那么我问你，好歹是什么？小卫眼睛瞟来瞟去，嗯嗯，嗯了半天，说就是好和赖呀。上说什么

365

叫我不知道好歹?

小卫说我瞎说呢。上说你别!你别这会儿又说瞎说,话从你嘴里出来,你就要对这话负责,你是有所指,不是顺嘴咧咧。小卫说就是人家都说你,对人关心不领情,谁对你好你就跟谁特别——内话我也不知该怎么说了——臭来劲。人家说对你最有效的方法,就是臊着你,都不搭理你。上说人家是谁?小卫说人家就是大家,你身边所有人。上说有平阳?小卫说嗯。

上说有我妈?小卫说嗯。上说我现在跟你讲讲什么叫真正的关心,就是心里有这个人,希望这人好,人好,就心安;人不好,遇到麻烦就如同自己遇到麻烦,甚至比麻烦本人还焦虑。小卫说跟我理解的一样。

上说听着,还没说完呢,而不是每天上赶着去问好,苍蝇一样围着人家嗡嗡转,人家不饿给人熬粥,人家不困给人铺被货,把粥端到人嘴边上,像哄小孩一样还要喂人家,硬要人吃,这不叫关心,这叫讨厌!

小卫这会儿正眼看上了,上说听懂了?小卫说懂了,我招你讨厌了。上说我不是指具体的事,我是泛泛在谈一件大家并不真正了解因而经常产生误解的现象,你为什么非要揽到自己身上呢,你是不能抽象地谈论事物么?对你而言是不是脑子里不存在概念,只是混乱地排列着一件件具体的事,当人们对某些现象进行评论时,恰巧涉及到你做过的同类事你就认为是针对你。可悲阿你这种人！正是因为你们不能把事物归象，看不到诸事之间隐秘的联系，凡事皆有两面性，正反打，非人不取，是事不与，诸事万物在你们那里全下降为人与人的好恶张三和王五的交情深浅，对事不对人对你们就是那么难，才造成数不清的鸡毛蒜皮小是小非你怎么说我了我怎么说你了人和人打成热狗。

小卫说我能走了么？上说你是不是后面这些话都没懂阿，一个字都没进脑子里？小卫说没懂。上满意地说就知道你听不懂，你可以走了。

隔日，全是坏消息，李广确实抓着匈军主力了，而且一抓三万骑，自己陷入重围。公孙敖当前也不是小股敌人，而是单于亲率三万骑。卫青失去联系，给前指最后报告是决意孤军突向茏城。前指派出橘骑追赶，严命其部撤回，橘骑一去也无消息。公孙贺当日全天也无消息，总提以为他也遇匈军主力，还分析这股匈军是从哪里来，实际他忙着往回跑，日落前报全军入关，才放下一颗心，也谈不上什么可贺的消息。

晚上，上回到许舍，对局座说你把小卫叫来。小卫端着熬得的粥来了。上对小卫说粥放下，人坐下。

上对小卫说：你知人最可怕的是什么吗，就是自认为一片好心，因而肆无忌惮，滥施于人。所谓好心，不过主观意愿，单方认定他人有所欠缺，自己有能力补足，咱且不搞内种把所有好心善意都说成自我满足自我感动也很操蛋也很不是东西的归因,就说这是一份单纯良好意愿,愿意把自己认为美好的东西与人分享,可是你真认为自己知道什么叫美,什么叫好么?

小卫看着上,突然反应过来——昂?问我呢?

上说你是不是思想溜号了?小卫说没,听着呢。

上说什么叫美?小卫说阿娇姐内样叫美,还有小邢姐。上说你确定不是顺眼么?小卫说也顺眼。上说你别这么囫囵着聊了,你给我描述一下,为什么邢姐在你眼里是美的,哪儿美了。小卫说眼睛、鼻子、嘴。

上说眼睛怎么了,大还是小,清还是浊?鼻子哪儿好了,高还是不带眼儿,你形容一下。小卫不嗳嗳。

上说这有什么难的,你也没少见这人,回忆一下,眼睛不好说,说鼻子,鼻子总简单点吧。小卫不嗳嗳。

上说噢我明白了,你是不是不单脑子没概念,也不存储图景,见过的人、事儿就像风吹水——过去了。那你靠什么记忆,文字?你不也是文盲不识字么?

小卫不嗳嗳。上说你千万别告我你没记忆!小卫说我有记忆。上说那你说呀,阿娇长什么样,乃只眼睛大乃只眼睛没光。小卫不嗳嗳。上说你脑子里到底有什么?小卫低头掩嘴打了个大哈欠,抬头做平静状。

上说我的天呐!原来世上真有这样的人,你知你这叫什么吗，叫心盲，心里不长眼，眼睛白看，心里没影儿。我滴个妈呀人和人真的不一样，怪不得有人只过今天活在当下，不是缺乏远见，是真的生理不可能。你能复述我昨天跟你说过的话么，挑你懂的说。

小卫说苍蝇一样围着转，不饿还当小孩喂。

上点头说哦，都是形象比喻的话，原来你们是靠这种方式记忆。怪不得怪不得，古老语言多比兴，劳动人民最爱比喻，是不知有形容词，描情状物困难。

上说那你们怎么理解好呢，怎么选择对谁好呢？熟人、喜欢的人、对你好过的人？现在可能没对你太好将来可能用得上的人？不得不好的人譬如父母多数也还算对你好过。嫌弃的人、讨厌的人不会对他们好吧？

小卫摇头。上说不认识的人呢，八竿子打不着的人？小卫说没准。上说要饭的可以？可怜的人，要到跟前了，大家都看着不给不合适，也给点。小卫点头。

上说肯定不像给喜欢的人？小卫说你不这样？

上说我也这样，我不自绝于人类。那能不能说咱们人类所谓的好、对人好，其实是一种基于自利的互助、或称互相救济的行为，根本与美德、高尚无关。

小卫说我们老家就管这叫善了。上说我们老家也管这叫善。但是我理解的善，不是这样的……

上和小卫暴侃一朽，天明小卫闭着眼出来，局座说怎遮了？小卫说我就是熬了碗粥，没完没了。

后数日，军情紧急，上从作战室出来魂儿都没在窍里，遇见小卫跟没看见一样，直着走过去。但是小卫的粥成了必食，晚上上炕前没见着这碗黏乎的还叫。

战役几天就打完了，收容部队，清点损失，吊亡抚伤，战后检讨，追究责任，决定人员处理，一直搞到六月才告一段落。这期间上一直呆在西畤，好像也是不愿意回宫，内头有内头的糟心。这时始有人提出把西畤正式改建为宫，后考虑到此地居民稠密动迁征地是一笔大费用，雍镇又太热闹，距此太近，将来迷信活动和这里的国事活动互相影响，也不利保卫，才把目光投向秦废宫林光墟，占地够大，有现成基础，现上面散落民户所建田舍均属私搭乱建，清理方便。

这期间上的粥一直没断，夜里睡不着就把小卫叫来，一聊一朽，有时能听到屋里哐哐拍案子，跟审犯人似的，还有挪家具声，夜深人静，听着有点骇然。

局座、打更的风大爷都有点好奇，局座一句没问，风大爷熬粥时候有时会搭讪小卫一句：上都跟你聊什么呀，这么亢动。小卫十分疲倦，缺觉，熬粥时间长，坐等犯困，有时就让风大爷帮着看火，自己屈膝埋头睡会儿，跟风大爷说教育我呗，学不上来，都是男人自以为是的想法。风大爷说那也是为你好。小卫说现在知道阿娇姐为甚不愿意当皇后了。风大爷说为甚？

小卫说去你个死老头子，这你也敢听？

粥得了，风大爷叫醒小卫，端去送给上，几次都让上品出来，说不对，今儿这粥不对，锅没刷。

小卫说刷了。上说时间不够。小卫说整俩时辰，看着漏刻呢。上咂摸半天也没咂摸出哪儿不对，还是说不对，有老男人味儿，是风大爷熬的吧？

风大爷向局座辞职，说这儿太压抑了。

六月，大家一起撤回去了。七月，查出小卫有了。

宫里管记录皇帝性交次数和性交对象的庄嫩来找上，说没办法这是制度，我必须问您，是你的么？

上说是。庄嫩说那就提前给您道喜了。宫里内帮女的，邢、李一齐来给上道喜，说你行阿。

33

秋八月到九月，匈骑不断入侵我各边。原来一向太平的渔阳入侵次数最多，规模最大，据报来敌是左谷蠡王伊稚斜的部队，其部越过左大都尉管区直接打进来，打得很凶，我守备六十五军应对得很辛苦，部队指挥还是有问题，不能执行坚决防守，几次攻出去，都吃了亏。于是任命渔阳老太守、有守城第一美誉现未央宫卫尉（接李广职）韩安国为材官将军，带强弩五营、大黄弩千座赴渔阳屯戍，统一指挥调度六十五军和渔阳郡内各边防、内卫部队。

元朔元年冬十月，上在新年团拜会上看到满朝文武尽是军功旧勋世家子弟，数代富贵，累世守官，行状虽每闻骄蛮，谈吐眉宇却止见养尊日久肥润恬逸和多多少少都带点的老官僚暮气，聊起来还是当年，谁家老爷子和谁搭档出武关接吕后太爷，一路内个难，到了没接着，打钟离昧牺牲多大带伤几处和谁家老爷子当年也是我汉最早内批骑将，与灌婴、李必、骆甲一起大破楚骑于荥阳东，使项王从此不能过荥阳西。

上问薛泽你是三代侯吧？薛泽说是。问庄青翟你也是三代？庄青翟点头。问张欧你是二代侯？张欧说没袭侯，我在我们家排老小，侯是我哥张奴袭的，后又是我侄儿张执接的。上说你努努劲儿，自个奔个侯。

张欧说我都多大岁数了，还奔呐？我不是你们同辈人，我比你们乃个都大至少一代，跟你们爹是哥们儿，你们都得管我叫叔。跟上，那就没法论了。

大家掰着手指头数高、惠、文、景——四个皇帝三代人；上算皇四代。

冬十一月，上亲自写了一卷诏书：我经常给有关部门负责人写条子，要他们注意选拔平常就不爱搞吹吹拍拍请客送礼拉关系家里也没人做生意的正派人，家庭关系和睦敬老爱幼你们乐意叫孝子也行的厚道、但不是滥好人、有主见读过私塾的素人，到政府部门担任官吏，以其表率影响民风，使古代圣贤的德脉得以延续。古代教化倡行的时候，十户人家小镇就有忠厚诚信的人，路上走着三个人就有一个具备传授知识、能解释世界为什么是这样、我们是谁、为什么在这里或至少有一门冷知识——的人。今天这么大个国家整个郡整个郡都没听说有一个这样的人，是真没有么？其实是上面的意思不能传达到下面，使下面自学成贤积德成智的人上面看不到。举荐一个贤人就能得到天子厚赏，遮蔽阻扼贤人进阶之路者就要公开处死，这是古代天子聚集人才的方法。今天有人提议，二千石以上官员不能举荐贤人是犯罪！有司根据法律规定找到罪名：其下无孝子，类等于不奉诏，当以不敬论；治下无廉能之士，类等于不胜任，当免。我同意了。

上拟好诏书，交给公孙弘，说你把这写成官话吧。

孙弘看了遍，说这个有司是张汤吧？遂一挥而就，将白话改为雅文：朕深诏执事，兴廉举孝，庶几成风，绍休圣绪。夫十室之邑，必有忠信；三人并行，厥有我师。今或至合郡而不荐一人，是化不下究，而积行之君子壅于上闻也。且进贤受上赏，蔽贤蒙显戮，古之道也。其议二千石不举者罪！有司奏：不举孝，不奉诏，当以不敬论；不察廉，不胜任也，当免。奏可。

上看了说雅文就是有力，顿抑上口，其弊在于指约太简，一个字把因然使然都包括了，其实损失很多信息，读的人知其义所涵也就罢了，不知道的永远停在字面第一义做俗解。

孙弘说您这不是给老百姓看的，是给二千石以上看的，他们都懂。

上说你瞧着吧，他们不定送多少老实糊涂的人来。

十二月，江都王刘非薨，得年四十有一，谥"易"。

上说我刘氏一门男子除高祖得寿五十有三，余者皆寿不过半百，有人能给个说法么？朱买臣说生于忧患，死于安乐。上说这就是典型的不懂装懂，拿道德判断强解生命中尚无解之事，你去问问天下有哪一个人认为生于战乱有利身体健康。终军说死生有命。

上说这也是把问题推给无法求证，跟内些把答案全推给神、妖、道的小信者没什么区别，是省心，也是偷懒。

吾丘寿王说还是减少膳食，人一生吃的东西是有数的，多吃一口，少活半天。

上说前半句还像话，经验之谈，胖子都知道，吃多了得噎膈。后半句笋纪在哪儿呢，你从哪儿知道的？

吾丘寿王说前半句张苍公说的，后半句听您说的。

上说那就对了，苍老之术本是经验之学，究根问底扯天扯地。我说的就是真理么？我不过是个行政权威，看病你敢找我么？现在可以告诉你，我内是胡说。你们呐，读尽圣贤书，如今可知圣贤局限性也很大，道德不解决所有问题，连人生基本困惑都不能解决。

终军说那您为什么又下诏举孝廉，接古代圣贤德脉，绍休圣绪呢？

上说你怎知我说的古圣先贤是指贵宗派名人呢？贵宗立派不过三四百年，从根底、源衍、术养积发哪个方面看都属新学，虽上攀三代，尧舜信载皆是施政纲要，并无只字真知传世，黄帝浮说皆为乡谈附会，司马迁都不敢采用。我所言古圣是在那更古早的人，我要续的德脉是她们内枝，礼失求诸野么，看看穷乡僻壤还有什么畸零散落的种子。至于其德，其礼，其绍绪之圣，那是你们连想都不敢想，听也没听说过，全在你们想象之外。可悲！太学号称魁阁，博士号称渊远，所习不出五经，俱是一家之言，以后也不要叫太学了，叫你们一言堂。

陈掌退朝问上您真是这么想的。上说我不是这么想的，公务员队伍也要加强。

自此朝中文臣上朝多缄口，非点名不开腔。私下议论上有桀纣之才，知足以拒谏，言足以饰非，居高临下，没法跟他说话。谈工作事先统一口径，说咱都这么说阿，到时上点到谁，都是一个态度。有时谈到大臣们皆以为不可之事，譬如上又要增拨军费，增添军备，重新补充武装去年损失的军队。问到大家，每个人都说这不是现在立刻要做的事，军队的损失可以一点点补，首要应该考虑的是重新调整基本战略，是不是要对匈国采取进攻姿态，如果一定要取攻势，增开多少军费，补充多少军队也是不够的。点到公孙弘，公孙弘说战略要调整，军队整补也刻不容缓，两件事可以同时进行。几次大家采取一致立场被他勾兑大家立场和上意愿撒一步把两家诉求都摆进去看似不偏不倚实际是阿附了上的意愿。大家都说这厮也太鸡了。

遂私下一致议决，每上朝令孙弘头一个进言。弘说公平点好么，也别咱们定发言顺序，还是让上唱名，唱到我，我就头一个说。可能上习惯了最后听孙弘意见，认为他看问题更全面，考虑事情更周到，还是点完一圈人，最后点孙弘，还是每回把大家搁呢儿了。

在修建甘泉宫这个点上大家的不满终于爆发了。底下开小会孙弘第一个说这个时候营造宫室看不出任何必要性，如果因为西畤指挥中心距长安太远，銮驾来去费时又无法保密，坐在家里指挥岂不是更好，未央宫这么多房间，放下一个作战室有什么难的，况且现在也没有进行战争，建那么大一个宫殿作为战时指挥中心很难服众。本来有些人还认为皇帝盖别宫是家务事，朝臣干涉不大好，毕竟今上一个像样别宫都没有，在家呆烦了出来转转经常跟别人借房子住，对地方也是很大滋扰，一般列侯还有至少长安封邑两处产业，问题不在需不需要盖，而在从哪儿出这份钱，如果皇帝自个掏腰包——少府出，那大家没话可说。孙弘这么一说，大家也很认可，说同意你，少府的钱严格说也是全国臣民缴纳的，到时咱们一起劝劝上，能劝动最好，劝不动也不吃劲，就让他自个掏钱盖。

到了朝会，大家其实态度都挺模棱两可，说可以盖也可以不盖，晚盖比马上盖好，这几年征调军队，修筑道路，开挖漕渠，动用的民力已经很大了，不能说每一户，至少每一邻每一里都有孩子在外服徭役。可不可以等一个工程完了再进行下一个工程,譬如漕渠,再有两年完了,那时再动工不迟。问到孙弘,弘却出人意料地痛快:愿意盖盖吧,您自个的事自个拿主意,根本就不该问臣子们,农村盖房子全村打招呼是请大家帮工,城里也就拎两坛酒左邻右舍告声惊扰。

大家鼻子差点没气歪了,看着孙弘暗竖大拇哥。

汲黯没绷住,站起来说齐人就是奸诈没有真情实感,本来这件事他挑的头,不同意建宫,我们是附和他,结果我们帮他说半天,他倒变了,不是头一回了,这能叫忠于友人、忠于承诺么?上问孙弘你怎么说?

孙弘说了解臣的人知道臣忠的是什么,不了解臣的人才会说臣不忠。上对汲黯说你们这个同僚间动不动就互相揭发我以为很不好,他背弃了你们之间约定属不义,上升不到忠,你站起来把他老底揭了也属不义,我看你们半斤八两都差不多。

春二月丁丑,小卫顺产,是个男孩。一帮女的都高兴得拍手尖叫。太后爱惜不已,亲自抱着襁褓给婴儿盖着脸顶着小寒风去给父亲看,风中匆匆而行的样子像偷了谁家孩子。上方起,正在擦脸,放下手中毛巾看了眼婴儿,说很好。李美人说你是心情激动无以言表么?上说实情,其实没什么感觉。太后说你怎么能没感觉呢,这是你的骨肉阿,你瞧,长得多像你。

上说儿子随妈。太后说你给起个名呗。上说最怕取名这种事，叫太卜随便掂个名吧，不要太生僻，写出来自己都不认得。

太卜掂名：据。《左传》曰：神必据我。《论语》曰：我据德。上说太卜现在起卦都用儒家经典了？

太后私语上：这回好了，可解了我心头一块大石，这一阵把我愁的呀。上说您愁什么呢？太后说你是真不知还是假不知，我愁什么，还不是你，后位空虚。

上说嘻，这有什么愁的，我很好阿，身边少一摆设，每天能多出很多时间想工作。

太后说说得跟你一心扑在工作上似的。老百姓家娶媳妇盖三间土屋还要留间正房。前几天，乡下你二舅姥爷来，说起你，你知咱老家乡亲们怎么传你，一口馍分两下吃，有今有明没后。

上说我去他老乡亲的有他们什么事。太后说甭管有人事没人事，你也确实有问题，这些日子我也私底下摸了一遍，挨个问过宫里这几位，有没有什么意思，没一个接话的，都好像我要害她们，连尹婕妤都告饶说太后开恩，太后高抬手，您让我多活几年。你到底有什么问题呀，你甭不好意思，我是你妈，你跟我说，咱一块想办法，没有过不去的火焰山。上说您可真逗，我能有什么问题呀，我儿子都生了。太后严正说真要有问题，那这问题就大了。上说咱俩别聊了，从今儿早起您说的话我就没一句能接的，我就告您一句，啥问题没有，有也是人品上的，我承认，我人品有点次，谁跟我呆久了都受不了。妈说哦，我倒没觉出来，你还能次过你爸？现在的女孩子也是真够可以的阿，为一个人品什么都能放弃。上说您也别这么说，都是远看着好，近常了才知道厉害，您往回头说，让您选，您还当这个后么？妈说再选一次？我想想……可能还是当，我有一家子亲戚在后倚儿阿，我还有你，我得为你想。上说没我们，光您，您和我爸，您愿意么？

妈说光我们俩，那我得考虑考虑了，我也不是说非得专一阿，可是弄啥都得排队，万人一个家，见天跟赶集似的，也是够了。上就乐。太后说不过现在问题都解决了，也不用为难了，正经人选有了，乐意当得当，不乐意当也得当，不能让孩子长在单亲家庭阿。

三月，甲子。先册卫子夫为夫人，继立卫夫人为后。赦天下因奸获刑城旦鬼薪者。诏曰：朕闻天地不变，不成施化。阴阳不变，物不畅茂。《易》曰：通其变，使民不倦。《诗》云：九变复贯，知言之选。朕嘉唐虞而乐殷周，据旧以鉴新。其赦天下，与民更始。

上端着儿宽草拟的诏书看半天。儿宽说行吗？

上说拿去发吧。

当日，陈掌家有一担儿挑局，没去，去了宫里的美人局。李美人邢美人同日册夫人，共祝酒：敬全乎人。上饮下，唉，唉，连声叹气。李夫人喜形于色，说：没别的要求，怎么提她们家人怎么提姆们家人。

邢夫人说你怎那么丧阿，没个喜兴劲儿。

上说没有，也高兴，只是没觉得非逮高兴得蹦起来。邢说总是了乐一件事吧，死了有人给你上供了。

上说我用他？没觉得死了还用像活着这么累，这也惦记那也惦记。又多了一操心的，万一长不大咧。

李说你说你说这些有意思么，你们家孩子再长不大别人家孩子就别要了。

上说有吃有喝有势力就能长大？男孩，这一辈子，嘁——，不像你们女的。让我选我都不选生在这个家，我要当个小家碧玉，每天就是描眉画眼等着人勾搭我。

李说你以为我们女的容易是么听着都新鲜。

上说应付内些人很烦。

邢说你要是一女的才叫不上不下呢。你就烧高香吧，这辈子摊上这个家不知几辈子积的德。

上说许是遭了很大难，穷死饿死，上天也看不过去，叫我这辈子翻过身来一步登天，你们不是就认财禄寿，人上人，有面儿，想啥来啥，山珍野味，到哪儿都能搞破鞋，管这叫有福，这回给你码到头，福贯满盈，敞可吃敞可造，把人的瘾过全了，过淤了，过成恶心，吃什么都不香了，棉花套了，再问你害想咋滴。《三坟》说：总要好也经过，坏也经过，才不再来。

李说你觉得我们是破鞋是么？上说没内意思。

邢说你觉得好、不恶心的一辈子是啥样阿？

上说不知道，就知道饿死叫人糟蹋死不叫好。

邢说听文君说，人家史家毛呢先生是经过无数世，生生世世为轮子王，生生世世放弃这点尊荣祥受，舍一切布施，王位、财富、妻儿、眼珠、蛋蛋，连最后一丝血肉都舍与蚊蚋，才得觉寤。你这才哪儿到哪儿？

上说你怎知我前世不是王呢。邢说您是奈位贤王阿，左不能是你爸吧。李说我看你什么都能舍就舍不得蛋蛋。上说活着舍阿？李说废话！死了还要它做什么？上说你们不是拿去荷包蛋阿？李说喊，无知！一听就不会做饭。

上说我跟他不是一路子，我们这路子讲究的是以一种积极尽责的态度去行各种事，不留下任何没做过的事，不留下任何可能的自由未曾实现，以此来恰当回应自然所给予的配置，并穷尽其所能，才得解脱。

邢说你们这路子挺惯着着自个。上说你们俩最近和马相如两口子走得够近的。李说有时宫里伙食吃腻了，从她家点个酸菜鱼。

34

夏四月，与阿老、栾、卢他之议卫氏朝鲜事。

起初，燕王卢绾叛汉出逃匈奴被封为东胡卢王，居住在长城下马訾水和浿水之间，经常受到沃沮、高句丽、东濊和其他东夷小部落侵凌，生活无着落，又不耐塞北严寒，部队渐渐瓦解，卢绾本人亦在一年后郁郁而终。他部下一个叫卫满的骑校尉，带领手下人马并纠集战国时流亡此地齐、燕遗民千十余人，换左衽之服，梳椎型发髻南渡浿水，投靠箕子朝鲜最后一任君主箕准，请求为朝鲜守卫西北边境，收容中国亡命者为其藩屏。箕准准了，将原燕国辽东外徼也即辽东障塞燕长城镇戍之地方圆百里无人居住所谓上下障地区封予卫满居住，赐圭，任命他为博士——这是因为他懂中国更多事么，还是箕准对博士有什么误解。

卫满在那里没住几天，诈报汉军十路来攻，请求到箕准身边来守卫他。箕准也懵了一下，说行你来吧。扭脸一想不对，汉军来攻你应该守在北边阿，跑我这儿来做什么，说你别来了。卫满一杆子人已至都城王险城，当地驻军毫无防备，大概也没几个人在营，都在家里打年糕，经过短促激烈战斗，箕准带一家子跑到南部马韩去了。老百姓灰头土脸默默走出来看热闹，王宫已经换挺儿，出来的人脸儿生，说国家改名叫卫氏朝鲜。

时，高祖新崩，惠帝初立，高后掌权，天下也是初定，哪儿哪儿都漏着风包不圆，顾不上东北角这点事。辽东太守阕氏侯冯解散刚从雁门调来，对辽东谁和谁也分不清，唯有卫氏朝鲜人说话听得懂，冯解散部队也有燕人，说这卫满就是我们邻村一混小子也不怎么叫他抄上这么一个王，穿得跟灯儿似的。冯解散说天下大乱地覆天翻，咱们不都啥也不是弄成是啥了。

遂与卫满约，你就算咱派出去的，替咱看边，不要叫蛮夷进来偷东西，他们想来进贡，也不要阻挡。

然后把经过写成奏章报上去，高后批了。卫满遂在王险城正式登基称王，对外称我汉藩臣，网罗中国内乱流窜出塞的散兵游勇，说你们参加我军也就算归汉了。仗着这批兵油子攻打周围小聚邑，掠夺他们的财物，向东北、东南方向发展，降服真番、临屯诸蛮部，拓地千里，是南越王赵佗式的人物。到今天传位三世，坐在朝鲜王位上的是他孙子卫右渠。还是延续他爷的路子，主要依靠以汉流民为主的队伍，向外扩张，誓要打通东西海岸，最近屡屡压迫东濊君南闾部，该部通过关系向我表示，宁肯降汉也不降朝鲜。

上说愿意归附是好事阿。阿老说可是花钱的事，这个东濊北面是沃沮，南面是辰韩，西面是朝鲜，东面是大海，三战之地，四面受困，只凭上下障走廊一线与我汉相连，还时断时续，不时受高句丽遮断。如果我们接受他们为外藩，他这些麻烦就成我们的麻烦，东夷各部之间宿怨世仇你打我我打你是每年必过的节，到时向我们叫苦，你管不管？管就不是辽东一个郡的事，辽东内个六十九军我去看了，部队素质也就是中下，干吏严重老化，装备也很陈旧，守在家里还可以，真拉出去未必干得过内帮蛮子。辽西、右北平、渔阳自己守备任务就很重，基本抽不出力量帮助辽东，就要靠环鲅鱼圈各郡广阳、涿郡、渤海、东莱、北海、琅邪——冀、青两个州力量。上说又是一个东越。

阿老说严重的问题还在于东濊近年连年遭灾，土地绝收，粮食不够吃，一个几十万人口的酋国在东夷也算大邦抱歉犯了高祖的讳。上说没事。阿老说能拉下脸来自请臣附也是山穷水尽真没了辙可想。我们要应许接纳首先就要给他们运粮。这几年我们冀、青两地也屡受灾，向关中调运漕粮能力大为下降，自己都不够吃，再背上一个东濊，恐怕就要从民口夺粮了。

上说那么不管呢？阿老说不管，东濊不是被朝鲜吃掉，就是被沃沮、高句丽、辰韩三家瓜分。长远看匈奴力量早晚会进入辽东，一只鞋——这是我署给伊稚斜起的代号——已全面进入左大都尉管区，屯重兵于饶乐水之左，纵骑驱乌桓，这也是去秋以来我渔阳屡起烽火之肇因，其兵锋时达辽水，有跃跃东探之势。据我署侦知，单于之使与扶余、高句丽、沃沮诸东夷强部往来频密，节旄相望于途，互赠皮毛、良马，匈国向我方输入的碧玉、巧色玉多来自高句丽转口贸易。

上说我们不要，别人就会要，那还是我们要吧。

五月，命韩安国携六十五军主力一部前出渔阳，屯兵于濡水之上。调涿郡六十七军赴辽东，与六十九军合组为辽东集团，这个集团属战斗序列，不是建制单位。任命栾树为辽东太守兼六十九军长史，统一指挥辽东集团，整顿部队，行将军令，暂不发表将军号。

任命亚谷侯卢他之为东夷处长，与朝鲜科科长涉何一起出使朝鲜，与卫右渠接触，警告他不得阻碍东夷各部与汉通好往来，停止对东濊的袭扰。

六月，卢他之还报，谈得很好，右渠还认他这个老长官之孙虽然他俩素未谋面，对他不行朝鲜礼，行汉礼，还有我军子弟等级观念，一见卢他之就说，啥也别说了，咱也不扯藩王、汉使啥的，您就是燕王，我就是校尉，还是你爷和我爷的关系，您说怎么办吧。极力撇清自己，没有阿，巴不得他们和我汉通好，和我汉好就是和我好。斗胆说一句，我在这儿始终就是按汉臣标准严格要求自己，多少回了，过年催他们，你们该给我汉递点东西了，别老弄些小鱼泡菜啥的吃不了搁臭了，弄点人参、玉，那才是拿得出手的东西。您知道哈，您在这边住过，夷人能听我的么，他们怕谁阿就认得胳膊根。东濊现在可怜了，头二年有饭吃的时候也不是这个样子，屌得很。所以我建议还是不要完全不给压力，否则他们就继续混下去不想着投奔我汉了嗬嗬。

上说这个右渠完全东夷流氓假仗义，一点燕人的淳朴没有了。卢他之说燕人淳朴么？燕人内一口燕片子也全是假招子，透着假客气真油滑。上说为什么这胡汉交界地带人民都越混越油呢？

秋七月，匈军一只鞋部两万骑入狗泽都，杀辽西太守，击溃我六十八军，毙、伤、俘二千余人。又围我韩将军营垒，不克。转入渔阳，杀略千人。雁门亦闻警，匈军苦叨拜部万骑入侵，杀略千人归。

命韩将军营垒东移至榆水，做北平、辽西两方向支点。韩将军病重，渐至不起，上听其告病还家，后数月死。上乃复召李广，拜为右北平太守。匈人遍传汉飞将军来也。广当年绳床一跃，在匈地已被神化，称之为"飞"。游骑散牧皆避走，北平辽西局面稍安。

起初，广免官闲居，老去找家住蓝田阿老之子灌疆玩，俩人都好行猎，经常一起去南山射虎。一次带一个骑从，钻到山野人家喝酒，夜深回来过了宵禁时间，路过霸陵亭，霸陵亭尉刚好内天也喝过酒，不许广通过嘴里还不干不净骂骂咧咧。从骑说这是前任李将军。尉说现任将军也不能过，还特么什么前任。

广说那我回去行吗？尉说你哪儿都不能去了，你违反宵禁令，被拘留了，有什么话明儿一早再说吧。

广乃宿于亭中。天明，路上开始有人走动，尉酒也醒了，看亭里倒头睡着一老头，拿脚踢老头，说你怎么睡这儿了，把这儿当你们家了，赶紧赶紧，走！

广乃去。

居无何，过了阵什么事也没发生的日子。事来了，北方事急，上拜广右北平守，问他需不需要带什么人一起去。广说有一个人，需要一起去。乃命霸陵尉速往李将军府报到，去了干什么，到后听李将军调遣。

霸陵尉接到调令也懵罐儿，说不认得什么李将军阿，找我干嘛。媳妇了解老公，说可能是你干了什么好事自己不知道，叫将军知道了，赏识你，你多爱帮人忙阿，别人的事比自个家的事都上心。尉说是是，我是人一叫就走，拿谁的事都当自己家事办，从来没想过让人报答，人都说我是好人，好起来不是个人。

媳妇说要不说人得厚道呢，麻利儿的，赶紧。

尉捯捯捯捯，拿出一较好精神面貌，跃身上马，给媳妇行了个一个干钵儿利落脆齐眉礼，一路小鞭子催，奔了长安马连道将军府。将军府门前一胡同当兵的，都在马上，见他到了，喝了一声：跟上走！

马队夸哒夸哒走起来，很快出了宣平门，上了临华直道，也就是临潼至华阴漕渠堤，当地人叫漕路。

这帮当兵的，一看就是北边的，一个个长脸细目，黑如锅底，双颊两块高原红；布衣皮甲胡靴，斑薄绺裂俱带胶粘铜铆缝衲针脚；弓臂刀把缠着麻丝，五指骨节变形拇哥皆套已然黯褐象牙射决。尉也看不出奈个是将军，都留着三绺胡子，都像二大爷，就上来喝他一声的大马脸看着似曾相识，此人现在与他并骑，因攀谈我怎么瞅你嫩么眼熟阿，咱在哪儿见过？马脸说许是街上吧。尉说不对，咱们一定是见过。你是不是老上霸陵邑老赵家汤饼屋喝羊汤烩饼？马脸说没。

尉说那你认识我们霸陵令老薛薛大人么？马脸说不认识。尉说那就奇了怪了。一路上嗫牙花子，不时瞅马脸一眼，净琢磨这个了，没留神到了黄河岸，听见浪过峡；没留神过了夏阳，远远瞧见魏长城；过了交口，过了吴堡，天都黑了，马越来越快，尉说咱是不是该吃饭了，咱到哪儿吃饭呀，咱还吃不吃饭阿！

没人搭理他，从出家门就憋着泡尿想缓辔方便一下，后边马头就顶马尾啪啪鞭带哨儿。然后就想着这泡尿，一度以为憋炸，三角区疼得不得了，然后就木了，坠石就坠石，反正已浑身热汗、裆里泡水，一会儿干透一会儿叽咕如踩小鸟，听野郎中说尿就是汗，只是排泄渠管不一，也就释然了，已就已就吧，松弛腹肌，屏思去念，然后……就没然后了，涓滴未现！再四松弛，冥想，祷告，上下颠腾，再见！这泡尿没了，要么逆行进入再循环，要么化作一身热汗风干了。

天明望见黑峪口，一队马从那里过渡，上了汉直道。中午至雁门，再从那里下雁渔二级马道。天黑天明，过代郡，过上谷，中间倒是歇两回马，人蹲着捶了捶腿，再上马就看见渔阳城，人马绕城而过，折向正北，及看见平刚城，尉已经大脑空白，觉得自己是老行伍了。入得营中滚落下马，拉着架子，罗圈垮得比谁都圆，垮没两步，忽然脸朝地被人撅起来，抬眼见马脸手提长刀迎面而来，还没回过味儿，就觉颈子一凉，脑袋已然不在腔子上。到了没见着将军一面。

广斩霸陵尉，上书自陈谢罪：小怨杀吏，当坐当夺，乞伏汉法。（马迁按：汉法之宗：杀人者死，伤人及盗抵罪。今虽细分万条，万语千言还是内个精神：杀人者死。将生杀权收归国有，可谓万有之先，国之为国首重命要，虽将侯不得免，免也要有个说法。不知道的不说，知道的安道侯揭阳定，坐杀人，弃市；邗侯李寿坐使吏谋杀方士，诛；博阳侯陈始坐谋杀人，免。这个免不是免罪，是减罪一等，免侯。）

上长书作答：将军者，国之爪牙也。司马法曰：登战车不行常礼，父母丧不披衰服。整顿军队振奋士气，以征不服，重点在三军归心，战士听命才能一致发挥，出战斗力。故将军怒则千里恐惧，将军威则万物蛰伏。名声很重要，蛮夷、外国人就听名气，传说也是力量，有大名之将至，未战先怯。以愤怒报复的形象出现，使坏人恐惧，不敢为害，实际达到震慑凶残、减少伤害的目的，正是我希望将军去做的事。摘冠赤脚磕头请罪，哪里是我想看到的。将军辕门应尽量东移，将旗插到塞上白檀山，迎接北平今秋的战斗。

马迁按：不多说了，都是我敬仰的老师。引一段同为名将太守韩安国旧事：韩安国在梁国做中大夫时，曾因犯了点事关在蒙县大狱，狱吏田甲经常折辱安国，安国说死灰难道不能复燃么？甲说复燃我就撒尿浇灭之。居无何，梁内史开缺，汉使者至狱，拜安国梁内史，将一个在押犯一下提为二千石。甲一看，吓得立刻逃走。安国放出话：田甲不立刻返回岗位，灭满门。甲只好回来，光着膀子向安国磕头谢罪：您大人大量。安国笑曰：你现在可以掏出小鸡鸡，撒尿浇我了。你们这些人值得我报复么？说完就走，并没有难为他。

八月，车骑将军卫青率李广一手训练老部队骑一军、二军，补充新建五军三万骑出云中；骑将军李息率新十四军万骑出代。情报显示，匈国各部正抓紧秋熟季节为牲畜贴膘，人、畜、毡帐散布于广大草原。

尤以雁门当面苦叽拜部警备松懈，上个月才入侵我境，抄了一把，回师即解散部队，让战士赶紧回家把耽误牧活补回来，老婆孩子在等在盼，家家过冬干草还没打。苦叽拜本人则正在诸闻泽大帐中喝酒抱孩子，与妻妾作乐，他家活儿自有音色拉、苦也怜怜替他打理。

战役计划即名"诸闻泽合战"。具体布署，李息出代佯动，吸引牵制平城之敌。卫青率主力出诸闻泽，寻歼苦叽拜部。部队动员喊出口号：专打苦叽拜！

卫青夜出西口，破晓天明即全军纵蹄放行，直扑诸闻泽。匈国也有预警系统，沿途草场牧民是也。午时卫青至诸闻泽，苦叽拜已纠集数千骑，据广衍而待。

卫将军遂命前军敲枥，于行进中展开，继而全军展开，包围苦叽拜，各部甫到位，一齐击鼓，同时转入进攻。苦叽拜亦击鼓，吹海螺，全线出击。双方狂暴对攻，一个回合下来，匈骑已被我断为数截。卫将军亲率预备队新五军投入战场，反复突击，匈骑溃散，苦叽拜力战脱围，左右阿克为甚皆战死，一人双马逃往平城方向。我军尽歼余敌，斩首二千级，俘其帐下男女千数人，牛马羊万头，营救我军战俘七百，旋班师回国。平城之敌闻警出动，李息亦班师。

这是真正的大捷，完美歼灭战。战后据我军情人员和俘虏辨认，所斩二千级多为什长、百长、老兵，其中还有千长、裨小王、都尉、当户、且渠各数员，都是苦叻拜部战斗骨干，宗族成员。这一战可谓打断苦叻拜骨头，几年、十几年恢复不过来。

是月，鲁王刘余、长沙王刘发皆薨。分别谥"共""定"。二王都是景帝之子，今上之兄，皆寿不及半百。

九月，东濊春旱夏涝秋雨大风冰雹，绝收。人民多饥馁，途有饿殍。三边皆有警，海上有倭船。军士羸弱跑不动拉不开弓。多地发生缺粮暴动，抄掠富户。

东濊君南闾向辽东太守栾紧急呼救，自请降汉，愿为汉一郡，看在同为人类的份上，给我全国二十八万口人一条生路，粮食！粮食！粮食大大的给思密达。

乃置苍海郡，任命卢他之为太守，涉何为都尉。命六十七军出襄平，渡马訾水，占领上下障走廊，护送卢他之、涉何入东濊地。又命从涿郡、渤海、济南、泰山四个郡征调粮食、民夫，以扁担小推车运往辽东。

右渠亦陈兵浿水，名曰欢送汉军过境。私赠卢他之美女玉帛，说将来与我哥互为大腿，辽东之患解矣。

其后两年，又命东莱、北海、琅邪、东海四郡造船，经海路运粮至辽东障，复转陆路至苍海，接济一郡军民。马韩、弁韩多出快船于海上拦截，挂卫氏朝鲜旗，以示友邦，趁我不备，打劫粮船，其间可能确有朝鲜海贼或官兵充匪。

我不得不编练水师，海上护航。陆路亦不太平，高句丽、沃沮亦遭灾，粮不够吃，闻我大批粮队昼夜不息肩挑手推运转于途，群起来攻。

我六十七军分兵防守关要，与之竟日接战，从春打到夏，从秋打到冬，大战十几轮，小战无其数。

肃慎、扶余亦频犯我辽东。我水泉障塞阳安都，白狼水白庚都、酋城都；东北方向侯城、二龙湖城、真番障；东南方向赤坂松、不耐城、猫儿山、长白口列障、列燧、列堡、列城全线告急。我六十九军亦分驻各要点，以新装备部队之大黄弩拒敌，坚守不出。

元朔二年，肃慎入我阳安都，围襄平。栾太守亲登城，以大黄弩与肃慎长箭对射，敌酋落马，围始撤。

同年冬，肃慎复入白庚都，围我襄平。严寒之下弓弩不得张，肃慎兵衔刃爬城，我以凉水灌浇之，城乃成滑梯，肃慎兵皆坐屁墩跌落。

三年春，扶余复入酋城都，围我襄平。三月始撤。

辽东动荡，烽镝不已。部队极疲惫，消耗牺牲亦大。尤以冬日为甚，哈气成凌，泼水成雾，铜铁若枯木，力斫辄脆断。屙屎都要在屋里，否则橛不离体，露头即石化，凝于肛口，非火溜手掰不得化下。战士或有臀尖生冻疮者，终身不得仰卧。就这，夷人还来摸哨，冰凇雾雪，忽倏立起几个雪人，一棒揳晕，背起就走。上下障百里粮道人粮被劫无算，防不胜防。民夫要吃，部队要吃，真应了内句兵语：打仗就是干饭。站着不动比平时多干两碗饭。东濊之民对白来之谷亦不爱惜，冬时常以汉粟喂牲畜，也有巧民滑吏，虚报人口，多次申领，贱价转卖朝鲜、真番图利。这样算下来，从冀、青两地运到苍海的粟米每石费耗七斗，损耗比漕粮都高。年终决算，冀、青八郡岁入不抵支出，士卒车徒所费与征伐南夷几等。人民痛苦可想而知，颇有不堪重赋役使，啸聚林泽，入海为寇者。

上乃命罢撤苍海郡，召亚谷侯、涉何还。这是元朔三年春末的事，襄平围未解，命六十七军还师襄平，扶余撤围。赦天下愚懦昧怯，误听讹惑，逃役避赋入山林草泽为贼无大过犯者。令其具结悔过，补足欠赋，准还乡。免冀、青八郡当年钱粮。

又出政策：百姓凡主动向国家上交奴婢者可免终身徭役。官员交奴，可调整级别增加工资。进而规定：交羊可任命为郎。向朝廷交羊而被任命为郎官的事就从这时开始。（马迁按：这个不太清楚，交几只羊即可获任郎官，只是在县乡见到有吏呼来喝去端茶倒水少年，人称羊官。）

35

起初，元朔二年，冬十月，淮南王刘安依制来长安朝见天子。刘安，高祖之孙，其父刘长为文皇帝异母弟，年五十有二，今上父执辈。他内辈在世的人已经不多，安亦白发衰髦，上以为吉祥，赐几案手杖，说您这么大岁数宜静养添寿，以后就不用拘礼跑这么远路朝见。

中午留淮南王家宴，卫皇后出来照了一面儿，劲儿拿得还没那么顺，坐了坐，还要喂奶，就回去了。

李夫人听说刘安来了，宴前就跟上说能让我见见他么，我特崇拜他，看过他好多书，我是他蚂蚁上树。

上说你又来了，你不是谁蚂蚁上树？李夫人说真的真的，他跟别人不一样，男神。上就叫她和邢夫人参加宴会，作为女宾主陪，陪淮南王后熊荼和刘陵。

席间刘安问李夫人你都看过我什么书阿？李夫人说《颂

德》《长安国都颂》。刘安说嗐。李夫人说还有《鸿烈》，我最喜欢《鸿烈》了。当面磕巴背诵《鸿烈》中几段神句：美之所在，虽污辱，世不能贱。恶之所在，虽高隆，世不能贵。正身直行，众邪自息。福由己发，祸由己生。舟覆乃见善游，马奔乃见良御。我觉得特优美，老师你都是怎么想出来的这样的美句。

刘安说嗯，也不全是我想的，《鸿烈》是这个这个我和我朋友一起编的，我顶多只能算个编审。李夫人说老师你能帮我写本专著么，我特喜欢《离骚》，但又不太熟悉作者，你能提供点背景，写点点评，方便我阅读和换位理解么。刘安说呕，你喜欢屈老师，品味不低呀，刚好我和他也熟。上说不要累着老师。刘安说小意思，这点事累不着我，现成的，都在脑子里。餐后大家又坐呢儿聊天，刘安出去上了趟茅房，回来提着一帘墨迹未干竹简递给李夫人，说给你，《离骚传》。

十一月，匈军一只鞋部入上谷、渔阳，杀掠吏民千余人而去。

十二月，卫青率骑一军、二军、新五军三万骑出云中，执行"河南战役"。全军攒行至西河之拱、黄河北流折向东去之韧起；阴山中位阳山、乌拉山两山之隘口，故赵遗亭障高阙墟。从那里山洪冲积泥沙淤塞河水缓流处架便桥渡河，入河南地。逆河而下，越沙衍，向东展开，攻击臣附匈奴胡部白羊王、楼烦王。诸胡皆西走，遂尽占河南地。留五军长史苏建率该军经营河南。率一军、二军对诸胡展开追击，日行千里，至陇西洮水还。斩游牧戎二千三百级，俘三千七十一人，牲畜数十万。留一军继续屯狄道，二军还马岭。

上两战并赏。卫青有功于诸闻泽，封长平侯，食三千八百户；有功于河南，加封三千户。五军长史苏建有功于诸闻泽、有功河南，封平陵侯，食千一百户。一军骑校尉张次公诸闻泽首先接敌，首先斩敌，为全军冠军骑，封岸头侯，食八百户。诸军吏卒无不用力，无不有功，并赏金万斤，铜二百万钱，按等领赏。

上于诸军将吏参加授侯暨庆功大宴发表演讲，因系正式场合正式发言，几同于颁诏，故有司马迁、公孙弘二员一人做记录，一人做文字整理。马迁记录为：

古歌不是唱过吗：小打猃狁，来到太原。战车彭彭，在北方土地筑城。今天你们的将军卫青，又沿着古人走过的路，渡过西河来到高阙，斩杀俘房胡兵数千，将他们的车辆辎重私人财产牲畜一并缴获，收复河南地。继而重占榆林塞，翻越梓岭，在北河上架桥，攻打蒲泥，击破符离，斩杀敌精锐之卒，抓获与敌作耳目侦窥我军坐探数千，加以审讯都招供了他们的丑恶行径，一并押解回来，同时将他们的马牛羊一百多万头赶了回来，自己的部队却完整无损，连一件甲衣一根断戟也不曾丢失。这是很大的功劳，了不起！可与蒙恬比肩，所以封列侯，食六千八百户。还有苏建，功居次位，也获封侯。这里特别要表扬张次公，过去在军法司犯了过失，下放到部队做校尉，大家都看不起他，排挤他，人家不灰心，此次诸闻泽之战，勇夺冠军骑，获得部队尊重。同时获封列侯，食八百户。这说明了只要各位肯于效力，不管是谁，职务高低，过去有过什么问题，都有机会。你们要好好总结经验，将来仗还有的打，我们还要打到茏城去，下一次在这里开会，就是各位封侯之时。

公孙弘整理为：匈奴逆天理，乱人伦，暴长虐老，以盗窃为务，行诈诸蛮夷，造谋藉兵，数为边害，故兴师遣将，以征厥罪。《诗》不云乎：薄伐猃狁，至于太原。出车彭彭，城彼朔方。今车骑将军卫青度西河至高阙，获首虏二千三百级，车辎畜产毕收为卤，已封为列侯，遂西定河南地，按榆溪旧塞，绝梓领，梁北河，讨蒲泥，破符离，斩轻锐之卒，捕伏听者三千七十一级，执讯获丑，驱马牛羊百有余万，全甲兵而还，益封青三千户云云。

二人交换记录时司马迁还问：你知蒲泥是哪儿么，还有这符离，总不会是安徽符离吧？

公孙弘说不知，我连梓领是哪儿都没听说过，故而含糊其辞。马迁说你问问。孙弘说我不问，要问你去问，我一向是上说什么我就记什么，我估计上也不知是哪儿。马迁遂于散宴时，揪住一个军吏问，军吏说翻过的山太多不记得何为梓岭，蒲泥、符离是白羊王、楼烦王下面将领的名字。

春正月，下推恩令，诏曰：诸侯王或欲推私恩子弟邑者，可各写条子呈上，我将为子弟们定下名号。

于是各藩国开始切豆腐块，王侯子弟皆受封列侯。

郦坚、夏侯赐、大周下到五军帮助部队总结战斗经验，开座谈会时卫青、苏建和一军、二军长史、军司马都到了。卫青首先发言，感谢装备署令周坚将军和曾经的刀科科长今天我的同事苏建将军和今天没有到场的弓科科长李蔡将军。是你们送来的环首刀、大黄弩成为我军制胜的有力武器。我军头一次在装备上全面胜出匈军，刀比他们硬，弓比他们长。马我们相信，也会在不久的将来，比他们快，比他们多。再就是感谢郦坚将军和今天远在北平我们所有人敬仰的前辈李广将军。是李广将军总结了他半生与匈军作战的宝贵经验和惨痛教训，对我军骑兵战术进行了重大改革。李将军说匈人从小射鼠射狐，论马上骑射技术，我军再训练十年也赶不上，若马上对决，以射还射，我们总是会吃亏的。如今我们有了环首刀，百斩而不失锋，不如扬我之长，弃我之短，改射为劈刺。两军骑兵相对冲锋，接敌如撞山，绝杀总在须臾间，一矢一刀定生死，运动中射击，再精准命中亦不过什一，而我长刀擦着即死，撩着即伤，只要提高杀伤率至二成，一个回合下来，敌即比我少一成人，两个回合下来即折半；都不需要三个回合了，匈军骑手说到底还是牧民，两个回合冲下来，能收拢聚合到一起不足什之二三，都跑散了，而匈军一散，马自动跑回家去了。

李将军遂与郦将军共议，将这个想法落地，在一军挑出一个射术最精的曲，一个射术不怎么样的曲，全部换执环首刀，分为红、白军，组织实兵演练。一军的同事都在，就是他们完成的这项改革。郦将军亲自指导，研究骑兵排面，起初定为三十人，后扩为五十，不能再宽了，否则排面难以保持，首尾协同、口令不能迅传至每一卒耳。我一个曲五百人，可分组两个方阵，每阵五列，紧密队形以一骑二十尺计，也是万尺千丈宽大正面，全部展开，冲起来还要更扩大数倍，也是很吓人一座山。在木刀柴矢实兵操演中，两个曲对冲，一个射，一个劈，第一次操演，双方中的者基本持平，弓曲还略占上风；二次、三次操演，刀曲杀伤率就上来了，超弓曲二成、三成，乃至一击即溃。因我方阵五列，错行间隔，纵深亦达五千尺，弓矢优势尽在接敌前，老练者可速射三箭，接敌之际优势顷刻划转长刃，一击不中，接踵还有二击、三击至五击，弓则完全无暇再展，直成引颈受戮。最后一次完美操课，白军一击下来，只余三五骑，可谓全歼。

李将军调雁门后，郦将军还继续往来部队，深化、完善此一战法。如每个排面增设长戟数枝，增加士官、干吏比例，与卒达三比一，前排后队两端悉数安排老兵干吏，以稳定排面，严格纪律。尽量缩短接敌时间，敌动我动，敌不动我不动。规定冲击距离，马跑二百步即止，恢复方阵，后队变前队，以最快速度展开二次冲锋，反向突击，严禁分散纵驰，单骑追杀。

卫将军说我今日得此荣耀，获封列侯，功劳实全拜李将军、郦将军、苏将军、李蔡将军及一军、二军、五军全体士卒用命所赐，须臾不敢相忘，再谢。

老俪回长安路上说：要不说人家能封侯呢，服气！

上闻说亦叹：面面周到使每个人都感到受尊重，这是我所不具备的。因对公孙弘说你们总说人有尊卑，卫青出身奴仆，可知杰出不分尊卑。孙弘说哦，我们说的君子小人也是论德不论爵。

上在担儿挑局跟平阳说你们俩也别密着啦，过明吧，这人还上哪儿找去。平阳说我们内位说了，不当上大将军，不娶我。上说哟喝，这话听了恐怕军臣单于就要哆嗦了。卫青说此次河南之役战果虽大，并没有打到匈军主力，与诸闻泽战比不可同日语，臣不敢有丝毫喜乐自得。上说你再这么可爱，我可要哭了。

二月，去年十一月下诏举荐的孝廉，陆陆续续报上来了，有大几千人。二千石以上官员惧罪，争问亲好故交你们谁家有孩子想进官府做事不要有明显劣迹的。故几千人多为柔怯无害者。上说这样的人为吏恐怕倒要为刁民折辱，这样吧，都送去朔方让边地粗粝风雪吹一年，学些在没人疼的情况下独立做事的手段。

因问公孙弘你推荐的人是几大姑的孩子呀？孙弘说咱不干那事，我推荐的人写的策论去年已经搁您案子了，您忙，想必是都没看。上说噢噢，忙向如山卷册中翻找，说都叫啥名字？孙弘说怕您先入为主，没叫他们署名。上说这个办法好，不会又有你写的混在其中吧？孙弘说都是我写的。指一卷：这个是。又翻出两卷：这还俩。上说望字即知也是本事。孙弘说老书吏了，见字如面，这个话不是瞎说的。上说又都是你们齐国人？孙弘说两个是，一个是渤海人。上就乐。

孙弘说我就不能举贤不避友了？上说我不是乐这个，你朋友，甭看，又是儒生问政内一套，你有见字如面的本事，我也有闻儒即知其心中孜孜在念的绝活。

信手抄起一卷，递给孙弘，说你看我不看，我猜，是不是如我所说。随即信口而言：这个肯定是劝我不要和匈国开战的，一定是从秦聊起，因为北击匈自秦始。儒生作文不数典开不了篇，应该首引一句大话起论，亦为定场辞，是什么我想想再告你，很多大话可选。继而必引李斯当年丑诋匈国的话，匈人如禽鸟，无城郭之居，委积之守，来去如飞，找到他们踪迹就很困难而他们又比鸟聪明没法给他们下套。我

403

军轻装进入，带不了几天粮食，背着粮食走，队伍太庞肿，无法迅速行动。得到他们的土地，也不能都给开垦出来种粮食，得到他们的人民也难以教化转牧为农，中国受很大累净让匈国人瞧笑话了嘚逼嘚逼。每次朝中一聊匈国事内些朝臣就是这一套我都会背了。继而聊蒙恬之多么得不偿失。继而一定拿高祖举例子，高皇帝一生豪迈，最让人念叨的却是平城之围，这跟头栽的。

公孙弘说这卷不是，掂起另一卷：这卷是，基本叫你说对了。上说这卷不聊国虽大好战必亡呃呕这句即可作开篇大话——就该聊与民休憩，民为国之本，载舟亦覆舟。戒糜奢，戒淫勇，国不亡于俭，一定亡于奢；人不祸于谨，必祸于夸富。孙弘说差不多吧。

上说烂熟于心，能不能有点新鲜的，咱先生就教这些？这都属于头一个人说是至理，二一个跟着说就是臭大粪。我瞧瞧这几个字，字都蛮好，这都谁呀？

孙弘说你要不打算见人家，我就不告你是谁了，免得叫人难堪，见了又不用再呲哒人家一顿。

上说你到底建议我见还是不见阿？

孙弘说不打算用就不必见了。其实你也是太苛求这些愿意为国家服务的人，他们毕竟是在野之民，读书嘛，可不就是大道理，国家事务内些重琐纠结互相踩着脚牵一发动全身不接触、深入到事务本身任谁再有想象力也在想象之外，上来就能深谙机关榫构熟练解锁你希望得到的那样的人根本没有。

上说你说得有道理,那就见吧,我保证用,保证不呲哒他们,绝不让他们寒碜着回去。

公孙弘于是引作者主父偃、严安、徐乐入宫。

上一见他们就说:哎呀你们都在哪儿阿,为什么咱们这么晚才相见,想死我了。主父偃说咱见过,不止一次。上说呕,湿妈,我是看你有点眼熟。主父偃说"生不五鼎食,死即五鼎烹"我说的。上说噢噢想起来了,坐坐你坐,你这一向都去哪儿了。主父偃说我都在,哪儿也没去。上说好吧。遂任命三人为郎中。

三月乙亥晦日,发生日蚀,上说太阳没事吧。

主父偃进言,说新收复的河南地土地肥饶,外有黄河险阻,蒙恬曾沿河筑城塞,从那里出击奔袭匈奴,如今我们若往那里移民,耕种那里的土地,内可省戍卒水路转运漕粮的麻烦,又可扩大中国可耕地面积,这是彻底给胡人断根的办法。

上曰:可。乃置朔方郡,领河南地,以苏建为郡守。发动十几万人夯筑朔方城。又逐一修缮重建蒙恬所留废塞。时,河南地尚一派荒芜,并无出产,这么多人吃饭都要通过水旱两路调运,客观上延长、加重了漕运路线和负担,山东刚歇下来的人民又被累着了。

筑城建塞所需匹费数十百巨万也即数十百亿，文景三十九年攒的内点家底，公府钱库粮仓彻底被掏空，好车手可在国库里驱驷马大车狂奔绕圈。

夏四月，劝募十万无地佃户和失地流民迁徙到朔方居住。跟他们说那儿没人，每人可得荒地二百亩，种子农具官府提供。

主父偃进言，说茂陵初立，天下豪杰，大流氓，大财主，在愚民中有影响能煽惑事儿的人，皆可徙茂陵，内增京师税赋，外销奸猾，此所谓不诛而害除。

上说你还有什么坏尽可教我。主父偃说今诸侯夫人也多，孩子也多，一生就是十几个，爵位家产却只能由嫡长子继承，其余孩子虽是骨肉，爹蔑了无立锥之地，还不如一个老农民，跟宣扬仁孝的国家理念严重冲突。请立即下令诸侯推恩分子弟，以地侯之，彼人人喜得所愿，上以德施，实分其国，不削而弱矣。

上说推恩令阿，一月份已经下了。

遂迁天下土豪，家财在三百万以上的人到茂陵居住。其实这也不是第一次迁这些人了，茂陵人口还是不多，可见当时天下民间财富还是比较均平，无巨富，三百万，公卿数岁俸禄耳，财富还是集中在王侯手里。

河内轵县人郭解，关东有侠名，也在此次强制迁徙名单上。担儿挑局上聊起这事，卫青说郭解没那么多钱，到不了三百万。上说谁是郭解？平阳、陈掌皆说大侠，有名。上说一个老百姓，名声能传到公主、列侯耳中，将军都替他说话，家里穷不了。卫青说我跟他确实不认识，只是听说过。上说认识也没关系，只是好奇，这些所谓的侠，是有什么武艺身手很好么，调到部队能不能有什么贡献。卫青说也不一定有什么武艺，只是热心肠帮人家铲事，民间很多邻里纠纷婆媳不和分家析产什么的到不了告官的份儿上，无人调解也越闹越没样儿，就有这么一类人，处事公平，两边有面子，大家都信他，于是就找他居间说合，这些人也爱管闲事，相当于民事调解员。部队用不着，在部队也就相当于一个老伍长，在士兵群众中有威信。

上说不是内些飞檐走壁的家伙？卫青说至少郭解不是，一个老头，可能年轻时举过石锁，玩过摔角，现在也就是早上推推树，半蹲着，练点合气术。您说的内种飞檐走壁的虽也冒称侠，其实迹近飞贼，真正的侠是不屑于与他们为伍的，真正的侠，我理解阿，就是替人扛事瞎出头。上说到哪儿，练身体都是末技。

过了些日子，有司报上来一件有争议的案子，说是轵县一次公私人士杂处酒席上，因为口角，发生斗殴致死人命。一个不知何方神圣客人称赞当地名人郭解仗义，有古贤士之风。本地一位儒生说郭解一向作奸犯科，以私刑取代公法，从哪点说算贤呢？其实这也是正常争论，义、贤、侠这都是义宽释泛，无绝对标准硬杠杠设限，当事方获益即称利，受损即称害，可谓非常主观，如好、善、老实口碑类诸德皆属下下善，其下在于莫衷一是且褶了更多丑。孰料内位客人竟拔刃刺死儒生，尤令人发指竟还割下该生舌头，遂飞檐走壁而去，是飞贼侠无疑了。县吏捉不到人犯便迳至茂陵，向茂陵居民郭解了解情况，郭解称真不知道是谁，我不养小弟很多年。这时茂陵吏和轵县吏发生分歧，轵县吏认为确实与郭解无涉，不应论罪。茂陵吏则认为不能排除郭解间接杀人，事因他而起，而他又是此事唯一获益方，名誉受到恶性维护个人知不知晓均可视为不当得利，应当返利也即受到法律追究。

公孙弘乍听之下还说茂陵邑都是张汤徒弟，继而主张支持茂陵吏。上听到郭解名字因问是内个民事调解员么？孙弘说什么民事调解员，这个郭解绝非善类，年轻时心黑手辣，行走在街上，路人多看他一眼，便拔刀杀人，死于他刀下小民不知多少。千万别信世传所谓大侠急难好义！这些人老了看上去慈眉善目，谦和退让，哪个不是从恶棍过来的，没杀过人如何在江湖立腕儿？细究起来都是旧罪累累，你要是良民决不愿意在路上碰见他，只是过了追诉期又都发生在历次大赦前不与追究罢了。如今发展到不但自己不用动手，甚至都无须动念，任何遥远地方，只要有人对他不利，乃至就是出言不逊，就有人挺身出头替他杀人，这是什么权势？是皇帝您才配得、配享的声威，布衣行皇帝之威，还不该论大不敬，坐大逆无道，还不该族？

上说你们儒侠原来不是一家么，儒以文乱法，侠以武犯禁，现在闹掰了？孙弘说谁跟他一家，内都是韩非子胡说，把我们愣算在五种社会蛀虫里。守旧的人不懂时务，把所有与旧制旧俗相抵牾新进事物都视为冒犯，将变革视为混乱，说是乱法不过是出了他的认知之外，旧的能维持下去谁愿意变。上说你承认你们是新学了？孙弘说您为什么老纠结这事呢？如果能让您舒坦一会儿，行，我承认，我们是新学。

遂族郭解。

后公孙弘特地找上谈了一次，说我觉得您对侠有很多糊涂认识，如您不介意，我愿意向您普及一下侠的兴起、沦丧和底层化。

上说我对底层有兴趣，我愿意知道我不知道的事。

孙弘说起初，世上本无侠，只有国家。

上说呕呕，国家在世之先，确是新说。

孙弘说我说完您再批驳我好么？古者天子建国，诸侯立家，从卿大夫到庶人，各有各的等级，下民服从上人，在下者从未对在上者有过觊觎。

上说坚决不能同意，这是拿道德理想取代历史，传说当论据。天子从哪儿来？古者古到什么时候？一定在汤武周武两个著名犯上者之前，能到立国的份儿上恐怕也只能追到只闻其说不见其墟半遮半掩的夏。之前五帝也好，七十三帝也好，皆是徒有天子名而无其国，都还没定居。当然也可以说四处迁徙也是一种国家形态。匈奴也是一国，毡房也是家。那样的生活很严酷，面对大型野兽、陌生人群，必须采取协调一致的行动才能脱困、转危为安，下犯上会产生严重后果，上对下必须强调服从，近乎军队——就是军队！只有在军队才会形成你说的内种下级服从上级并对上级指示坚决执行不打折扣的纪律、伦理和……文化。说从不觊觎不准确，应当说不容你觊觎，有军法、军纪、开水锅在呢儿等着你。觊觎可以，有合法渠道让你觊觎，禅让其实就是一种合法觊觎的设计。所以我经常想，不知你同意不同意我这个看法，贵宗派学说设若不建立在毫无依托的道德推想指望历史文献全部湮灭才成立的薄弱证据上，而是建立于我刚才向你推荐的论点：军队在国家之先，首领乃全军合法推选，首先考虑的是能力而非血缘，军队文化延续至今，才形成国家文化，或说优良传统。曾经有过那么一个美好时代，从卿大夫到庶人，都是军人，都在编，各有各的等级，下士绝对服从上人，在下者从未对在上者起过觊觎。贵宗派所言忠孝礼义信皆可在战士魂及今天军队仍在执行军法军纪中找到详尽征引。仁是个创造，要讲人道煮义，不剽窃你们的创造。这样基础多扎实，前后关系多顺溜，可一直向前追寻，追到亘古最早围火堆旁，蹲着睡觉，在地上抠个坑趴着舔水的内伙流民，都成立。谁要不同意，我那里有《三坟》《五典》伺候，全套的，有图文有真相，不像你们《尚书》真的只有两篇，我来当你们的总后台——同意么？

公孙弘说不同意！

又数日散朝，上叫住孙弘，说孙老，我们谈谈，上次内个话没说完，我还不知道侠是怎么来的呢。

孙弘说您不用知道。上说那不行，我知道了个头，身子、以巴不知道再急死我。孙弘说真想知道，改天，给您写一篇，从头到以巴。上说不要看就喜欢跟你聊。

孙弘说您是痛快了，我，不瞒您说，左心衰，半夜干咳，气短，大口大口捯不上气，您听，现在嗓子还嗬搂嗬搂着呢。

上说一会儿就留这儿吃饭，羊肉萝卜都是顺气的。

孙弘说吃什么都顺不过来，我岁数大了，上，我七十三了，还一大家子指着我养活呢，我这一口气上不来……

上说这回让你说完，这回保证不触及贵宗派立说之本，说话举手，让讲再讲，如果犯规，你拔腿就走。

孙弘说……周室既衰，礼乐、征伐皆由诸侯决定，齐桓、晋文之后，大夫当了诸侯的家，成为各国权臣。很奇怪是吧？这是规律，强君之后必跟着一个弱君，搞不过强君手下内帮人，强臣就出头了，强臣下面还有强臣，陪臣——大夫的家臣就执掌了国家的命运。胡闹到战国，合纵连横学说

411

出现。——听好，你关心的侠，来了！你非说我们跟他们是一家，我们跟他们才不是一家，他们是纵横家。最早的侠也是大公子，魏国信陵君，赵国的平原君，齐国的孟尝君，楚国的春申君，四大侠。急的是国家之难，好的也是天下公义，没钱没势干不了这个。信陵君窃符矫命，杀害领军统帅，自己带领部队去救平原君之急。赵丞相虞卿，放弃相位，背叛国君，跟也不是多深的朋友，也不是什么好东西的魏齐一起逃难，假装有难同当，是真的急国之所急，出于公义么？我看也不是，只不过是为了传名于天下，在内些无聊看客里博一个侠义名声。

孙弘说：这还是侠中上品嘞，再往后，内些有膀子力气，不甘于务农营商，假装有志向，四处游逛高谈阔论的妄人，都挂了把锈剑，扑向四大侠争为门客，鸡鸣狗盗之徒亦随之而进，侠就杂了，从耍嘴皮子的说客变成刺客、小偷、流氓那样的坏坯，凡是不务正业的玩意儿都拿侠说事。这里还可一提的，也就是刺客了，荆轲、专诸、聂政、豫让者流，总是拿命换来的名声，也是把"士为知己死"这句话糟蹋了，不过是被权贵利用，荆轲还算国仇，内三位全是私仇。

上说司马迁不同意您的说法。孙弘说是，他也很可笑，把正义和轻死重诺言必行果割裂开来，说话算数，说取人性命就取人性命，是值得称赞的事么？我看比拿钱不办事，卷了买凶者钱跑路的孙子，就行为后果而言更不值得原谅。是，现在世道上很多人说了不算，算了不说，拿毕生精力和聪明去追求虚荣和浮财，这也不是今日才有，自古就有，从来就有，人就是这么个东西，看不惯，拿刺客精神比，也是互相比矮，谁比谁更低。高蹈之士有阿，一死报君命，远的有伯夷叔齐、屈平，不用杀人，自己一死就算明志了。伍子胥不太能算，严格说一死报的是敌国之君。近的，我汉死节将相周苛、张尚比比皆是。这话你爱听吧？

上说昂？让我说话了，屈平是死于牢骚，也不太能算。

孙弘说马迁有一个标准很奇怪，就是看这个人是不是死后还享有很大名声，所谓千里诵义。这大概是我们内个宗派给他的影响。有名就可以逆推此人所行皆奋顾所为皆光磊么？在老百姓中享有名声有多么不值钱谁有名谁知道。他身上也还是有内种少年气，私心想往内些快意恩仇的行为，他是不是生活压抑阿？

上说你们之间的互相瞧不上我就不掺合了。

孙弘说再往后就是剧孟、郭解这些人了。他们认识，马迁和郭解，郭解还帮过他，有人骚扰他太太，郭解请内个人吃了顿饭，此人从此便恭而远敬了。认识的人很难做出中道评价，很难不为个人好恶所左右。我跟您这么说吧，我们也是有标准的，判断一个人所为是否正义，是大义还是私谊，是对你是义，对他就是罪，是有绝对标高的，不是什么人出来说说就大家都差不多，都挺仗义的。这个标高就是：对三王来说，五霸所为就是罪人；对五霸来说，六国的做法就是罪人；对六国来说，四侠就是罪人。自上而下论，所有扶危济难，慷慨赴死，义薄云天，都提不进道德层面。世有三游，都是道德窃贼，一是饰辩辞，设诈谋，驰逐于天下以邀合时势者，曰游说；二是脑门写着仁，手心写着鸡贼，走关系，结人脉，互相吹抬互赠廉价口碑，不是弄权就是逐利，曰游行；三，立气势，作威福，施恩于小人，靠磕头拜把子在王法之下社会底层建立共存共荣强大组织，曰游侠。乱之所由生也！

上说我当然是不能再赞成了。但是我能把你说的话告诉司马迁，问问他的看法么？

孙弘说你能，他最怕我，一见我就躲得远远的。

五月，燕王定国与父康王姬通奸，夺弟妻为姬。杀肥如县令郢人。郢人兄弟上书告发，主父偃把这事抖落出来了。公卿请诛定国。上命张汤不要搞推定，严格依律比勘应定什么罪就定什么罪。定国说我从文皇帝九年袭王做到今天也四十四年了，我爸的姬比我小，也六十多了，我收她纯粹是为了使她多一份供养，日子不要过得太清寒。我弟过世亦早，弟媳娘家无人我不管谁管，上哪儿说理去？这在匈奴是事儿么？还别免我死罪，叫我看一天廷尉狗的脸也受不了。遂饮曼陀罗汁死。国除。

上闻之叹息，说挨着胡地就是容易移风易俗，看来我们没有移匈奴之风倒叫匈奴易俗了。

六月，又发生一件丑事，齐王次昌与其表姐纪太后甥女纪翁主有染。俩人也是从小玩到大，据称也私许过终身，属梦中情儿系列，后大人考虑还是血胤太近，表姐表弟搞到一起，生俩孩子备不住就出一个血友病、矮小症，你瞧人家皇帝和先皇后就不要孩子（刘彻案：我还真没想到这点）。就说别弄了，命二人各择他人嫁娶。纪翁主婚后不幸福，老公花得不得了，经常回娘家居住，有时随寡母来王宫探望大姨，呆得晚了也胡乱歇一宿。次昌也很同情这个小表姐兼梦中情儿，伺候招待殷勤呵至，一日王府小酒筵喝到半夜，别人都散了，梦中情儿痛诉所遇非人，哭得不能自已，次昌不搭一把直瘫在地，搭上也是酒后，俩人就把旧梦敦落在地。就内一次，事后双方也觉得该尬，从此翁主倒不大进宫了。也没人瞧见，也不怎么就传出去了，叫谁知道不好，叫主父偃知道了。

主父偃一直蹩着脏心眼，想把闺女扒给次昌，做齐王妃。托人说了几次，纪太后说没听说过这个人，我们孩子不纳无名之辈。主父偃恨得脚后跟疼，得空儿跟上进言：齐国都临淄十万户，菜市场租金岁入千金，人民殷富，不是天子亲弟、爱子不应该派到那儿为王。今齐王跟父亲这边亲属日益疏远，跟母亲内边亲属越走越近，听说还跟一小姐姐搞上了，请治罪！

上初闻，若有所触，想起早年阿娇和幼时的自己，生若此也罢彼也罢终不得良局之感念，没说什么。

主父偃再四进言，说影响太坏，临淄人都编成歌子了，集诗经演：纪氏有荡，齐子归止。纪氏如水，齐子如雨。纪齐游敖，齐子翱翱。太难听了！临淄人都说咱们齐国又要二次载入世界风流史了。

上对主父偃一天到晚揭发这个举报内个也有点烦，身边有了这么个人，好像天下无一日无事，人心都很险恶，按迷信说法，这就是一不吉之人，专报丧帖的。又不能没态度，于是任命主父偃为齐国相，把齐国这些道谤讪毁轻佻不良风气和混乱的关系纠正过来。

主父偃到了齐国，立刻就把齐王宫宦者全吊起来，日夜拷取口供，宦者受刑不过，乱讲，谋反的事都出来了。次昌小孩，没受过这个，一害怕，喝药死了。

主父偃少时曾游历齐国和燕、赵之地，都没受到友好对待。他以为自己算儒林中人，这些地方的儒生并不这么认为，不接纳他，至于为什么不接纳，不清楚，大概不是一个师门吧，没听说主父偃的老师是谁，也属乱翻书自求上进一类。还爱吹，曾在赵地冒称赵主父支嗣遭到群嘲。偃家穷，有时揭不开锅，到处找半熟脸儒门朋友求告经常连一碗粥钱都筹不到。到他显贵，不去找当年挤得过他的儒生算账，反倒接连把燕、齐两个王搞垮了。赵王彭祖拧恐,说这不是池塘失水殃及城门么。乃上书告发主父偃接受诸侯金钱,为子弟讨封侯,推动推恩令,令天下王侯子弟尽得侯。

这个告发书写得确实没什么水平,把自己都搁进去了,彭祖随信附上证据就有他向主父偃行贿证人证言。上说推恩令在前,主父偃到中枢工作在后,难道他还能利用这个尽人皆知与他无关的事捞钱么?

及闻齐王死,大怒,以为主父偃讹逼齐王致齐王自杀,召他回长安,下张汤审理。偃经受住了拷问,承认收受诸侯金钱,坚不承认讹逼齐王致齐王死。

上迷惑,说做下的不认账,挨不着的倒认了,我是搞不懂这些人的思路,是避重就轻么?公孙弘说不定因为什么呢,打着这个名义。上说那就完城旦舂吧。

孙弘说齐王自杀无后,国除为郡入汉,偃首恶。今不诛首恶,天下诸侯会以为陛下夺齐。

上说你有劝过我不杀人么?为什么你们儒门中人一朝权在手一个比一个心硬,手段赛着霹雳,这不是哪个在搞内儒外法吧。

孙弘说齐之以刑免而无耻。

上说承认你们有内一面就行。这回你也别躲在我身后了,你去,亲口跟张汤说,要他死要他活。

孙弘说我去,传的也是上谕。

遂族主父偃。

主父偃合族受刑地点放在临淄城外淄水边，观者皆乡亲，齐唱五鼎歌。偃脑袋落地时，众人皆呼：好！其女本欲荐为齐王妃者，少而美，身着红袄，刀落时众人皆掩面，喊：惨。临淄闲人亦将此情此景编了个小曲，叫《探淄水》：桃叶那尖上尖，柳叶就遮满了天，临淄那个王官巷出了个主父偃……唱遍齐鲁，又随漕运船工唱到长安。上亦闻此曲，因对孙弘说：你小时候在家看过杀人么？孙弘说看过。上说刀落时觉得这人该杀么？弘说一般江洋大盗犯官罪吏，觉得该杀。

上说内心有波动么？弘说没有。上说若遇女人孩童呢，灭族内种，有不忍之刻么？弘说有。上说算恻隐之心吧？弘说算。

上说见犯官罪吏死不动心和见女子孩童死起恻隐之心哪个是你本心呢？弘说都是。上说哪个更多一些呢？弘说分时候，分人。上说是，我知道你分时候、分人，我是问你当你作为一小孩，一领白帛，高高兴兴去河边看杀人你揣的是什么心呐，是冷漠，没感情，杀的反正都是该死之人的不动之心，还是哎呀，又有一条生命行将结束，他谅必也有父母妻室，岁数大没准还有孩子，这些人将来依靠谁，杀头也很疼你懂我意么？弘生气说我懂你意思。上说到底是哪个呢？

弘说我还不知道是谁呢，我一个小孩，我怎么会那么多想法。上说没想法，平静，就是不动之心了。

弘说我就没带着心。上说没心没肺？你承认也行，你这人就没心，恻隐之心不忍之心都是假的无从而起。

孙弘说我能走么？上说不能！我认为你对我说的话有误解，我说冷漠、没感情并不指该动感情时不动，需要寄予同情时冷漠，是指对象没出现，想法涌现前内种平静、心无所指的我称为不动态，不含任何褒贬叫原初态也成，你有意见么？弘说没意见。上说那你承认不动之心比恻隐之心更是我们平常所具之心了？

弘……上说不光你，我也一样，我们平常都是带着这么一颗原初态、不动态——的心，平静生活，遇到小孩掉井里、大人光屁股、坏人抢东西，才起恻隐、羞恶巴拉巴拉各种心，其实是各种反应，你同意么？

弘说你到底想说什么？上说我要你承认不动之心是我们常心、本心！弘说我承认了。上说那么好了，这样一颗心带着我们从事日常学习劳动生活交友出行，除了经常引起我们恻隐不忍羞恶辞让，也会在与人接触时产生友爱、争竞、排斥、讨厌、羡慕嫉妒恨你不否认吧？弘说我现在什么也不想说。上说不想说就是默认了，本心没态度，遇恶则恶，遇善则善，什么都占，你不能说它本善吧，至少也得说它善恶兼具吧？

弘说我的本心可以告诉你，羡慕嫉妒恨少，恻隐辞让多，我就敢说这个话！上说吃饭身着白色冰纨深衣沾上一粒酱，这衣还能叫干净么，是不是叫脏？一盆清水点进去一滴墨，是不是叫染？本心应该如玉，不沾不染，不对！玉也生沁出冲。应该如镜，不对！镜随景迁，见异生异。一切具有形质的东西均可沾染。本心应当如气，如象，看不见摸不着，穿过去回得来，不对！气、象犹可见。应当如幻，如想，不对！幻亦犹可见，想亦出历受。只能是什么都不是了，怎么描怎么都是错。弘说所以呀，你虽不能指它为善，也不能称它是恶。上说这正是我要表达的，本心不善不恶。

七月，因财政枯竭，无力支撑，将滦水上游、独石口以北、燕长城西起点今属上谷斗辟县的造阳地区放弃给匈奴，将那里的军民撤回口内。

八月，御史大夫张欧免，实际是辞。张老说我真是老了，不想再听到更多不愉快的事，每天朝里朝外报上来的内些事，没一件让人舒心的，我坐在屋里都觉得堵得慌，出门觉得天也昏、地也暗，每个走在街上的人都朝不保夕，我都忧郁了，经常吃着饭忽然痛哭，半夜起来不想活了。上说那您别了，您辞吧，留我一人受这份儿堵吧。张老说我不是不可或缺，您是不可或缺，公孙弘呢，我看他可以接我。上说病了，从六月就没来上班，也是说心口堵得慌，喘不上气。

张老说我说什么来着，这个工作真需要年轻人，抗造的。上说年轻人，我就代表年轻了，还是需要一个有年龄、有历练，见怪不怪，代表稳的。张老指站在御座前负责掌管唾壶的侍中孔安国说：他稳，他们一家子都稳。孔安国忙摆双手哟哟我不行，你们说的我听都听不懂。上说没说你行，张老嗓子里有口痰，劳您驾把痰盂递过去，让他把内口痰吐了听着难受。

九月，在宣室殿召见蓼侯孔臧。上先把他的意图跟孔老交待了一下，说想请您老做个泰山石，镇住我汉桩脚，张欧老……话刚说一半，孔老就使劲摆手，抖胡子，摇头，说我弟把您的美意告我了，真的特别荣幸，真的特别想来真的不能来。比着大拇指和小拇指：高皇帝六年生人，实周七十四，随心所欲四年了，是我们孔家门这十世人当中寿最长的，比祖老爷爷还多吃了两年干饭，没别的想法了，吃什么都不香，问什么都记不住，国家的事看着干着急，一转眼就忘脑后去了。先父、伯父生逢乱世，不得已弃文弄武，伯父命不好，参加了陈涉的伪军，弄得死无葬所。先父幸运，参加了我军，马上得侯，可是家族祖传这份经业就哐当搁下了。先父临终前合不上眼，说我是逆子阿，你祖老爷爷要活着，看到我这样虚掷一生，会掉眼泪的。你，日后不许做别的，我也给你挣下了个侯，吃喝不愁了，把家里这份经业拣起来，好好拾掇拾掇，补缀补缀，接上断根儿，续下去，别家传的是田亩爵禄，咱家传的可是……最后俩字没听清，就咽气了。

上问安国：你在场？安国点头，上说你听清了么？

安国狂摇头。陈掌说道统？上说道统谈不上，最可能是：文脉。

孔老说是文脉，大殓内天，正给老爷子换衣裳，老爷子忽然坐起来了，说：文脉。然后才一头栽倒，彻底断了气。

上说心思太重了，鬼都扯不走。怎么能说断了呢，多少人替你们拾搂着呐，您瞧满朝的臣，天下奔走识字的人，都是给您家续文脉，接来者的。您家经业非但没断根儿，已然萤火相传，赫赫光大了，已然成为天下读书人的公业，弄得好，成为副道统也不是没可能。行了，我也不难为您了，御史大夫干的都是瞪眼竖耳心细如发专嗅别人短儿的脏活，也确实不适合您。我这儿还一活儿，适合您，太常，怎么样？谬忌也是老了，端什么都不稳，端个碗喝水洒地下比喝进嘴的多，端鼎让鼎砸了脚，今年、明年都不一定起得来炕。您家经业，起根儿就在太庙，现在太庙归您了，想啥时候进啥时候进，书上乃个字无解，进庙，看实器。

孔老说我不能再说不适合我了，可是……上说可是两不耽误，您继续在家纲纪您的经业，纲累了，今儿的纪完成了，想出去转转，看看俗人都怎么生活，一单位等着您呢。去也甭搭理他们，转您的，瞅您的，真瞅见哪儿不合适了，摆篮地方摆鼎了，给他们指出来，权且当且这项工作准确说，就是给他们挑礼儿去。

422

孔老说我弟安国，不过儒者，蒙您抬举，御前执壶，已经天大的荣耀世人争羡了，一家子两个二千石，禄重福薄，我怕消受不起反倒折寿褫了子孙的福荫阿。

上说这我就要拦您两句了，这就不像明白人说的话了，还怎么替儿孙想阿，好的、贵的都留给他们，官还省着让他们做，你怎没说你们祖老爷爷一辈子想做没做成呢，我认为您这是倒了一个儿，不孝敬祖宗倒孝敬儿孙了。您要说正是祖老爷爷没做成，才省了这份福禄让你们得了福荫，那你们就辈辈省吧，到撩一个官不出也干净。陈掌掩嘴小声跟上嘀咕两句。

上说我知道，我怎么不知道，他家事也是啥都瞒不住，隔天就传到小菜场。咱不是议论老人阿，我听说你们家族内有个说法，老人若不是东奔西走厄于陈、蔡，成就还能更大，就有时间早一天接触到《易》，就可能有更宏广天地观，再把《连山》《归藏》《听洞》整理出来，就敢言鬼神事，不独止于为人伦设尺了。

孔老说是是，赖我们老爷爷，不认得天，天也不认他，只认最尖儿上内个人，人什么也不说，老爷爷啥也不敢问，净问没用的。

孔安国说哥，您就应了吧，这么遮，他不干我干，反正我内倒霉的蝌蚪文尚书也勘校完了，《论语》本是居家燕语，训解不占手，我豁出去了，哥你来这执壶。

423

陈掌说瞧把你弟急的,上多少回请他做丞相,你弟都没答应,当个官会死人呀?

孔臧老说没说不答应,只是要三辞,人家给你好处,率坦受之,那叫粗野。陈掌说那您打算接这御史大了?臧老说哦不不不,御史大干不了,就这太常,不上班,净挑礼,挺好。

上下来说真累着我了。

遂任命孔臧为太常。礼遇、赏赐比三公。

冬十月,任命公孙弘为御史大夫。孙弘正在家中喝萝卜莲藕稀饭汤,陈掌来了,带着银印青绶和车载斗量岁末赏赐三公级魁臣的黄金缯纨、上林苑出产的好粱米、活娃娃鱼、半斤一个的芋头,给孙弘道喜。

十一小长假过后,孙弘就上班了。这已经是元朔三年了。

36

十一月，匈奴军臣单于死。其弟左谷蠡王伊稚斜自立为单于，进攻太子於单，匈国爆发内战。

公孙弘数次谏言，对朝廷四处扩边政策提出批评，说倾中国之财力结交供养遥远的蛮夷，又要派出大量军队守卫那些无用的土地，国力再雄厚，人口再众多，最后也会花光用光，耗尽民力，请停止。

司马迁按：时，西南路工程虽停，乱犹未止，南夷、西夷得不到汉的好处，纷纷来攻。苍海郡未罢，也是打成热窑。朔方城夯了个地基，临河内面起了半截，正是较劲的时候。

上问朱买臣你什么意见？买臣说我也是这个意见。上说你不是这个意见，你写一篇文章反驳他的意见。

买臣下去与终军、吾丘寿王叫苦，说这可怎么写，人家说的是对的。终军说西南、东北确是费而无用,一个热死一个冻死,也没听说一个郡全靠外地输入能持久的。朔方还是有必要,也算是肘腋之侧,黄河以南必须全部占领,我汉才有战略纵深,长安也不必像个肩膀上的瓜,随时都有被人探手摘取的可能。你也不必反驳他,就把朔方的重要性一一列举出来即可。

终军吾丘一起帮买臣想了十条经营朔方的必当性,明儿一早呈送到上那里。上问孙弘:你有何见解?

孙弘展了眼十问书,谢罪说臣是小地方人,外地人,所见有限,对北边的情况不了解,现在知道朔方的重要了。但是还请停止西南的开发和东北的冒进。

时,国家财力在三个方向同时发力确实也难以为继,还有最主要的方向,匈奴,那是一点也不能省。去年的田租口赋随收随支,到本月底,十一月三十号,上一个财政年度结束,大司农账上一粒米一个铜板也没了,修朔方城的钱粮已然尽由少府拨用。大司农通知少府,从本财政年度开始,苍海郡的费用也将由贵府拨付。少府令不但几次紧急约见上,还去太后那儿哭,说苍海郡是个无底洞。故尔也不是上听了公孙弘的进言,苍海废郡势在必行。这年春,遂罢苍海郡。

十二月,匈奴太子於单与左谷蠡王伊稚斜在饶乐水决战。於单战败,在几名亲近阿克为甚卫护下亡入我汉。全家没出来,听说尽为伊稚斜所屠。

汲黯对上说：公孙弘位列三公，俸禄甚多，盖的被子却是里外麻布的，听说他还吃素，从这点就能看出这人不老实，克俭欺世。上说你怎知道他盖的被子是布的，你去他家了。汲黯说我骑马遛弯路过他家，看见他晾在院子里的被货。上说麻布被子触点多，一翻身麻麻苏苏跟被什么胡噜了一遍似的，有人觉得爽，夏天不黏身子，我也有一床，特别烦的时候盖。吃素，他内把岁数大肉已然吃不动了，你还能吃么，你岁数也不小了，吃完不堵得慌、上下不通气、放臭屁么？我一直认为您是我朝唯一一个訾议皆出公心、对事不对人的磊光绅君，今天听到您以吃、穿论人，震惊。

汲黯说我也忽然觉得我很下作，我是太烦他了么，为何会出如此丑态？上说不知道。

但是上还是很欠地去问孙弘：汲黯说你睡布被子、吃素是装波依。弘谢罪说臣确实是装，有这回事。九卿当中再没有谁比汲黯和臣关系好了，他所言都正中臣的毛病。臣以三公之尊睡布被子，和小吏曹史没区别，实在是装得不能再装了，目的就是钓取廉朴的名声，自汉初反装波依运动以来，臣还这么搞，是不自然和故标孤高。汲黯说的都是实话，而且要不是汲黯那么忠，一切出自公，您又怎么能听到这些揭出我本来面目的话呢？上大笑，说：会聊。

时，宫人皆以为东方朔诙谐。上说东方朔最多算个段子手，有一种比诙谐高级的调笑，叫油墨，我朝众臣中真正油墨的是公孙弘。

春三月，赦天下。（司马迁按：就是前文提到过的赦冀、青八郡避辽东役赋入山林为贼无大过犯者事。）

四月丙子，封匈国废太子於单涉安侯。阿老本来准备围绕於单做些工作，上亦安排了接见他的日子。可於单自入汉便郁郁寡欢，不肯与人交谈，为了方便他的饮食，上还派同为匈奴族的公孙贺家厨师去为他煮肉，於单也食之悢悢，有时拒绝吃饭。初以为他只是心情不好，失国丧亲之痛，搁谁也要抑郁一阵，上说给他时间，让他调整，大痛不可彻除，只能慢慢习惯。后发现他是真病了，长时间深睡不醒，以致呼吸浅细，伴寝者常以为已无呼吸，轻唤无反应，需下力连捅，方醒。醒来亦淡漠，勉力扶起坐，坐姿不变，眼珠不动，长日呆坐，意识模糊或说几乎观察不到意识活动，形同枯木。或有短暂醒转，说话交流无碍，还会说我刚才坐在那里不动。问你坐那儿想什么呢？不能回答。张苍公来做检查，全身四肢心跳并无所碍，各种刺激反射均有，号了下脉，说浮浅，开了些柴胡半夏甘草陈皮镇静安神万能汤药，说保持营养，就走了。后症状日见严重，枯坐竟日乃至昼夜不憩，放倒即为挺尸。不进饮食，牙关紧锁，灌服亦不得撬张，人速槁憔，后数月坐卒。卒时一把骨头，只手可拎。

五月，王朔从匈归来，人亦大变，剃着匈奴头，额前留撮儿，后以儿梳两条小辫，眼神桀骜，满脸胡气，喊王朔不应，喊老张回头。说我这十砣年都让人喊老张，张君，我也认为自己姓张了，做梦梦里也是一个姓张的，张骞么，我跟他商量商量，就别换回来了，他继续姓王，我继续姓张。阿老说你不用跟他商量了，他前年已染时疫没了。王朔说那太好了，我以后就躲着点他们家人儿吧。遂日后以张骞闻于世。

军情署存有张骞在盭厔培训基地接受审查亲书《留匄十年记》（原文如此）竹稿，现择要刊录如左：

我叫张骞，汉中都固人，建元四年（司马迁注：此说疑有误，建元六年我还在长安见过此人，而此人以军功封博望侯封册历数其功则记首次出使建元二年）受二署署令颍阴侯灌阿派遣出陇西，经河西走廊向西寻找居住在祁连山、敦煌之间的月氏人，执行联络月氏共击匈奴的任务。可是刚走到西营河就被匈奴人截住了。我成功骗过匈奴人并赢得他们的好感，非留我多住些日子，还给我发妞儿，我稍表推拒便拔刃相向，说瞧不起他们。谁说胡人没里儿没面儿，不讲羞耻，胡人也讲面子，也讲羞耻，只是耻点稍有挪移，我们有时活受罪，他们一点委屈不受，为示尊重，我从了。孰料次日便遭百里之内牧人飞马携酒群贺，阿一，匈语月亮的意思，我的匈籍新娘，给我介绍：这是我粑粑，匈语爸爸，与我汉语类同；这是我阿妹，匈语妈妈；这是我卡逮甚，兄弟；克斯卡逮甚，姐妹……

我说怎么他们都来了？阿一说我们这里对婚礼很重视的，要饮酒唱歌吃手把肉跳舞七日，亲戚都要来。

我说没人跟我说是结婚阿。阿一说那你以为我们是在干哈嘞？我说我以为……我听说你们这儿不是都试婚吗？阿一说试了，我很满意，昨天下半夜就把表示满意火堆点了，粑粑阿妹卡逮甚连夜动身，就来了。

我说那我呢，你没问我的意见。阿一说一般不问男的意见，除非女的特别不愿意，男的赖着不走，才会问你想死想活？我说男的特别想走，问么？阿一说问，想死想活？我说你们这都是什么时代阿，还带这么强迫人的。你别骗我了，我出国前学过你们风俗，试婚要一年，能生娃才正经结婚。阿一说现在也还是这样，一年后的今天，没有娃，我连说三声：滚！滚！滚！你就可以滚了。可我要是不说，你滚不了，还得留这儿干活。我说怎么还要干活阿，我在汉国可是贵人。阿一说不管你是什么人，到了我这里，就是我的人，都要干活！之后一张张开心大脸围着我唱歌，一人手里端一碗，碗里都是酒精，我就醉了。醒来又是一张张大脸，一碗碗酒精，我又醉了。再醒来，也不知是人间几日，男人们在哭，唱着忧伤的歌：能带来雨水的云阿，夜一样黑。吹绿草原的风阿，冻死牛羊。留不住人的窝鄂水道阿，阔那亚人生生死死……

上说阕那亚人，难怪，他们怎么跑这儿来了？

对公孙弘说阕那亚人是母族社会，很古老的民族，曾经接待过周穆王，当时是受西王母部落统治，看来现在又归附匈奴了。老张落在她们手里，惨了。

《留匈十年记》（以下简称十年记）曰：……再次醒来，是被踹醒的，阿一扔过来一把木锨，让我去牛圈起粪。起完粪我说饿了，阿一说没饭。我说一顿都没有吗？阿一说一顿都没有，只有结婚、死人、远方来客，宰羊，才有肉。我说饿了乍办呢？阿一指着母牛腹下装二十斤干枣似的乳房说：找她办。我是爱喝牛奶的人，但我不接受趴人身上喝！不接受顿顿喝！

上说还是黄帝时代生活水平，不爱使餐具。

十年记说：我跑！我昼伏夜出，倒着走路，阿一的马比捷豹还快，阿一的手像刀螂，阿一的獒能嗅出百里内每一只汗脚，还是把我叼出来，因为是自家的獒，没下死嘴咬。有一次，我都跑到黄河边了，都看到我汉士卒了，在夯土，卡逮甚的套杆把我拖回去。

上说他不是带着一百多壮士走的，怎么只剩他一人了，大家起来一起跟她们干呀。阿老说内一百多壮士也分配到别的缺姑爷人家去了，也在贺兰山下、石羊水两岸起圈放羊。上说怎么遮，她们内一圈缺人？

阿老说草原上的活儿都是重体力，相当于咱们这儿农村天天上梁，挖河脱坯。平均寿命相当于咱们战国，不到四十，比我汉低将近两个点。为什么他们人口老是三十多万呢，上不去，出生率和死亡率将将持平。男人尤其短命，战争、劳累、大梅花，逢大灾千里无人烟。可怕也可怕在这儿，全是年轻人，都在最、怎么说，盛华之际，咔擦，回去了。成年女人大多是寡妇。我汉边陲多戍卒，男女比例亦失调，男的多女的少，对草原寡妇来说，是一个资源。我汉畜字马行动能这么成功，主要因为沿边放牧尽是女牧主，她们把儿马赶过来让我们母马配，惦记之一就是顺便偷汉子。我署设伏逮着过居然跑进我边堡里抢婚的胡女，内娘儿们我至今印象很深，被我们光屁溜捆起来还毫无羞耻地喊：我让你们配马你就得让我配人！我们内个战士我一看也很差么，小皱巴老头一样，这都当宝，小张细皮嫩肉你想想，让她们得着了，决不轻放。

十年记说：一年后我娃落地，我跟孩儿她妈说该让我滚了吧？孩儿他妈说再生一个男娃，准让你走。又是一年抱羊鞭、挨马踢、嘬牛奶。我儿落地。出了满月，他妈把汉衣汉冠拿出来，又拿出我的汉节，说知道留不住你，你是贵人。我说什么贵人，我是使者，有我的国家给我的使命，我拼死也要完成这个使命，所以不能留下来和你过日子，把娃养大，所以只能说严重对不起了。然后我就骑马走了，娃他妈背一个抱一个在后边喊：孩儿他爸，永远记着，贺兰山下有你一个家。

上说小张成熟了。阿老说他没走出多远，才走到弱水又被本大当户勃度赫部所拦截。这次他们发现了他的汉使身份，很重视，武装押解递送至大茏城单于庭，才有了军臣单于内番话：我不可能让你过去，如果我要派个人去南越，你们能答应么？他这个阿一，阏胡太太帮了他大忙，否则作为敌国之使，又是秘密穿越匈国国土，意图联络另一敌国，办他个间谍罪也无话可讲。阿一听说老张被单于扣了，驮儿抱女跑到单于庭替他求情，说他已经不是汉使，是她男人，并育有两个孩子，算阏胡部落的人了。阿一爹地是他们阏胡一个不大不小的头领，每年蹛林大会有资格觐见单于。单于也有民族政策，对这些依附他的杂胡也搞恩威并施，也要尊重这些部落的习俗，不能轻易动这些部落的人，才放了老张，这个面子是给他太太的。遂令老张在茏城居住，不得擅自离去，算限制居住吧。

上说这个老张阿，不知受了女人多少恩惠还在那儿牛吹烘烘搞大男子煮义。阿老说落难的男的没女的搭救基本都瞎了。

十年记说这十年，我无时不思念我汉……

上和阿老、公孙弘都笑了。上说行了，把你蛮子媳妇哄好了比什么都强。

……的包子和烙饼。十年记说。阿一说咱这样老在城

433

里混着，老指着粑粑、卡逮甚送肉也不是个事阿，咱还得自个寻个小营生，至少够娃、咱公母俩吃的。于是我就在茏城脏街支了个摊卖烤包子，才知我旁边卖串儿的呼揭客是我军情报员甘父，才知组织上一直在找我，关注我，感动。又和组织接上关系，塌实。在组织资金支持下，我俩不惜赔本低价倾销把周围竞争小贩挤垮，把生意做起来了。二年冬，我在脏街救了个倒卧，是当年跟我一起出塞的通译堂邑父，他也从寡妇家逃出来了，通过他我又陆续和我使团其余逃婚流落茏城人员十余人接上关系，并得到阿老指示，还是要往西走。说这话已经我也弄不清是几年匈奴无纪年以雨雪为季——多年以后了。阿一也变得白发苍苍，胡女如鲜花，过季颜色迅消，我们之间已变成母子关系，我意思是受到她全面呵护和纵容。阿一说希望你终身得归故国。我说我还要西行。阿一说挺你。

于是我们十余人开始烙饼、做灯影羊肉，每天绕茏城跑半马锻炼脚力。这次大家比较有信心，都在草原上过过流浪生活，又都学会了挤奶拢牛粪火，下套绊兔，掏洞子熏鼠，用一只羊的胃把整只羊煮熟，至少会一门胡语，草原野外生存与牧人打交道能力大大提高。大家说我们一定能走到西域。阿一为我们重新规划了一条路线，出茏城北走，以不使匈人怀疑，行半日折向西，即达歌子里所唱窝鄂水道东段鄂尔浑河。再从那里沿河而下，度燕然山口，穿本叉干、额勒各湖谷西行，至扎挥，逾金山、戈壁阿尔泰之间干河谷，折向正南，即达伊吾卢水。再沿烟墩、苦水、马莲井、大泉走上七天，就到敦煌了。沿途都有水，是阕那亚人早年从西北大旷原东迁，世世代代走过的路。至今沿途都有阕那亚人营帐，不管他们今天有什么样的脸盘，肤色深浅，自称蒲类还是车师，只要一提阿一之父牙什库特——老狼的名字，就会得到照应。

十年记说：就在一个草原春绿，野舞草、狼毒花开满狼居胥山谷的日子，我们骑着马吹着羌笛，拉着胡琴，弹着琵琶，假装去草原参加婚礼，出了茏城。当时单于正在城郊举行祭天大礼，茏城各族人民都骑着马盛装打扮往城外走，我们一行毫不显眼，当时的我，和我的同事，都剃了头，穿着左衽开身直襟上衣，合裆扎腿裤，满口滴里嘟噜，看上去就是一帮匈奴爷儿们，遇到广爷会直接拿箭射我。阿一带着我的小骏马阿特、小白杨可秋卡娃送我到额尔浑河，瞅着我笑，说你还是穿我们衣服帅。阿特不说话，可秋卡娃搂着我脖子说粑粑你还回来么？我说当然，我还要在你试婚不同意的时候，带着刀子去问内小子想死想活呢。阿一是女低音我说过么？当我们一票人骑马沿河而去，河上传来她的歌声：鹰一生不离悬壁，狗一生不离火堆旁的阿妹，远行的汉子，再也不回额尔浑河……

十年记说：我们到达燕然山口，并未能穿越，右王哀嫩正在山口举行军事演习——围猎。只得沿燕然北麓西行，渡扎布汗河，入呼揭部。再从那里换呼揭服，剃呼揭头，沿金山北麓西行，绕斋桑泊，再绕夷播海……我们都不知道绕到哪里去了，只记得草原上舞草花开了又谢，大雪过后是大雨，沙漠一夕成湖泊，湖一夕又成黄丘；山峰倏尔白头，转眼又复秃芜。甘父也没来过这边，这边人说话他也听不懂，有一次我们在煮鱼汤吃灯影羊肉，路过放羊的小姑娘突然说：周。可能是听到我们说汉话。我们说你怎么会说汉话，小姑娘只是神秘笑，摇头，再也没说出第二句人话。

上说夷播海古称依波海，是黑娃母也即西王母王庭所谓瑶池所在，周穆王到过那里，不知这个当年超强大、国土从质浑河到喀喇昆仑东西数万里，我周都要去朝觐的女部现在到哪里去了。老张所说沿金山西行，入夷播海，奏是当年穆天子走过的路，不过是回头路，归程。穆老师出西膜奔西荒，走的是天山北路。

阿老说听我们在呼揭的同事说西王母国在我国春秋时代，顶不住陆续东迁西胡各部，退往昆仑，经唐古拉山口入羌塘高原，成为唐羌、牦牛羌的一部分，当然是他们的女人，已经放下弓刀，安心挤奶了。

上说神话传说都是这么结束的，伟大的英雄成为凡夫俗女。当年娜斯大帝也即著名的女娲，伟大的女儿国褱国——西王母国的母国——女帝，也是率残部从唐古拉山口入羌塘，成为藏区最早一批女性，西王母投奔她们也可算归祖认宗了。

公孙弘说这都有记载么？上说有，将来你不开心的时候，我讲给你听。

37

十年记说：我们一致决定不能再往西走了，必须南下，哪怕前面是沙漠。臣等沿着不知名大漠东衍南行，度过最后一条知名的大河郅贞水，看到麦田、苜蓿地、葡萄园、建有坞堡的村落和骑马乘车行走其间的人。这些穿白色长袍面孔白皙深眼隆鼻的人，对外来者敏感又友好，看到臣等发型穿戴便喊阿米搂西斗，甘父说大宛人无疑了，这是大宛话对俺们呼揭的叫法。我说那你们话叫他们什么呀？甘父说也颇那。

上惊叫：也颇那是爱奥尼亚的巴利语转译，这是李耳《西征随志》所记居住在古马提撒戈海岸的希腊人，他们怎么跑这儿来了？孙弘惊叫：这你也懂？

上说噢——，我知道他们怎么来的了，是跟着阿瞳堂叔压力山大叔打过来的。对孙弘说阿瞳是我宫里一个侍女，属于你们常爱说三人行必有我师的内种师。我宫里一万个姑娘，有师三千，有讲爱奥尼亚方言的，也有讲巴利语的，开阔视野多么重要阿。

十年记说：大宛君子见臣等又饥又渴，拿出葡萄酒请臣等喝，他们的馍——皮塔给臣等吃。我跟他说我们不是阿米搂西斗，我们是汉国人——汉。大宛君子含笑摇头，表示没听说过，我说：周。大宛君子即刻离座，掸衣拱手，重新施礼，说久仰，听说过你们的富裕，人人都穿虫子吐丝的衣裳，屋子都拿黄金装饰，耕地的农夫谈吐文雅，士兵出口即诵诗篇。我谦逊地说是这样。大宛君子说鄙舍寒陋、鄙村亦寒陋，我必须立刻护送你们去我国北京贵山城，请我们的王好好款待你们。我说请允许我们沐浴更衣，否则我们这样烂糟糟灰扑扑去见王，他会以为我们是骗子。

于是臣等解囊取出汉衣汉冠，取铁斗喷水熨平，拢了拢头——数月奔波头发已长可挽髻，装扮起来，大宛君子仰睹我汉官威仪，啧啧生赞，曰：有点像了。

臣等乘君子亲驾之双骏篷车，至宛都。其城雄伟，城门宽阔，双向车道，可四车会行，城市街道呈方格网状，与我长安几同。城中央有巨形广场，亦为露天市场，人民叫卖呼唤熙攘于彼，广场一端矗立神庙，旁有王宫，市民会议厅——不知是什么鬼；两侧有敞廊，廊有店铺，青年人老者席地而坐一问一答颇似孔子当年所设乡学。还有公共浴池呕卖爸！（马迁注：此为我汉人民表极惊叹之鄙语，若我的天，额滴娘。典出秦末人民离乱，赵地一慈父，插草标自卖救子于道旁，路人皆惊，自古只见卖儿卖女，未见有卖老爸，故皆呼呕卖爸！后因与我汉官序良俗严重不合，为君子所弃，渐不闻于庙堂雅舍。骞鄙人也，故出此语。）

出广场左行有男女间杂调笑诙谐演绎种种生死情科之圆形露天剧场闻所未闻！裸体运动场呕！卖！爸！

上说穆天子当年路过古马提撒戈海岸，他们还只有如上古炎帝所居大庭那样简陋的会堂，在里面只会喝酒闹事，千年下来，搞得有点样子，只可惜不知礼义，有点过分了，见过爱光屁股的。

大宛王和他的近臣、武士都长着小麦色卷发，而他的妻妾、仆人则一头黑色直发。十年记说。王接见了我，请我吃塞满米饭、薄荷、葡萄干、松仁抹酱烤的青椒和莫萨卡——牛肉茄子圆葱做馅儿拌入橄榄油干酪敷上面粉奶油烘焙出炉不捏褶的开口笑包子。

上说跟穆天子当年路过那一带腓尼甚人、以撒利利人为他所设筵席上的菜一个系列。国宾馆原来内个奄蔡厨子也能做这个味儿，吃多了腻口。

公孙弘说您都吃过，您都见过，您还派小张去呢儿捣什么乱呀？

上说懂你意思，我不能吹牛是么？我确实知之甚少，所知也不过是东听一耳朵西听一耳朵，正所谓闻风即雨不求甚解，咱们派小张出去就是为了求甚解。

十年记说：王说感谢你远道而来与我国通商虽然你手没拿什么东西是路太远不太好走都丢路上了吧？但是没关系，你可以赊一批玻璃、葡萄酒走，下回再用贵国丝绸与我结账，罗马商人都这么干，拿我们的酒、玻璃冒充他们的货，卖到周，这样几千里路运费省下来了。臣严肃而又恭敬对王说抱歉，我国不叫周，叫汉，是伟大的周的继承者。我是汉天子正式派出的外交使节，不是来与贵国进行贸易，确切的说我的目的地根本就不是贵国，我是派往大月氏国特命全权大使，只是不幸没找到大月氏，才误打误撞进入贵国，引起您的误会及不必要联想鄙人深表歉意，并愿意回去向我国天子传达您及贵国愿与我国交好良好愿望。

大宛王说哦你不是来看我的，没关系，来了就是朋友，可以多住些日子，走一走，看一看，这样，我先开几瓶酒，你尝一尝，再说买不买。

王慷慨提供了上好的酒、便于携带富于营养的肉酪和次一等的马匹。说月氏已不在敦煌，老国王被匈奴人杀害后，乌孙又攻击他们，太子带领残余军队和人民西迁到沩水继位为王。与我国之间隔着一条狭长康居走廊，你们要去那里必须经过康居，我国与康居是兄弟之邦，关系友好，我可以给你写一封信，说你是我的朋友，请他们提供过境方便，他们一定会的。

这里我必须提一下马，大宛王和他的近臣武士所乘皆是皮薄毛细红色骏马，大宛语曰阿哈尔捷金，是最早培育出这种马的人名，相当于我们的伯乐。此马胸窄背长、后躯强健，平地奔跑一千米只需一分零七秒（此皆西域距长、计时单位，约等于于我汉二里地和数六十七下），曾有八十天跑万里（汉里）最快纪录。因其皮薄，奔跑时血管贲张可见，颈部肩部大量出汗，致其枣红愈艳，若沥血而行，故又称汗血马。此马名列禁止出口物种，故只赐给臣等一般人民役用白马。

臣等在大宛军官陪伴或称监护下离开贵山大城，途经另一大城，其国南京压力山大力压，到达其国南部边境。康居骑兵万人在边境等候我们，显然他们已得到通知，至于为什么派这么多武装人员，臣以为是有意炫耀兵威。陪伴我们的大宛军官对本国情况只字不提大概对他有命令，却爱替康居吹牛波，说他们什么都比我们大一倍，有民六十万，十二万户，武装部队十二万。臣以半减，得出大宛有民三十万，户六万，军队六万。此二国显然共有一户出一兵军制。后得康居人证实，陪伴我们的康居军官提到大宛总说他们比我们小一半。臣还观察到两国另一共同点，军官老兵皆金发，士卒、女人皆黑发而栗发者皆幼，显然一代人或两代人之间发生过父系征服。臣曾试探康居军官有没有兴趣和我汉做点生意阿，我汉有丝绸。军官说没兴趣。臣说能不能顺道去你们国首都另一座压力山大力压游览一下？军官说不顺道。军官可能也烦了，与臣说你甭跟我套近乎了，我们跟匈国是好朋友，他们是我们尊敬的上国，我知道你们和他们关系紧张，我国和你们国相隔这么远，是不可能站在你们这边的。非常值得一提的是臣等曾途经入宿一座名曰喀拉的明显具有军事功能的要塞城市。这城有双层城墙，每层厚数尺，高数丈，外墙密布箭孔，三个一组；入城门须迂回曲行五次方可入内城，内墙亦密布箭孔。城内唯一一条大街或曰通道将城市一分为二，两边各有二百个房间，此时虽为平民居住仍可见其营房属性。外敌入侵则可层层据守，或可为我边防屯城塞堡所鉴。

　　康居走廊很窄，数日可度，大月氏骑兵万人在边境另一边等着臣等。双方军人见面冷淡而客套，康居军人将臣等移交给月氏军人。月氏军官皆褐发或黑发，士兵或金发，见臣等则好奇微笑，能正确发音我国名：汉。臣等随月氏军驰往其都蓝山城。臣与月氏军官攀谈赞其军容严整盛大，万骑纵驰如雁行。月氏军官亦恭维我汉，说听闻你国新败匈奴，出了一位了不起的大将卫大人，匈奴人闻其名而遁，我们听了如同自己得胜。臣久居胡地，时尚未闻卫将军大名，以为是李将军讹传，说是是是，我们这位大将军射箭入石，力道之深自己都拔不出来，和我是好朋友，我俩一向都是素闻贵军精悍力主与贵军合作共击匈奴一派。月氏军官叹说你怎不早点来呢，你早来三年，我们还在和萨迦人、希腊人作战，还未完全攻克巴克特里亚也即我边民游商口中所称之大夏——因其城郭高大方正，田陌纵横，有我关中气象，且我人民普遍持凡西胡皆我黄帝庶子执念，故言之——使其臣服，还有机会合作。我说我早来了，被匈奴扣了十年，耽搁了，又问现在怎么不行了？军官说见了我们的王你就知道了。

马迁案：大夏即希腊旧文献对斯基泰人称呼达奇亚之音转，后于塞琉古王朝时期经西膜各国之口为我沿传，非我人民不开眼。

至蓝山城，城郭布局与贵山、压力山大力压几同，规模大几倍，只是神庙被焚平，宫殿、会厅、民居尚有兵燹之祸所遗熏痕，公共浴池、剧场、运动场遍布马粪皆有战马在吃草料。月氏王身材矮壮、褐发蓝眼，在已烧塌了顶大夏王宫设帐席地居住，大理石地铺着安息地毯摆满烤羊腿、烤青椒、牛肉茄子馅儿开口笑包子、奶皮子、干酪和酸奶、马奶酒、葡萄酒。王说特别恭喜贵国对匈作战首胜，我军民闻之无不欣雀。对匈奴人本王只有一句忠言：狠狠打！绝不要跟他们议和联姻，他们没一句话是真的。臣趁便进言此行正是要与大王商议联合作战东西夹击事宜。王说嗯嗯这个嘛，我国在此存在就是东西夹击了，匈奴亡我之心不死，其右部始终马首向西，不能东顾，就是顾忌我打他一个冷不防。我国连年征战，一迁再迁，士马皆疲，人口不及盛时什之一二，前年打下巴克特里亚费老鼻子劲了，他们城市太多，每座城都是一座要塞，都要流尽血才能夺取，如果再不让我的士兵休息，我也就没士兵了。臣说父仇不报大丈夫何以言休，又有何颜面立身于天下？月氏王很奇怪看了臣一眼，说我是国王不是匹夫，我的责任不是只有为父报仇。国家衰弱没有力量与强敌作战还要蛮干这到底是父之所愿还是敌之所愿？你这么说的笋纪点在哪儿，这个筐从哪儿开始编的呢？我听说你们是有点轴没想到这么轴，为一张脸——别人的看法，宁可不顾及自己生命和全体臣民安危么？这样吧，你先住下来，走一走，看一看，我也再想想，和我的将军们商议一下再给你答复。

上问公孙弘你对这事怎么看？孙弘说文明与否不是看他的城市有多雄伟，人民碗里肥肉有多馋人，而是看他的这个——指心——所思所念是否赖循天常，所行所为是否合乎人伦。孝，绝不止善奉父母并在父母去世后大办丧事穿孝服居家守制这样的表面文章，而是关于一个人的根源问题，你从哪里来？芽自根生，枝自干逸，花开于表，父母遇害，形同刨根，枝系再旺，花开再盛又能盛旺几时？丧失来历的人岂不如断线风筝越飘越没影儿，绝根草木越长越黄终不免枯谢一败涂地——吗？所以报父之仇绝非同态复仇一命抵一命这么低级的反应而是尊重自己的根，以血祭这样的形式完成

445

一次接根、养根、护根象征性、纪念性的自我救赎，以宣示断茬重续，难道不是受害方情感心理所必需也没准儿——至少我这么相信——冥冥中恰与天道精神所契吻，自然法则字称守恒所必要——纠正的吗？箩纪点在这儿！从这点说，大肉汁还是蛮夷。

上说好吧。

十年记说：在等候月氏王再次召见的时候，臣走访了妫水两岸月氏新占领的土地，确如月氏王所说，大城甚多。有阿瞳她叔压力山大叔所建无处不在的压力山大力压；有波斯名王居鲁士大帝更早修建东瞰药杀水的居鲁士城；有妫水尽头阿拉海河口面向北方草原大漠以塞琉古王朝第二位皇帝安提俄克一世命名的安提俄克城；有以巴克特里亚王德米特里命名的德米特里城和波斯阿赫门王朝时期巴克特里亚首府扎利亚斯普城和同一时期修建位于妫水左岸的索格底亚纳大郡首府马拉坎达——这座城城墙长四十汉里，李耳《西征随志》称其为撒马尔罕坎儿井。这些大城皆有繁华胜迹和历史上反复遭受围攻所遗累累战痕。压叔曾亲入居鲁士城参加巷战，手刃八千人，自己也身受重伤，他经过的那条街即名"血巷"，街石皆为深褐色，人称血石。安提俄克城有五百汉里作为掩体的墙，每块石头上都有剑痕，最新的剑痕是月氏人留下的。扎利亚斯普城有一块倾圮石碑，上面有希腊文、波斯文和阿米亚文三种文字刻写的碑文，是二百年前压叔任命的太守波斯人阿尔塔巴祖斯所立。上面记录着这样一件事，波斯阿赫门王朝最后一位皇帝阿塔薛西斯四世逃到妫水左岸红沙漠深处一个几户人小村子，为追随他的索格底亚纳贵族斯皮达玛所缚，并派人至压叔军营送信请他取人，压叔部将托勒密将阿塔薛西斯四世取回，压叔下令将他鞭打，割鼻削耳，送到（此处碑文不清）公开处死，至此阿赫门皇族彻底绝嗣。

上说不能尊重自己的对手，一个皇帝残杀另一个皇帝是我不能接受的。对孙弘说我同意你说他们是野蛮人了。弘说历史是由年轻人主导的战争开启，文明则是借由宽恕而不是杀害最后一个俘虏萌发。赞美亦应自此而生而不是历数杀人之众将战争暴行作为旷世武功夸耀记胜。这是我对内些所谓名将大帝的看法。

上说咪兔，这是记丑。我开始有点同意贵宗派开山师内种历史观：春秋笔法。对历史还是应该有点态度。孙弘说阿，您原来不同意？上说我原来持一种幼稚的历史观：要真实。

十年记说：巴克特里亚－大夏土地肥沃，在希腊人入侵前即采用郡县制，县下面有驿亭，亭各有长，与我汉政体惊人一致。臣在马拉坎达城遇到一个奇人，蓝眼红发却自称中国人，并有一个中国人的名字：杨鉴义。杨先生一见臣等甚为惊喜，说可见到家乡人了。据杨先生研究大夏之郡县制采自中国。臣很尊重杨先生，但不得不指出，希腊入侵发生在周显王四十年，那时我国还是分封制，秦置郡县尚在百八年后。杨先生研究中还有一个有趣的现象，在德米特里王之前有一个篡王名攸提德谟斯，此人同时也是勇王，曾在阿列亚河战役中亲率骑兵冲锋，砍了安提俄克三世嘴唇一刀，使其崩牙五颗。此人也是在位时间最长的大夏王，在位四十年。据该国史书记载，此人在位期间曾东征，差不多在高祖元年我国刚开始楚汉相争之际，将国土扩展至赛里斯国。赛里斯是西域各国对丝的通称，据说音译于汉语，不知是哪国汉语，故赛里斯一般指中国也即丝国。杨先生和他朋友一群当地历史爱好者对此有争议。杨先生认为是指距疏勒不远、莎车以南的蒲犁，因为那条记载同时形容中国人蓝眼红发，杨先生说都长我这样儿，所以我是中国人还有什么可怀疑的么？杨先生的好朋友李约色则认为是在葱岭以北做买卖的西百利亚各部落，内边的人毛色挺杂的。杨先生的另一位好朋友，立志并正在书写《巴克特里亚史》的大夏司马迁罗令逊先生的说法臣最表赞同。罗先生说我国史书的意思是大夏的影响曾经到达中国西部边境塔什库尔干以外而已。臣告诉他你是对的。

　　该国史书还记载，攸提德谟斯王东征后，始封其子为王。这是古代西方从未发生过的事，攸提德谟斯是第一个这样做——裂土封建的王。后来又影响到其西面的安息。臣也不知道这个古代西方是多大范围,至少大夏母国希腊应在其列。依臣之寡闻,他们原来不就是一帮子么,每个城一只国,再裂土封什么只能封在街道了,若这也是采自中国,只能说是倒着采了。

杨先生的研究还发现,我汉孝道观念,在皇帝谥号前加孝的做法,也在那时传至西域各国以至于埃及。这就远超臣的见闻,就不是臣所能置喙的了。

38

六月,伊稚斜单于本部三万骑反季节入代,向我立威。代郡太守陈恭战死,九十八军阵亡千人。

庚午日,我妈崩。我又要演孝子,每日早晚捶胸顿足向合眼躺在棺材里假装安详的我妈撒泼哭十五声,本来有的一点难过都被这通嚎冲了,并渐生愤怒。

我问公孙弘把私密情感仪式化示于广众和把底裤亮出来当幡儿打有什么区别?这难道不应该叫没羞没臊不知耻么?君子耻其言过其行不正是指的这个么?

公孙弘不能回答。

我说有些标准是不是应该统一一下,君子务本,君子不器,君子周而不比,是不是应该用在生活的每一个方面,不要平时含而不露,一到办丧事就丑态百出,以散德性为美,这算一例。正常死亡不能叫断根儿吧?根儿在生你内一把射精就续出去了，养你就是养根儿护根儿就完成了宇称守恒，不需要在老根儿劈了的时候再象征性、纪念性、救赎性地大闹一场吧？

孙弘说现在是国葬期间，您也很激动，我就什么也不说了，只能劝您节哀。我说行，等这一段过去，咱俩，不行再叫上你们全体，咱们好好聊一次，掰开揉碎聊。我先把我观点端给你：旧说不旧，前人前面有前人，任何伟大思想，都在起吃、透析、缝合还不是后来的衍义、叠架即已混入很多外道契受，其实与本说根本主旨相抵牾，非割股疗肌排异解痊，乃才纯正。我这里所指就是贵宗派自有商以来便是执丧礼业者，把很多本是巫觋主葬特为侒神仪轨植入人伦，譬如号哭，那是全员跳巫集体对神、对灵、对逝者之魂发出的呜呼喜念，原本为歌，行歌绕舞，有辞；曲调亢扬低回，有鼓，点儿疾；哀而不失撕心壮胆，所谓如泣如诉。现在可好，全剩撕心了，鼻涕一把眼泪一把，周人已被拧次得胡说八道，哭坏了天下多少傻子，不要再往下革缠拧次人了。你可以下去纠集你的同门师兄弟细细准备，我们搞一次廷辩，期待你们驳倒我！

上于停丧期召张骞随侍左右，任命其为太中大夫，说这会儿什么也干不了，你再跟我多聊聊大夏的事。

张骞说大夏今天其实没什么好说的，月氏人刚进去没几年，什么建设也没搞，大夏还停留在她的昨天，但是，要了解大夏的昨天，就要了解他们前天——希腊人入侵前波斯阿赫门王朝统治时期。起初，大前天，葱岭以西、妫水也就是希腊人说的乌许斯河、波斯人说的质浑河、当地混血儿说的阿姆河——以东广大草原生活着从更西边喀喇撒戈也就是我们今天说的黑海，哈扎尔撒戈也就是我们今天说的里海，迁徙过来的萨迦牧人也就是周穆王碰到过的在他们呢儿洗过桑拿吃过老头肉内帮塞西安人……

上说你特么太啰嗦了，你这头一句话已经摆我听晕了。骞说这怎么能叫啰嗦呢？一个尊重事实的人，深知回忆不可靠，理解有偏分，就是图像复原现场也难以获知全部真相，当然要把他所知道的一切，一切的一切，全部、无一遗漏都告诉你——没法不啰嗦！

上说行行你说吧。骞说我还没说完呢……也叫东方斯基泰人，也就是穆天子爱妃大美人小事儿妈胡麻衣塔尔家乡人儿，也就是我周马萨亥特远房表叔，其中还有我中国血统也就是新六师被迫入赘战士都是我关中子弟数十人骨血你还记得狮鹰兽格里芬么……

上说我禁止你再说"也就是"。禁止你啥都从头整。我命令你就从波斯人啥时候进去开始说，之前不想知道。骞说这可是你说的，别回头不明白再问我。

上说不明白当然要再问你——快说！

骞说距今大约四百二十四年，大概相当于我国纪年周灵王姬泄心在位二十二年。内年咱们这儿也挺乱的，净出大事，晋国搞内斗，几个大夫传闲话，栾氏最强大力士被暗杀，栾氏发动叛乱进攻国君，自己光顾躲箭没看路，战车撞树掉地下被人乱棍打死，栾氏被灭族。齐侯进攻卫国顺道又进攻晋国，都得了手，回国途中情不自禁攻打莒国，大腿挨一箭，被人一路追打回齐国，大夫杞梁战死，杞梁妻孟姜哭倒齐长城……

上说你非得这么聊是么？骞说求你了！我不这么聊不会说话。上说好吧好吧，念你在匋多年憋坏了。

骞说西方发生了两件小事，一是希腊人在以弗所用大理石修建了狩猎与接生女神但自己是处女并反对婚姻的阿尔忒弥斯女神殿。好奇怪，他们是这样理解纯洁的么？你不觉得奇怪么，箩纪点在哪里？

上说不觉得奇怪，如果我每天给人接生我也会反对婚姻并拒绝性交。头过年我还能听到波斯消息么？

骞说来了来了马上来了。第二件小事就是当时西亚最强国米底被灭国。被谁灭的捏？著名的居鲁士二世大帝，波斯阿赫门家族第三代王，也可以说是第一代波斯王，在他之前两代居鲁士一世和特斯佩斯殿下还只是在家乡安善一块小地方称王，只能算是部落王。你一定不想听他是怎么打败强大的米底王国吧？

上说不想听。

骞说但是我必须告诉你，因为他买通米底军队总司令哈尔帕哥斯，米底王阿斯杜阿盖斯是在战场上一扭脸被自己战士绑起来像祭品一样献给了居鲁士。

上说我国军队也发生倒戈、哗变、投敌，但是素质这样坏，阵前将君主交给敌方你能想起有谁么？

骞说只能想到二世、赵主父和楚国内个想吃口熊掌没吃成的熊什么，也都属逼宫一类，阵前缚献一时想不起人。噢噢春秋有一个司机没吃上饭一怒之下把首长车开入敌方阵中。

上说你觉得因为什么呢，他们是部落军队，缺乏主体民族，还是咱们这个忠孝多少起了点作用？

骞说还是警卫思路出了问题。他们很奇怪，越是近的越不信任。米底、亚述一直到埃及，皇帝、法老亲兵都用外族人，佣兵。包括咱们内个老庆家单于，用发小儿。可能是家族内斗寒了心。据说米底还有一个可悲的传统，新帝继位所有亲兄热弟嫡的庶的一窝端，统统杀掉，像狮子界，新王入群会咬死吃掉所有小狮子，能把动物界传统保存至今也是没谁了。

上说你的话引起了我的思索，除了养老厚葬可直认是反动物传统，其他强者为王、能者多娶、合作狩猎哪一项不是得自动物世代尼？

骞说居鲁士与他的东方盟友萨迦人组成联军于姬泄心

二十六年攻占吕底亚王都萨尔迪斯，灭其国。随后征服爱琴海东岸希腊诸城邦与希腊人结下世仇。刘元前398年又攻占了巴比伦大部分行省。

上说什么刘元？骞说您的纪元阿，不想再用周纪年了，姬泄心二十七年就死了，还得换纪年，没两年又死了，太累，从你这儿往前推多省事，又连贯。

上说哦哦。

骞说与此同时居鲁士还对他的老盟友萨迦人连年开战，背叛也属反动物传统你可以记一条。刘元前399年也就是攻略巴比伦前一年，居鲁士攻占了巴克特里亚，并渡过阿姆河，阿姆河中下游索格底亚纳、玛尔吉亚纳两地也随之投降。波斯势力发展至锡尔河也就是我们说的药杀水，临河修建了今大夏城市群中第一座现代城市居鲁士城。在那之前，锡尔河以西、阿姆河两岸、费尔干纳盆地所有的城不过是有围墙的村落。

随后，刘元前389年，居鲁士向锡尔河右岸一支塞西安游牧部落马萨亥特女王托米丽斯求婚遭严拒。人没法答应，刚把人儿子弄死，用的又是很不光明正大战术，假装败走，留下很多酒，儿子赶上来喝醉了，杀了个回马刀，趁人爬不起来站不稳把人宰了。托米丽斯称居鲁士为"饮血者"，誓令其饱饮鲜血。两军在阿拉克赛斯河以东三日脚程草原上列阵正面交战，互相抛矛至矛尽，尔后群拥而上白刃相接，互

455

以短刀铁剑劈刺捅杀。其间同为塞西安族群游牧人不断加入，马萨亥特军队越打越多，战至次日日落前，最后一个波斯武士倒下了。托米丽斯在阵亡者尸堆中找到戴王冠者，将其头砍下放入盛满牛血皮囊里，并踩躏那具尸体，大概是鞭打、驰马拖行，直至肢体裂解，骨肉分离，碾轧碎凌如泥，遂将盛头血囊交还给波斯人。

居鲁士死了，为自己赢得一座六层白云石所砌光辉陵墓。但是波斯未倾，又出现一位著名战将兼大帝，阿赫门家族立基业者、首代安善王特斯佩斯玄孙，帕提亚统治者、希尔可尼亚太守维斯塔斯帕之子大流士。他的功绩由他自己下令用三种文字埃兰文、波斯文、阿卡德巴比伦楔形文字刻在艾克巴坦纳通往巴比伦必经之路贝希斯顿山崖壁上，史称贝希斯顿铭文。巨长，共有七十六章，比我们西周所有铜鼎铭文加在一起字数还多。大流士在文中以第一人称出现，自述曾在一年中进行了十九次战争。铭文上方浮雕罗列着他俘虏并处死的十个反王，都是按被俘时间顺序排列并削耳剜眼，最后一个戴尖顶帽子老者就是萨迦首领昆哈。大流士在铭文中说他在阿姆河上修桥，渡河进入萨迦人的土地，击溃了他们的军队，俘虏了很多人，并重新任命了萨迦人的首领，这可以理解为重新占领了巴克特里亚和索格底亚纳并在那里建立了自己的政权。

但是铭文没提杀死居鲁士的马萨亥特人。当地普遍传说大流士刘元前378年再次派兵讨伐马萨亥特人，被另一位马萨亥特女王希拉以苦肉计引诱进无水的黑沙漠，至于是什么苦肉计传说没说，大流士的部队基本是给渴死在里面，像居鲁士一样遭到可耻的失败。

刘元前372年，大流士从身毒旁遮普凯旋，结束了对东方的征服。此时他治下的波斯是一个西至埃及、陆间海也即褒国传说中常提的地支瓮大湖；北至黑海、里海；南至波斯湾；东至锡尔河；包含两块大陆、三大洲的世界帝国。他采用中国的郡县制将帝国分为二十六个郡（骞自注：贝希斯顿铭文说是二十三郡，希腊的张骞希罗多德说是二十个郡，都对。帝国的疆域不是死的，而是有弹性的，如我汉，也是设了废，废了设），并任命太守对那些地区实行垂直管理……

上说打住打住，不要再提郡县制了，刘元这个梗也不要再用了，听着怎蜡么别扭。

骞说不别扭阿，我反而认为你应当通知马迁，以后国史编纂都应以此为界别儿，把时间轴统一起来。

上说刘元前15年刘元他爸登基？我很自恋但还没这么自恋。之前还是按之前，之后已然有了年号，还按年号走，咱不愣把自己嵌入时间。至于咱们聊天你嫌累，为了不让你累着，就叫建元前多少多少年吧。

骞说大流士规定每个民族都必须向他交纳贡税。交纳白银的按巴比伦塔兰特计重，交纳黄金的按埃乌伯亚塔兰特计重。塔兰特是两河流域、陆间海沿岸自古通行的质量单位。李耳《西征随志》中称曰塔连特。各国进制不一，巴比伦、希腊都是六十进位，一塔兰特等于六十第米那，一第米那等于六十舍克勒；埃乌伯亚则是十进制，一埃乌伯亚塔兰特为一百第米那。称重亦有区别，一埃乌伯亚塔兰特约重北方蛮族使用的质量单位三十二点五千克，一巴比伦塔兰特约重二十六千克，一第米那四百三十四克上下，一埃乌伯亚第米那正好是一巴比伦第米那四分之三，一埃乌伯亚塔兰特也就正好等于一点二五巴比伦塔兰特。反正就是特别乱吧，换算严重复杂，小数点都出来了，你就记着埃乌伯亚比巴比伦重吧。当作为货币单位时，一塔兰特是指同重金或银。大流士用更重的埃乌伯亚塔兰特计收黄金，交贡各族人民就要多交。而在居鲁士及他之后的冈比西斯王统治时代，并没有固定贡税，只是大家不留神见着了，以送礼的方式交纳，所以波斯人都把大流士称为商人。

上说大帝动这样的心眼，就让人瞧出没劲来了，他又能多得多少呢？我也不是处处、什么时候都不计后果要脸，也会、可说用钱量事，但必须是巨大的钱。

骞说科是不小！我曾在扎利亚斯普一个场合结识了一个老人，从阿赫门时期起就掌管当地税务，可说是税吏世家，他请我去他家喝无花果葡萄干松仁薄荷茶，拿写在羊皮上的历代税务记录给我看，巴克特里亚属波斯二十六郡中第十二郡，每年要交纳黄金三百六十塔兰特，等于一万一千七百千克；换算成我汉质量单位，我汉黄金一斤二百四十七克至二百五十克不等，咱就按足金算，怎么算？

上说不会。

謇说只能用笨办法加了。四斤约等于人家一千克，乘一万一千七。上说你会乘阿？

謇说出去这一路都是我管账，不能不会呀。等于四万六千八百斤。这只是一个郡，索格底亚纳交三百塔拉特，咱也甭算了，这就接近翻倍。二十六个郡你算算多少？乘二十六，四万的十就是四十万，两个四十万就是九十三，近百万，再加上二十八万八，妥妥的百万挂零。我汉一年黄金能弄多少，咱们的金山在哪儿？

上说咱也别替人高兴了，算他合适。

謇说波斯人确实是精明的商人，很多地方值得咱们学习，如果你想弄钱的话。花喇子模也就是今天的康居，所在郡守你知出了一什么损招儿么，在其农业主产区唯一河流阿开斯河所流经五个峡谷筑坝安闸，使河水潴留形成山中湖。上说这不水库么。謇说是水库，你听着阿，在需要灌溉的春夏不开闸，使农民的葡萄园麦子浇不上水，逼得农民派他们的女人背着干粮上帝都帕萨伽底大流士宫殿前哀哭求告，大帝才恩准开闸先浇快干透内片土地，使土地吸饱水禾苗返绿，又把闸放下，等下一波人来哭，再提闸灌她们的地。

上说收钱吧？骞说对喽，浇一次水收一回钱，会过吧？上说我不信，不是不信有这事，而是不信每回开闸都要大帝下令，大帝没别的事了，这也管，水利大臣、河漕总督下令不行么？

骞说你还别不信，水利是帝国一项主要财政收入，之稳定，之丰厚，有时可超征服掳掠和贡金。建议你也可以在黄河上安闸。

上说我倒想呢，每年净堵口子了。他也就是欺负阿开斯河小，他敢在幼发拉底、尼罗河上安闸么？

骞说希罗多德也是你这看法，我在康居碰到他时，他正在当地收杏，准备贩运到马拉坎达牟利。我很吃惊，说这是我汉独产，这里怎么会有，还都成了林。希罗多德说还有桃呢，是不是也是你们呢儿产的，我走遍西方没见过这样性感甜美多汁的水果。我们在一片桃林坐下，吃着桃，豁聊。希罗多德说大肉汁人来了，倒买倒卖这活儿没法干了，我准备回老家了。我说你们希腊还行么？希老说早不行了，也就是几千年憋出那么个生荒子，一把将之后几千年好运连带全攮出去了。我告诉你一个规律年轻人，凡横扫过世界的人，其国必衰，其民必也穷蹇，如开败的花，烧乏的柴，跑断腿的老马，再也蹦跶不起来。因他毁坏太多、拿走太多，阿胡拉·马兹达要他一口一口吐出来。

上说这是何人胡拉马兹达？骞说不是人，是神，波斯人

460

信奉的最高神。上说他一个希腊人，不是以笋纪自我捆绑视观念为神为归依么，怎么信了波斯神。

骞说也不是信，只是按照当地习俗随意举称一个权威在王之上者，就像我们说苍天在上。希腊人跨过阿姆河两百年，当地人还是信奉波斯的神，可能是希腊的神太像人，自己都像没玩够似的，只适合实现欲望时予以托付，真有大伤痛死循环需要慰藉谁敢指望内帮玩闹阿。希罗多德说你尽可以说波斯王贪婪，他们筑坝安闸还是属于兴修水利，花喇子模内块盆地，周边全是沙漠，纯靠自然降水，收一年旱三年，修了水库，年年丰收，老百姓贿赂官府你得让他有钱贿赂。波斯还有稀的呢，下放渠网经营权，鼓励私人掏坎儿井，可世袭五代，这就叫养羊，不信你不肥。波斯人管大流士叫商人，我以为这是很高的评价，天下只有一种人贪婪有正面效果，商人。大流士完成了战士向商人的积极转换，学会拿你的东西拾搂拾搂重新标个价再卖给你，比直接上手抢……进步。希罗多德说大流士是第一个铸造带有自己头像金币的人，他铸造的金币成色极高，重达八点四克，全世界流通（骞对上说你可以考虑考虑，把自个弄上去。上说叫什么人都能拿手抹挲是么），我这里收藏几枚，目前市场价已数倍于原值，我准备再窖几年，老了换馕吃。在他统治下，马拉坎达成了东方十字路口，全世界小商品城。叶尼塞河上游的黄金，身毒的象牙，贵国的丝、铅，本地——索格底亚纳产的青金石、玛瑙，巴克特里亚的天蓝石，花喇子模绿松石都从这里输往波斯，贴在大流士宫殿里。其他民生物资就不说了，身毒的稻米、甘蔗，贵国的桃、杏、柑橘都是我们原来没见过的，都比葡萄个儿大。你瞧我拄这杖，身毒进口的，你再瞧我内里贴身穿这夏布，身毒进口的，身毒人手太巧了。

我说等等等等，您这手杖身毒进口的，怎么刻着俩汉字：邛都？我再瞅瞅您这布，您容我上手摸一摸，介是我国著名的冰纨呀，细绢纺，身毒哪能呢，他们呢儿全是棉花套，当被里确实舒服。希罗多德说我会蒙你吗？这是我多年老朋友桑贾伊·塔阔耳先生特地从他老家我也没记住是哪儿给我捎来的，不收钱是份人心他也犯不着诳我呀。我一想别跟老爷子争了再为这点事打起来，就说是是，您说的对我看走眼了。

上说我一直就怀疑身毒通巴蜀，你没发现身毒的事老是蜀人先知道，譬如我的百千万劫知己史家毛呢先生，一定还有条道我们不知道。

骞说怎么遮您也想弄点甘蔗吃？上说我并不爱吃吃了还要吐渣儿的东西，只是想知道哪儿是哪儿，好比咱家住村子中间，无数条小巷通村子界别儿，咱一家老小挨这儿住，总得知道街坊是谁，路都通哪儿，赵五家、马六家、小河边、打谷场，别回头乃条小黑胡同忽然冒出一老虎。（司马迁按：

希腊张骞希罗多德生于刘元前340年，卒于刘元前285年。而我汉希罗多德张骞先生刘元3年使匈奴，遂被拘，留十年，转赴大夏，拟应为刘元13年至14年间，其间隔近三百年，依理依什么也不应相逢。余以此质骞，骞云我确曾在康居阿开斯河一片桃林中遇一老者，自称希罗多德，如果这里有人撒弥天大谎，也是老头撒的。）

39

秋七月，正式行文罢废司马相如在沫水至牂牁江之间见者有份所设邛、笮、冉、马龙、斯榆、白马等十几个土司县，禁止再提西夷设郡事。犍为郡架子保留，还是两个县，鳖县改称南夷，夜郎还叫夜郎，撤郡守，因为没有人民管辖。叶弘专任都尉，主要精力放在守住南广城，不使百夷攻破。时，上已有意避开匈奴控制之河西走廊，经蜀地至身毒再探一条去大月氏、大宛、康居之路，故留犍为郡为南进基地。上通过驿使给叶弘捎信，说不日将遣一故人去你处共商要务。（司马迁按：叶弘居长安任北军长水校尉时，其弟叶京与张骞前身王朔亡兄王宇同为九三中学同年级同学，其间多有交集，时朔虽幼，亦可称故人。）

八月，国库已尽，朔方河防正式由少府划拨钱粮。

上对少府令陈掌说：建立朔方专户，需要多少拨多少，直到库清。

九月，令天下百姓聚饮五日。

匈骑又入雁门，杀略我军民千人。

在朝堂上议论防御匈奴的事，汲黯和张汤却因一件案子吵起来，没听到张汤说什么，却听到汲黯大骂：天下人都说刀笔吏不可以为公卿，果然！就是因为你这个张汤，老百姓左脚踩右脚站在那儿不敢挪步，看人都斜着眼。

上问公孙弘你对张汤怎么看？孙弘说我觉得他很知礼，每到季节转换、先父先母忌日、岁祀祭祖都会登门随礼，问候起居，周初的淳淳循官也不过如此吧。

问董仲舒，仲舒说：虽为笔吏，谦谦君子。

问在京公侯列卿，列公列卿皆曰：人极谦恭，礼极周到，爱读书，渴慕古义，现在这样的年轻人不多了，不但和我们好，对我们的子弟也很关心，好人。

上对孙弘说我承认我向对贵宗派持古老成见，但现在忽然有了一些正面看法。孙弘说譬如呢？上说生养死葬，事亲尽孝事君尽忠，虽不合自然之道却于人伦可得安顺之效。当然展开话题就大了，人从什么时候出乎自然拔乎自然以逆自然为顺？此一去势必不以自然之归宿为归宿，这一撇要撇到哪里去，终期是逾乎自然还是被自然反噬？还是两家贯以平行互不抢戏共称为大？在自然里谈逾乎自然——点从何出？自然且逆言何不逆？我的想法还很幼糙、粗浅，你们准备得怎么样了，非常期待与尔等早日开展友好磋议。

孙弘说我怎没听出这是对我宗派正面看法，还是把我们放在与自然对立之射角。上说真是正面，至少我目前浅意是正面，至于声辩下来结果是不是正面谁也无法逆料，端看我们双方对正面理解是否得获一致。

孙弘说本来已经准备得七七八八了，今天听你一说，还要再准备，原来你不是以经解经。上说等你们。

冬十月，元朔四年正月，上行幸甘泉，视察开工兴建的别宫。原有散乱民居违章建筑已经破除，二通一平行将完成，大量筑墙木版、穿棍穿绳、夯石木墩运至工地，并已在规划为园池几处洼地试掘取土，烧砖瓦之柴窑也已砌作高大巍峨一排，若一座城阙下列数十门洞，人可猫腰进昂首行于内，不日将点火试烧。

总工匠林洁老人，未央、西畤改建工程均由其设计施工，拿绿图和效果图给上看，介绍这是哪儿这是哪儿哪儿，将来立起来是这个样子。上说很好，不要一下十二个宫都搞起来，先搞一两个宫，可以住人。

林老说一两个宫明年即可入住，不立砖，全采夯土，更快。上说我愿意住土房，冬暖夏凉还能随地泼水。林老说那就给您九重茅吧，土墙瓦顶不是东西。上说甚好，九重茅。

春正月、二、三月，秘密调集新组建部队和粮草至代郡、定襄、上郡，准备对匈奴发起反击战。

夏，事泄。匈军提前对我发起大规模进攻作战，从上郡、定襄、代郡三个方向，各以三万骁骑突入。我军仓促应战，从四月打到六月，鏖战整个夏天，才将匈军逐出，恢复原有战线，与敌相持于长城边口。

各军残破，均报减员千人以上，进攻作战所储弓矢粮秣消耗殆尽，遂决停止执行"上定代攻势作战"。

七月，军情署会同执金吾（即原中尉）所领缇骑及中垒校尉所领北军举行联合抄网行动。按照缇骑负责城里横门商业区和北城、东西城根儿平民居住区一百六十里、四千闾。北军负责横门外、厨城门外、洛城门外三个北边外商主要投宿地，也是客栈、商号、娱乐场所集中地。一齐动手查抄非本地居民外来人口，重点在异邦外族人，无问东夷南蛮北狄西胡，一律解往执金吾大狱、北军营房临时羁押。除已侦查确定早在监视名单上匈国情报人员由军情署带回关押审讯。余者逐一登记姓名国籍职业来汉时间长短，确系商客短暂停留有明确离汉日期者一律释回。长期在汉居住无正当职业操贱业横门四马路"天上阴间"及凡胡人所设酒家夜店经营业者堂倌小姐，俟甄别审查确系只售艺色与他事无涉者，一体发往会稽、豫章官中为奴。

同时下禁胡令，颁布《互市法》，永禁胡商入长安。汉胡贸易概限于三边口外指定关市，指定人员交易。长安官绅士民与胡人有一针一线交售，坐资敌，弃市。

司马迁按：汉初长安一间二十五家，四间一里，计十万户。这是萧何建城时的规划。所谓一百六十间里，指的是里。至元朔中，人口大膨胀，民房不敷居住，遂有户中分户，炕上隔炕，混居群租，私搭违建乱象，有司年年进行清理，弗能禁。户早超十万，人不计其数，白日曝聚于市，故长安街头四季熙熙攘攘，咳呛成雷，挥汗如雨。渐延至东、北、西九门外赁地建房自住（南三门因靠近皇城，且有通上林苑之便，故城外地皆掌于皇室手中，为禁地，不与民居住），渐自成里弄。元朔四年清查户口，九门外斜里窄弄牛毛小巷竟数十倍于内城，故有"长安小九门大"市语。

同月，西北各边十五郡由都尉指挥，驻军配合，亦对各郡治、沿边汉胡杂居村庄采取统一行动，兜捕胡人集中圈禁，逐一审核甄别。汉胡通婚家庭所生拌血子女，上溯两代，父母、祖父母、外祖父母六人中，胡血不过半则视为汉，过半则视为胡；恰正好一半对一半则再往上追溯，直至决出种属。或有全家幸免，爷爷奶奶外公外婆身陷缧绁者。三辅之内、十五边郡缉拿胡裔以十数万计，地方扰攘，颇演哭天抢地生离死别活剧。各郡都有大批边民携亲挈老星夜出奔胡地。一直闹到九月岁末，已拿胡人登记尚未完成。乃命张汤尽遣廷尉左、右监，二十七狱史速赴各郡主持甄审。

成绩也还是有，各郡皆报破匈国间谍网。深潜中国最长者近百年，战国末即已入燕、赵，祖业孙承，可说是间谍世家。廷尉能吏到达，加大拷问力度，问出有春秋、乃至商周即已入中国潜伏老牌特工者，株连数万人，知天命以上长者几无一人得脱，尽皆入彀，颇有杖下毙命不起者。上闻说这就是胡闹了，商时周还是戎狄，我汉还是江淮夷。遂命停止用刑，凡汉以前入中国年过古稀者皆赦。法不追究既往，况复彼时尚无我汉。审讯重点在现行，凡口供牵连无实据者皆具保释出，令归本乡监视劳动，愿回胡地者悉听自便。

上问张汤可不可以不用刑，只凭实据不凭口供？

汤曰不能，我司目前收集证据手段有限，现场勘验还停留在脚印，间谍案大多并无现场，每为密室勾留，除非口供互证，动刑予以突破，否则顽犯抗拒，坚不吐实，无一犯可证其罪。上说冤情向谁说？

汤曰手段目的不匹配，放之不约则国将不国，无罪推断宁纵勿枉也还是有陈冤，只能慨叹人生从来不公平。我也希望有朝一日侦查手段能发展到不用把人打得滋哇烂叫，往呢儿一坐，微微一笑，即能明了来踪去影儿，洞悉枕边偶语，见滴血而窥全豹只有捉不到而无错拿，可能么？上说听说廷尉有同案不同罪事。

汤曰十大恶之外，臣也是本着得饶人处且饶人，依犯意大小、再犯可能及是否获受害人谅解宽严相济，家里有钱赔偿力度大日后可由家族圈养者得济多，家境贫寒无赔偿能力不犯禁无以谋生者受济少，这个事有。有人说臣上意欲罪，则重决；上意欲释，则轻平。于故人子弟调护尤厚，文深意忌，不专平。臣认。

上说怎么把我也扯进来，我问过你具体案子么？

汤说当然没有！

冬十月，元朔五年正月，京中曝出大案。军情署熬审匈奴长安情报网头子横门珠宝街塞西安面包房老板原国宾馆西点师阿·史坛那不能突破，转廷尉狱当夜全撂，供出其联系人名单藏于面包房夹壁。张汤亲带队把内间面包房拆了，取出数卷羊皮纸，匆匆一阅，即以红漆封印，连夜送入未央。北阙甲第随之传出流言，说名单涉历年来史坛那于国宾馆供职期出入宾馆大堂吧买过西点及其面包房常客买过角包糕饼与之攀谈半熟脸公侯巨勋贵戚北阙甲第几无一家不曾沾惹。

新年团拜，来者之众，列公列卿军功旧勋人家之齐，为历年所仅见，上林苑一日之内竟如市集人头攒动，准备的酒食不够吃，还要现支锅炸油糕。上突然发现自己还有很多人不认识，很多人家孩子也是一表人才，看上去很机灵的样子。上心里喜欢，与之攀谈，小孩腼腆羞涩，问军国事不能对，语多则露市贾行态，辄以新富新贵相询，乐传坊间艺伎获宠忽得千金轶闻。

林虑和这些孩子很熟，老在一起玩，说早不是你小时候内样儿了，你们关心的现在都没人关心了。

上说什么之泽几世而斩，先斩的就是气质，还不如文质彬彬，你关心什么就会成为什么。遂厉声对林虑说：不许你变成市侩！林虑一扬脸：哼，管不着！

十一月乙丑，免薛泽丞相，以公孙弘为相，封平津侯。之前我汉丞相皆以列侯出任，相而后封侯，孙弘为第一人。孙弘因辞曰：始作俑者其无后乎，臣不愿做开风气者。上说您就别客气了，这侯是给相的，不是给你的。从此坊间传今上尊儒日甚。

同日下驱胡令，公侯列卿旧勋贵戚概不得纳胡姬，已纳者限日遣散。各府侍女、仆役、歌舞奴胡种者亦一并清退，给资遣散。逾期不退，禁而再犯，坐通敌。

坊间传大案消弭，法不责众。

十二月，开东小门，方便张骞马迁辈出入，免正阶入呼报引领之琐礼，对外讲是孙弘让开的。弘也每常利用东小门引入文学界人士，与上谈文说古，意在熟悉上语言暴力，约日廷辩文学，群儒舌战时不致因过于震惊不适而掉链子。（马迁按：时，文学仅指儒学，文史哲三肢俱全。赋成大家者止马相如一人，作品尚少，且单薄，未单独成学；小说家自成一家，属稗官，以收集街谈巷议道听涂说为业，敬叨百家末座，春秋后亦俱失业，不堪称学。界指儒门子，与军功、世禄界对举。）

春，三个月未见雨雪，天大旱，江河未开即见河床，三九冰上走冰裂掉窟窿者双脚落地只是像根棍插在冰下吓一跳耳。越冬作物皆干萎。北方各郡备耕试犁刨出来的都是浮尘，春播只能担水点种。四月清明，全国大部分土地尚未完成播种，已播面积出苗亦不足三成，显见要影响夏粮收成，今年减产已成定局。

孙弘进言：十贼扩弩，百吏不敢上前。百贼扩弩，横行一郡。千贼扩弩，非王师莫能制。请求收缴民间兵器，禁止人民携带弓箭。上说什么事都往极端想是吧。交给文学界人士讨论。侍中吾丘寿王对曰：臣听说古人发明弓、剑、矛、戟、戈五种兵器，不是叫人互相攻击，而意在暴不独擅于强者，弱者亦有手段制暴讨邪。秦兼并天下，销毁武器铠甲，折断所有带锋刃的器具，使人民剁肉切鱼只能手撕槌击才有了潮州牛丸温州敲鱼。但人民并没有因此变得和平，需要动手时仍以橛头、马鞭、大木棍互殴。动铁为凶的法令使厨娘、主妇每因烧饭触律而系狱，世遂有"法令滋彰盗贼多有"之叹，非盗贼多而是法令贼视民为盗也已，最后还是以天下大乱收场。故古代圣王提倡教化减少禁止项，因为您知道法只是收束行为而不能收束人心，越禁越好奇，乃至邀人涉险，故禁愈重则犯愈甚。《礼记》内则记曰：国君世子生三日，射手要以桑木作弓、干树枝作箭射天地四方，以示男子日后将有事于四方。这个事是什么事，《礼记》未讲，意思不出保卫社稷国家，也有劝励人多出去走一走看一看不要只图呆在老窝舒服的意思。此为大射之礼，六艺之三，以德智体论，属体。夏商周三代，从天子到庶民不论贵贱，都要熟习必通之技能。只是射猎的动物有等级之分，天子射豹，诸侯射熊，大夫射麋鹿，士射猪。我这么笨都知道，圣王这是寓教于射阿！神射手或为良将或为良相这是历代记载从未间断的。因为射必正心，然后正身，然后心眼手合一，方可中的。这正符合君子如一的古训。从未听说要禁弓矢，禁弓矢等于禁教化。且弓箭这种东西，盗贼专门拿来攻击他人进行掠夺，攻掠本是死罪，大奸还要搞，是因为不畏死，搞之前横心已下。臣恐怕贼人挟之而吏不能止，或来不及反应，而民武装抗暴却触犯法令，这等于只让贼逞威却剥夺老百姓正当防卫之权利。臣以为大不合适。

上问孙弘你有什么可对的？弘说只能说极为佩服，我这个学弟学识见解都在臣之上，服了服了。

上说你就会来这套，到时候咱们廷辩文学不许来这套阿，敢说服了，一次揪你一根胡子。

孙弘说那不会，到时一定让您喷痛快了。

孙弘和董仲舒关系最好，朝堂上一唱一和，私下也多走动，送鱼赠书。胶西王刘端阳痿，不能御妇人，女的一碰他就病几个月起不来炕，却能欢好于少男，不知什么路子。还有病态之爱好，喜看他人交，常使少年与后宫乱，坐壁上观，观而后杀之。朝廷派去胶西工作的相和其他二千石级别的官员，以汉法约束他，他就收集他们的过失予以告发，找不到过失就投毒，坑害的大吏可用"众"来形容。朝中公卿多次请诛端，上以兄弟故（端母为程姬），不忍，只是给予削国过半的处分。上也很头疼，说我这些兄弟没一个成器的，我也不能把他们都杀了，世人就不记他们的罪过而说我寡恩刻险了。孙弘建议可派董仲舒去担任相，仲舒学问大，可称教化本人，或使胶西王收敛。上说可，我们做个测试，看看学问大和教化能力有没有关联。

教化本人去了胶西，刚到任就称病，亲自去田间地头购买还长在风中的粟，亲自割粟亲自脱粒，亲手熬小米粥蹲在屋里喝，王赐的桃梨都不吃。忍了半年，真病了，营养不良至脱相。上怜悯他，将其免职。

汲黯言上：孙弘与董仲老是假好，董老背后讲过孙弘外宽内深，只会附和诡谀，被孙弘知道了，十分嫉恨，提议董老去胶西，是借刀杀人。上说嗯嗯。

孙弘言上：右内史界部中多贵臣、宗室，难治理，非素有清望重臣不能胜任，请任命汲黯为右内史。

朱买臣言上：汲黯经常诋毁儒学言表不究里，价值相对，近于操守，故圣贼通用，是伪君子最好的遮羞布，几次当面给孙弘下不来，孙弘这是借刀杀人。

上说你们能不能不把朝堂变成你们相互检举的场子？为

什么你们关系都是这样，当面或师或友称兄道弟你敬我让，背后痛下家伙。是从小到大就这样还是到我这里来才变成这样，你是和别人互踩上来的么？

买臣说不是，是凭友人抬爱君上慧眼提上来的。

上说那谁教你的呢，你从哪儿学的呢，你不会一出生就懂这个，你妈教的？

买臣说哦不不，臣母淳朴乡妇一生只知为家人操劳，从小便教导臣，万事忍让，不要与人争，咱们家穷，一无关系，二无靠山，好事不会落在咱家头上的，你只有自己读书努力，才能熬出头，做人上人。

上说言下之意别人都是靠关系、靠山上来的？

买臣说臣不敢说都是。

上说我认为你这个母亲给你灌输的也不是什么很正面的价值观，先判定别人都不正当，自己见捷径而上，发人隐恶背后诛心也就不以为卑劣，反视之曝奸揭弊之正举，坐构陷而不自知。还有那个人上人，小人之志，恶心！回到公孙弘，你听到孙弘说准备给汲黯下家伙了还是根据他们俩关系臆断的？

买臣说根据他们俩关系依常情推断的。

上说那么，你是希望我因此把公孙老下廷尉治罪，是不是有这个念头？

买臣说只是提请您关注到有这么一层，并无意使公孙老下廷尉，您要认为朝臣只需要办事的才干而不需心端术正，随您。

上说朱老，也许你认为我这里必须是心性纯良德性无瑕之人才配登选之地，我也希望是，只可惜就这心、德二字难以究察，辨才论智可以作文，角力任勇可以比武，惟心德看不见摸不着，你算儒林中人么？

买臣说臣虽半生自修，无名师导引，但是愿意追随孔先生伟大理想。

上说嗯，那就是了。以贵宗派四德孝悌忠信论也就孝可以公议，作为标准。兄弟友爱拿到我这里往往变成互相托庇，朕也有这般苦恼，深不是浅不是，至多算常情，往往走到德反面：怨。忠，国家不出乱子，近于恭，愚民亦可效尤。信——诚实不欺也是要在工作中出了岔子才看得出来敢不敢认这个账担这个责，平时净说大实话迹近轻狂，类等于不负责。四剩一，举孝廉，效果怎么样，你在中枢工作多年也都看到了，不怎么样。在家孝顺长辈和胜任千头万绪管理工作两码事，其作为德标，标准甚低。心，在哪里，左胸室内怦怦乱跳那个是么？意识是不是出自那里我看都值得怀疑，小人赌咒剖开我的心就知道凉热，我看剖开也不过是一团血肉。心思多变女人心海底针男人心浪中砂知人知面不知心才是实话你会相面么？

买臣说臣不习妄术。

上说外道说相由心生，道理大约在于心理支配生理，心底敞亮则五官堂正，心底扭曲则五官错配，五官对五脏不也正合我汉五行说世间万物皆分形套路？

买臣说臣必须指出其中有生拉硬拽，自然物也许皆分形，五则未必，脏就不止五。色，彩虹在天。音，再细听听，为什么五音听着乒嘞乓啷，中间少点什么。

上说呕，看来你不是惟古是从，自己有想法？

买臣说臣没嫩么实心眼，古人很牛插，古人开创观念，一穷二白跑马圈地有所建树，但要说已把空儿填满，今后我们只在古人圈的这块洼地苟全无须——也不要叫仰望，叫张望，是大辜负古人。自然有规律，常数很总要，臣每于公务之余睡前厕上深入思考，想得脑仁疼，不信万物皆整全，五指八爪尽囊括，目前已发现几个常数皆非整数，3.14159，2.71828，4.66920。别问我怎么知道的，臣目前深为怎么知道的，怎么叫我知道了，这都是哪儿跟哪儿——所困。

上说特别理解，朕也无意、于不可说情况下偶得一常数：137.03599。只知其为精细结构常数，而什么是精细结构一无所知。苦阿！前人无所为阿！还有多少自然的奥秘等着我们去发现阿！所以朱老，咱们管他们心里怎么想的呢，为什么要把自己的才华浪费在他们身上呢？我汉知道小数点的目前恐怕也只有你我了，让他们在五以上闹去吧，撞了墙再笑他们。珍重，爱自己。以后你可以随时来找我，我们坐在一起苦恼，咱们君臣同心，看能不能解决常数何为的问题。

买臣说听您这么说我心里痛快多了，忽有于绝境中见光，绝旅中遇路，绝世中逢知音之亢慨。听您的，不管他们。

40

四月,任命汲黯为右内史。孙弘语上廷辩队伍已经组成,您几时有空,介绍您认识,我们彩排一次。

上说阿,太好了,千万别告我有谁,给我点惊喜,但这个月不行,这个月我有事,下个月,找一天。

遂秘往西時,下令开始"右拳行动"。起初,拟定组织"上定代攻势作战"时,便同时准备朔方、右北平两个方向的攻势作战,朔方这边代号"右拳",右北平内边代号"左拳"。经各方面情报汇集,伊稚斜单于篡位后,匈国行政区划发生重大变化,原在我河西贺兰山一线部署面对我朔方、上郡两地大小谷蠡王军臣九弟阿特、十一子尤内湿部均北调至我雁门当面之南大都尉苦叻拜部管区,原防区由右王哀嫩部接管。总提分析,一苦叻拜部遭我歼灭性打击,未及恢复,目前该区无有力部队,从加强防务说确有必要;二可能是伊稚斜以地盘换取实力派右王哀嫩支持，同时加强对阿特、尤内湿两部控制。事后证明这个判断有误，这个情报是匈方有意放出来的，以掩护尤内湿、阿特部集结，参加即将对我发动之作战所进行的战略欺敌。

之后，此二部夜返河西，自中卫渡河，穿越千里羌地，出其不意出现在我上郡当面，破我关隘，并肩打入我境百里，围我郡治肤施。但是战后却也移交防区，北上至我雁门当面，边牧游边不时对我实施侵扰。

总提判断，阿特、尤内湿已走，哀嫩新至，对防区不熟悉，对我也不熟悉，该部在西域称雄多年，打遍西胡各部无敌手，站在匈方角度看我又新遭重创，对我轻视。据连日敌前侦察，哀嫩主力尚在戈壁阿尔泰以北，本人轻率亲兵侍卫数千骑及近眷奴仆万余口牛羊百万头进至贺兰山草场，是提前进行的夏季转场。今年草原也遇春旱，愈往北愈甚，草场迟迟不能返青。

哀嫩南来只顾放羊，对我毫无戒备，右拳行动战机可能还未丧失。且我自去夏以来，为抗击上郡入侵之敌巩固朔方河防陆续增调部队粮草，战役集结已完成。车骑卫将军青二月河开即率幕僚临河设立前进指挥所，测量水文，今年黄河枯水期延长，西河之拱几至断流，处处可涉马渡河。抄网行动及驱胡令贯彻，匈国在我情报网迭遭破获，对我备战概无所悉，卫将军请战。

总提遂修改作战计划,计划使用朔方十个军,由卫将军指挥,自高阙出黄河,闪击右贤王。右北平三个军作为战役佯攻,由李息将军指挥,先一日发动,出长城攻击前进,吸引单于本部兵力东顾。

三月中,已秘密下达杂号将军任命:朔方郡守苏建为游击将军,左内史李沮为强弩将军,太仆公孙贺为骑将军,代国国相李蔡为轻车将军,统一归车骑卫将军节制。都是新一代年轻将领,李蔡为李广堂弟。

初,上欲用李广为右北平方向主将,夏侯郦坚周坚诸人皆谏:广轻进,东方向为偏师,宜用老成持重者为将。遂再次劳请大行李息,任屯骑将军。

四月初一,丁亥日。李息率三万骑出塞,以岸头侯张次公为前将军,当日即抵饶乐水,大掠河左游牧民及畜群,一日数十战,斩虏首数百级。

戊子日。卫将军率骑一军、二军、五军三万骑出高阙。各将计率八万骑自磴口至中卫西河各渡口分批过渡。日驰七百里,多路合击,围右贤王于贺兰山之缺。时,夜已深,右贤王正于帐中饮酒,大醉,闻汉军鼙鼓以为雷鸣,欣喜雨将至。左右阿克为甚告汉军至,仍不解意,为阿克为甚强擎上马,向西突围。

我军本欲破晓发起进攻,见敌有所动作,护军都尉公孙敖先击铎发出警报,未等令下即率本部护军冲踏敌营。卫

481

将军随即亲击鼓，传令全军上马，发起总攻。右王壮骑尽在一处，弓长刀重，我卒不能近，都尉韩说，校尉李朔、赵不虞、公孙戎奴不避刀矢，前仆后继，与之奋力搏杀，俱各带伤，尤力战不退，然顽敌强悍，终于我两军结合部破我重围而出，簇挟右王远遁。余众多妇孺，能战者皆遭屠，天明即全体伏地请降。计得裨小王十七，男女口万五千，畜数十百万。卫将军打扫战场，尽取右王宝器，遂下令班师。

还军塞上，天子使使者持大将军印，于军中拜卫青为大将军，全国军队所有将领皆归其领导。

初八，乙未日，又加封卫青八千七百户。封卫青长子卫伉宜春侯，次子卫不疑阴安侯，三子卫登长干侯。（司马迁按：此三子皆幼，一说为卫青发妻所生，一说为平阳公主所诞，侯门深似海，此又涉皇家脸面，人家不说，没人敢问，搞不清楚。）

青再三辞谢，说军行千里，或功或罪，臣有幸仰仗陛下神灵，军大捷，皆诸将、校尉力战之功也。陛下已加封臣青，臣青子尚在襁褓，不但无功，勤劳苦劳也没有，上裂地封为三侯，以后我没法带部队了。

上说并没有忘记诸将、校尉功劳。乃封公孙贺南窌侯，李蔡乐安侯，护军都尉公孙敖合骑侯，都尉韩说龙额侯，校尉李朔涉轵侯，赵不虞随成侯，公孙戎奴从平侯；各食一千三百户，惟李蔡加三百户，食千六百户。

李沮、李息、校尉豆如意皆赐爵关内侯，食三百户。关内侯食户过百自此始。

司马迁按：合骑非食邑名，全军之意，指称为人，从票之名也，犹冠军。票，通假骠，借马喻人之勇。合骑侯食邑在渤海郡高成县。

五月，大将军卫青命各军归建，率众将凯旋长安，献俘于前殿。同日于前殿举行封侯授爵大会，京中公侯列卿到场观礼。卫青一时宠耀无两，公卿皆以卑礼事之，躬身举手，齐眉而拜。独汲黯待之以亢礼，随便拱手一揖。孙弘对他说：上希望群臣待见大将军，大将军地位尊贵，你不可以不拜。汲黯说怎么遮，给大将军作个揖就不尊重他了？降尊礼士不正是素为尔辈称道吹抬之德行么？卫青都走过去了，听见这番话忙转回来，举手齐眉，拜黯：青年轻，初来乍到，很多事不懂，以后还请右内史多指教。上见之笑：赛着拿大话拘人，小卫青落到这帮老油条手里，有得受了。

上于担儿挑局，每不拘礼，有时蹲在炕沿和卫青说话，还叫人撞见坐在马桶上和青聊天，下人不懂事，传出去，有循官看似高明实为乡愿，以为轻视青。文学界人士听说亦摇头。孙弘有时去见上，上刚洗过头或老没洗头，头皮痒，没戴冠，文学界人士也以为大不妥，属万乘之身自轻于人，蹿抖弘：你应该给上指出来。弘曰：行，下回我叫上你，你给万乘指出来。

上有次去棘门看部队操课,坐在临时搭建武帐里,天热,仰扣冠至后脑勺,因棘门属地归右扶风,汲黯过来打招呼顺便奏事,上闻汲黯至,忙入内正冠。新宠王舒窈王美人头回跟上出来兜风,谁也不认识,说谁呀,怕成这样。上说一个老事儿妈,不想听他啰嗦。

王美人说不能赐死么?上说你能别老拿你们家事跟所有事比么?汲黯于帐外高声说:臣黯面上,请求宗室贵臣一律交纳车船使用税。上隔着帐说:准了。

坊间遂传上谁也不怕,就怕汲黯。

六月,孙弘引五十儒子入宫,鱼贯入宣室殿。

上惊曰:果然是一支队伍,要不要这么重视阿?

弘曰:不重视不行阿,数月来我等每日分两队进行抗辩演练,四十九人演您,一人演我,您不是杂么,我们内四十九人墨、道、易、兵家、纵横家、吹牛家诸如此类皆通。

上说结果怎么样。孙弘说互有胜负。

上说为什么你还要人代演?

弘说我做裁判,而且我也需要一个冷静旁观态度重新审视自己,为什么每次三绕两绕会被您带沟里。

上说有用么?

孙弘说有用,还是太老实指我自己,老试图正面回答你并发现你给人下套时一个特点,忽然切入鄙语就开始不正经,下面的话其实就不必认真作答了。

上说那太好了，我也要适度调整自己语言习惯，不使你有所预判。

孙弘说还有一事，目前这五十人食宿均安排在太学，吃教工食堂，太学食堂本来办得就不好，教工颇有啧言，如今多了这一票人白吃白喝，群情扼腕，多次围攻本人，都是来伺候您的，您有义务予以解决。

上说行吧，我掏腰包，拨米拨油。

孙弘说我从老家带他们出来，可都是跟人家老人讲是去参加工作，才放出门。

上说哎呀，还要管一辈子，参加工作程序你也知道，要公示，选任，我们这个事能算公干么？这样，我还是下诏兴礼劝学，你搭我一把，怎么想个辙儿把这几十口子安排了。

遂下诏：老听说在上者应该引导民众学习礼仪，用美好的流行音乐陶冶民心，使民脱俗蛮固陋而近中德。今礼坏，乐崩，朕甚忧心民失教引，一堕再堕尽入下流，勉令礼官劝学兴礼陋中选贤以为天下楷模！

孙弘遂上奏：请为博士官置弟子员五十人，免除他们役赋，根据德才高下，简单任命为郎中、文学、掌故等卒史。特别优秀的，可记名提拔到更高职位。确无向学之能才智属下等者，随请罢免。又，今后凡吏员备选擢二千石以上官，考查条件请列一条，须通六艺之一。（马迁按：汉官品秩，

485

卒史属吏，秩百石。）

上曰：可。

秋八月，匈军万骑入雁门，都尉朱英战死，阵亡、失踪千人。上与卫青彻夜交谈，只谈一个问题，与匈军决战条件是否成熟，满足这一条件还需做哪些事。上把家底透给卫青，我即位以来，继承了父祖积攒的黄金有三十几万斤，这些年用了一些，目前还有二十大几万斤，放在少府不许他们动，都是预备将来赏赐军队的，希望尽快把这些黄金送到你们每个人手里。

卫青说如果君上您指的决战是毕其功于一役，直捣单于庭，臣以为尚需时日。目前军队发展主要还是受限于马匹，当初定下的三十个骑兵军目前只组建完成了十个，且还只是一人一马，达不到最低额配一人双马。这样的畜力不足以完成长途奔袭只能以我边塞为依托短促突击。臣以为目前制敌最有效方法还是择其一部倾我之力重点打击，逐步消耗敌实力。匈奴虽号称大国，人口不及我汉百分之一，我斩敌一人，敌即少一人，坚持十年，每年歼敌万人，敌成年人口即减三分之一，多歼一些，可望减半，新生人口再多还是娃娃。我则三十万雄兵成军，挥长刃奋蹄于塞上。时间对我们是有利的，每过一天，我则强一分，敌则弱一分，到那时我恐怕君上二十几万黄金不够赏的。

上说你说得很对，但是我这二十几万黄金还是想尽快花出去。有没有信心，每年歼敌万人？

卫青说不敢说年年歼敌过万，十年歼敌十万，决非夸口，乃有我军素质及战法提进实战战例相佐应。前我初出上谷，袭小茏城，与匈游骑战，三卒不敌一骑。袭诸闻泽，施新战法，单兵尤三不敌一，结队冲锋则一挡十，百可破千，五百人横行军中，虽万骑莫能敌。再下河南，破右贤王，皆一鼓而定。过去我军兵员多内地农家子，初入草原，遇匈飞骑，未战先怯，非数倍不敢接敌。今我军广纳各边匈族杂胡人入伍，领兵诸将——咱们担儿挑——也颇有匈族世家子弟，弓马皆不输匈军，入草原亦善辨水草方位，且连战皆捷，打出信心，敢战、善战，全军上下主动求战气氛甚浓，争立功封侯气氛甚浓。我拟将十个骑兵军全拿出来，集中于北边，编为野战集团，对雁门、定襄当面阿特－尤内湿集团形成局部优势，主动出击，坚决打击，务求歼其一部或大部，再逐次东移，逐次寻战。今后我之作战方针，拟为出境运动作战，专打敌主力。力争于数年之内，扫清我三边之患，夺取战场主动权。

上说同意你的看法，打就打到底，今后你失一卒，我给你补一卒，失一马，给你补一马，二换一，三换一，十换一，拿出三百万人，倾我所有，耗尽匈国。务使我北边长靖，草原风吹粟麦，汉马饮于北海。

乃下奋胡令，招募天下壮士欲击胡者，令从军，有功封侯。长安功臣家庶子、门客舍人，各郡国豪强恶少、社会闲散人员，皆自备弓马甲胄，相率投军，披甲挽弓乘马市街行，受市民喝彩遂成一时风尚。

起初，淮南王刘安，好读书作文，喜欢做名人，家里养了几千个食客、术士，这其中有很多是江淮之间轻薄之士。江淮地处偏远，其俗、方语与中土殊异，历史传说多叛中国，远至蚩尤，近至吴楚，其士或有不臣之心，故曰轻薄。也不是这些人有意挑逗，还是刘安有心结，每与这等人闲处，聊及乃父厉王刘长文皇帝六年坐反徙蜀郡道中绝食死辎车事，始悲鸣，继忿激。这帮人也没一个撤火的，赛着不嫌事儿大，帮垫着说些亢扬抖擞的话。建元六年，天上出现彗星，光华贯于天，被认为是天下将动刀兵的征兆，应在东越王郢击南越，我汉派王恢、韩安国讨伐事上。当时刘安还曾上书劝谏，曰不可暴取，天下不见兵革，民得夫妇相守，陛下之德也嘚啵嘚啵一大通，文章写得雄辩，一副反战的样子。家里却在聊：当初吴王反时，彗星不过数尺，尚且流血千里，今彗星照亮全夜空，天下兵当大起，不是东越这点事。安以为然，命人打造军器，增税积聚军费。但是内年没出别的事，东越很快平定，安也就算了，每天还是和众宾客嘴砲过瘾。

淮南国郎中雷被，古方雷氏后，善用剑，国中有名。淮南太子刘迁亦以剑术夸世，乃召雷被与之戏斗，被格挡不慎，中迁，虽未损及皮肉，却也挑穿衫襟，令迁袒乳赤膊，为围觋姬妾笑。迁本来还好，做光磊丈夫状，拱手谢被：好剑法！被还是背上思想包袱，出入市井每被无聊辈逗闷听说你剑挑太子，终惶畏。

淮南国都寿春，本类其他远离长安三四线聚邑，生活寡平闲逸，每以庸俗肉麻趣谈自娱，其中尤恶虐谑是比鸡巴。太子迁亦属任气争逞之辈，用当地土话讲吃屎也要咬尖儿内种人，这事也要做个首领，于不知什么人多嘴杂酒热耳酣筵席间参与比评，自喻能担水，无赖子传哄一时，列为屌大一族。为时人虐评：屌大无脑。并不知何人卖弄聪明递这个小话，传来传去按雷被脑袋上，被百口莫辩，自觉淮南彻底呆不住。恰奋胡令下，有志从军立功塞外者可迳往长安大将军府报到，遂面王请辞。迁终露小相，语王此为不忠欲事二主。王叱之，不许。以禁国中其他欲击胡者步后。

九月，雷被潜逃至长安，报名参军。也是多事，写立志书表报效心迹，语涉刘安父子阻其听奋胡令，大将军府吏小心，即转侍中。上说安叔反战我是知道的，有意抗诏阻拦淮南子弟击胡，我是不信的，只怕又是小怨衔恨借题发挥。遂下廷尉、河南郡共同办理调查此事，无使流言中伤安叔。河南郡接卷积极，行文淮南国，要求太子迁前去听审。安与王后畏惧，恐其去而不返，欲发兵反，又犹豫，延宕十余日不能决。

这时朝廷诏令到，谓将遣使者来淮南就地讯问太子。这本是皇帝私心体照，唯恐安父子不堪对小吏，有废太子刘荣之祸。淮南地方则压力巨增，以为诏令有责怪其办事不力意。淮南相与寿春县吵起来，责问县丞：河南郡传唤太子你为什么不配合催令太子就行。

寿春县丞说我能做什么，我催了，他不理我。淮南相说你就应该入宫坐催，不理你就应该扭送。寿春县说你说得倒轻巧，你去扭送一试试。淮南相说行，你都有理。遂向朝廷弹劾寿春县不奉诏。

寿春县哭诉至刘安，说我给您面儿人家不给我面儿。安说我今儿也把自己老脸豁出去了。遂为寿春县向相请说：给我一面儿，收回弹劾，大家都是在淮南做事的。淮南相说我不是您家臣，我是皇帝派来的汉官，食的是汉粟，跟皇帝的面儿比，您在我这儿没面儿。把安的面儿嘎巴利落脆——驳了。安怒，使人告发相，说是他拦着不让迁动身。上说这都什么乱漆疤糟的，命廷尉加紧审理。左监约谈雷被，坐实淮南王涉案。刘陵从长安传回消息，公卿已经提请逮捕刘安。

安惶恐。傻儿子迁献丑计，说如果他们来逮您，我叫我小弟（迁亦效其父，养兄弟）换上卫士甲胄，拿戟站在院里，您呢儿稍有不对，喊一声就刺死他们，我这边动手杀了咱国中尉，举兵反，都还来得及。

爷儿俩不知道，上一直回护他们，就这么一个叔，又是学问家，出过书，整个皇族没第三个，没答应公卿们请求，还怕惊着叔，不许廷尉派员，指派认识刘安的中尉殷宏去淮南向叔讯问案情，还当面托付：对我叔客气点。宏到了淮南，叔一见是熟人，心放下大半，说嘿，这点事怎么还把你发来了。宏说走过场走过场。俩人拉手说半天闲话，叔留饭，宏端起碗就吃，叔上酒，宏仰脖捌了。叔也有点酒上头，一概揽上身，说是我干的，我拦着姓雷的不让走，还拦着你内傻侄子不许去河南。宏放下酒盏回来报告：基本事实存在。

公卿奏曰：淮南王安壅阻奋击匈奴者，公然搁废天子诏令，按律当弃市。

上说亲王犯法不与王子同。不许。公卿复奏：请废王爵。上想了想，说：别了。公卿请削淮南五县。上说先过年。

十月，元朔六年正月。过年。

上另一个叔，刘安之弟，衡山王刘赐写信给上，称病谢罪不能来朝。上回信叔您歇着，来不了别来了。

十一月，派殷宏再赴淮南，赦淮南王罪，只是给他削地处分，削淮南国两个县。殷宏脚刚踏上淮南土地，见谁跟谁放话：我是来祝贺你们王的。

安这才塌实，撤去埋伏甲兵，设宴与宏大酒。

宏喝了酒，与安道了珍重，回了。安目送宏远去，回来郁闷，还是个俗人，心思如老地主，只为失去土地伤心，说出哪儿都不挨着哪儿的昏话：我行仁义，反被削地。宾客只知一味捧场，不往宽里带叔，争说余亦深以为耻。

41

十二月，天寒，天下无事。衡山王家闹了点家务。赐叔王后乘舒媬儿死得早，次妃徐来被立为小媬儿。另一位小媬儿厥姬不忿，跟太子刘爽扎针，说当年你还小，其实你妈是徐来整蛊害死的。刘爽因此恨小媬儿。小媬儿她哥小老徐来看妹夫，大家一起喝酒，小老徐也是酒德不好，几口酒下肚闹酒炸，在刘爽面前充大辈，刘爽亮刀子给小老徐扎了。小媬儿不干了，也不查款儿问由，以为又是上演后妈和前妻大儿子互相不对付旧戏码，觉得自己怎么都不得好了，索性恶人做到底，没事儿就跟赐叔枕边说爽坏话，把自己身边一个赐叔用过、会跳舞侍女发给二儿子刘孝，意思把刘孝也笼络在自己一头。爽妹子无采，自小是小媬儿带大，跟小媬儿有感情，婚姻不幸福，嫁人没两天让人休回来，一直住娘家，闲着也是闲着，偷摸和车夫好了。衡山王府也一堆不着四六门客，帮她爸看星象，爱聊军事上用兵布阵的事，其中一个特别能聊的闲得跟无采也聊，摆无采聊骇了，也和人家搞上了。

大哥爽严重批评妹子不摘食儿，无采怒，不理她哥了，抹脸儿就跟小婶儿、二哥一起说大哥坏话。赐叔家暴严重，起小打孩子，老听媳妇女儿二儿子告大儿子状，气上来就扇太子一掌，太子脸上老糊着手印。

扭脸府里进来贼了，是个过路贼，没踩点，净推下人房门，没见着啥好东西，整撞上无采奶妈起夜，坐马桶上喊起来：强奸阿！贼羞忿，顺手给奶妈扎了。

这回还真谁也没说什么，赐叔自己怀疑是太子干的因太子有前科，取马鞭暴抟太子一顿，用力过猛自己腰扭了。太子也真给抽怕了，心说这么下去也不是事，再摆我打坏了。思来想去憋出一很扭曲想法：干脆我把小婶儿办了得了，这样她就不会老说我坏话了。

二天家里喝酒，喝到末了就剩他和小婶儿俩人，刘爽凑过去说妈我敬你一杯，就势儿坐小婶儿大腿上（小婶儿可能盘着腿），具体细节不聊了，反正就是扑了小婶儿一道，小婶儿也是一万个没想到，仓促起身搏斗俩人酒全醒了，砰乐乓啷睡下的人也全起来了。

赐叔气得吩儿吩儿的，自己身上还不是太逮劲，叫人执绳子，执马鞭，传太子，跟小婶儿说待会儿，把逆子捆起来，你抽他！太子来了，知道今儿是过不去了，索性跟他爸翻车，说刘孝和您用过的人有事，无采和家奴通奸，您好好吃饭，我要去朝廷告他们！说罢就往外跑。赐叔喊快拦住他。刘爽边跑边喊：谁拦我记住谁。接连推倒一系列下人。还是赐叔亲自起来，扶着腰叫车，乘车追上刘爽把他逮回来，关在个人房间。

这些话都是司马迁说的，下雪天和上一起吃烤腰子赏雪，扯的闲篇儿。上说你是怎么知道的这都人家关起门的事。司马迁说嗐，我不是要写东西么，这些事就往耳朵里跑。上说婚姻就是个害人的东西，如果大家不是非这么生拘在一块儿堆，就不会出这些事。

马迁说都在社会上耍着单儿？你确定你希望的理想社会是这样？上说对呀，还能坏到哪儿去，谁也丙惦记谁。马迁说那要是某人犯了错误，你族谁去？

上说哦对对，忘了这个了，还是让他们在一起吧。

春一月，草原野战军（暂定名）组建完成，下辖十个骑兵军及一个强弩纵队。任命合骑侯公孙敖为中将军，太仆公孙贺为左将军，翕侯赵信为前将军，卫尉苏建为右将军，郎中令李广为后将军，左内史李沮为强弩将军，皆归大将军指挥。目前全军已整补完毕，齐装满员集结于辽水之上定襄郡治成乐城下。

二月，野战军出定襄，以右将军部围平城，吸引匈军来援。匈军阿特部数千骑突至诸闻泽以西沃水之阳，为我野战军主力所围，激战竟日，尽斩于沃水之野，河为之粉酢。大将军遂撤平城围，率全军还，休士马于定襄、云中、雁门。

三月，赦天下逃避更役、欠赋税无力缴付，入山林草泽为寇者，令从军，欠赋可免。

四月，我野战军再出定襄，围平城。匈军两路来援。大将军亲率野战军主力于大黑河西赵长城塔利堡墟与尤内湿部接战，各军轮番冲锋，昼夜不息，战至次日，最先投入战斗几个方阵全部打光，只有战马跑回来，大将军数入敌阵，也似带伤，满脸血污，遂命全军总攻，将每一名战士、每一匹马悉数投入战场。

第三天日落，匈军左翼矢尽，全体战死，斩首数千级，我骑抄掠其后，匈军崩溃，尤内湿率残部数百骑北逃，我军伤亡惨重，亦无力追击。

前将军赵信、右将军苏建率所部三千骑，于大黑河东、南池西遇伊稚斜单于亲率本部主力三万骑，接战一日，我军伤亡大半。单于命人阵前喊话：降可封王。赵信，胡父汉母，通两国话，为人多谋，曾任匈奴左谷蠡王相国，与我二署有情报关系，元光四年事泄，亡入汉，封翕侯。此次出动，初期作战颇积极，发展最快，卷毡拔帐，驱羊赶马，肆掠最甚。今见不得脱，遂率余部八百骑降单于。

苏建且战且走，至大黑河，部队打光，只身匹马投河，凫游过岸，一人独归大将军营。

议郎周霸曰：自大将军出，未尝斩裨将，今苏建弃军，可斩，以显示大将军之威。（马迁按：议郎，属郎中令，秩比六百石，后世谓高参是也。）

大将军行军军正闳、军长史安皆曰：不然！兵法曰：小敌之坚，大敌之禽也。今建以数千骑抵当单于数万骑，力战一日余，部队打光，不敢有二心，自归，而斩之，是告诉以后的人再打成这样就不必回来了。

马迁按：凡军行置军正，掌举军法以正军中。军正不隶属将军，将军有罪亦要上报。军长史平时领军，秩千石。兵法曰乃孙子兵法，意思是小不敌大，小部队虽可坚决作战，终为大部队所擒。

大将军曰：我有幸作为皇帝亲属在军中效力，是不必担心威信的。周霸劝我斩将立威，非常不合我心意。虽然我的职务授予我斩将权力，恰因为我得享专宠不敢也不应擅行诛戮于境外。现在也没到军情紧急需要当机立断的时刻，军队、将领都是天子的，应当归还天子，由天子自己裁断。我们能通过这件事表现一种身为人臣有权而不滥用的戒慎态度，不也是件好事么？帐下军吏皆曰：特别好。

遂将苏建囚禁于车，带回国，移交至西畤总提。

上向苏建仔细询问了当日战斗情况，说这样的形势军队不受损失是不可能的。遂赦苏建亡军之罪，令出金二斤八两赎为庶人。

这一年，野战军两次出击，有战果，牺牲亦大。失两将军，一个投敌，一个废为庶人，他们带领的军队也都损失了。所以没有再加封大将军，止赐千金。

但是还是出了个人，也不是外人，咱们担儿挑陈掌夫人，上二大姨子，著名的卫少儿，做姑娘时和平阳县吏霍仲孺霍老师生的孩子，大将军外甥小霍，起小有病，因名去病。时年十八，家常眉眼，等闲身高，含傲带臊，白里透黄，见人不大说话，也不怎么跟前凑。上在担儿挑局见过一面，隔天出门銮驾前后骑着马跑。陈掌说咱家孩子。上去棘门看操课，孩子混在军士队中运动中射击移动目标，竟得骑射第二。上说你这个能力应该去部队呀。于是就叫小霍跟上他舅。

这时，长安功臣家次子、庶子、侄子在大将军帐下任军容、侍卫的孩子已多达数百，几次跟大将军出去，表现还不错，就是放到基层部队，部队不太爱要，觉得管理有难度。大将军便将这些孩子单独编为一营，称票鹞营，任命小霍为票鹞校尉。不列入各军战斗序列，平时作为警卫，战时充当斥候，放出去执行一些特种作战任务。部队私下管这帮孩子叫飘摇大队。

二出定襄，小霍和他的飘摇大队每先发，离开大军几百里，深入匈国腹地寻找战机，打了不少便宜仗，斩单于祖父辈人物籍若侯产以下二千级，俘单于三叔罗姑，相国、当户等下贵人数十员。自己牺牲很小，在各军战损缴获比排名第一。上封小霍冠军侯，食邑两处，一为南阳郡积县卢阳乡，一为宛县临兆村，计一千六百户。上谷太守郝贤四度追随大将军出征，捕斩首虏亦达二千余级，封众利侯，食邑在琅邪郡姑幕县，千六百户。

自元光六年汉军首次出境作战，至元朔六年二出定襄，六年间，我汉几乎年年出动十几万部队打击匈奴，斩杀消灭匈军甚众，对我威胁最大，匈军最强部苦叻拜、阿特、尤内湿基本已被打残。我军累年计算下来，牺牲的战士、亡殁战马也有十几万。弓矢刀戟甲胄等军用物资损耗还未计算在内。所费粮草，动员地方民夫支前，筑城修塞，赏赐吊抚支出金铜何止百十巨万。上一直以为自己还有砸窖黄金二十几万，这次准备拿出几斤赏赐小霍，找陈局要金子，陈局说没了，早花出去了。上说不对呀，我数着花的，应该还剩二十几万。陈局说我能瞎说么，我这都有账，去年右拳行动大赏，家底就抖落干净了，要不您去库里看看。上说我还真逮去看看，否则我说服不了我这记忆，明明一座金山码在呢儿。陈局引上去少府金库，进门看见全是墙，地面扫得倍儿干净，能照出人影儿。

上蹬着门槛发愣，十分郁闷，说特么太不经花了。

陈局说自己孩子，什么金不金的，我个人小金库还有点，扫扫够两斤，还有几匹绢和绫，您甭管了。

上说没这个道理呀，孩子为国家立功，还让你们自家掏钱犒赏。我这当姨夫的，啥也甭说了，我也回家凑凑，先过了这关再说。回宫翻箱倒柜，卫子夫挺着大肚子出来说干嘛呀，这会儿找什么秋裤？上说你怎么又怀孕了？卫子夫说你问我呀？上说你身上还有什么用不着的手饰，我有急用，不要玉、宝石，就要金子——金砸！卫子夫说我就剩玉和宝石了，金砸早让你敛光了。上盯着子夫耳朵，说耳朵戴着什么？

子夫护耳后退：这是我妈给我打的，就剩这一对了，不给！上摊开手掌，说拿来，给你换珍珠的。子夫说不喜欢珍珠。上说金子俗。子夫说就喜欢俗的。

六月，发生财政危机，大司农颜异报告当月部队军饷无铜发放。上与公孙弘商量办法，孙弘说只能加税了，国家要搞钱，唯此一途。上说加税是一个很不受欢迎、说人民痛恨也不为过的手段，征缴期又长，今天宣布，拿到手还要等明年，这个月就过不去，我需要一个能立见现金又不招人民反感反而人人踊跃乐捐的办法。孙弘说您是说羊乐意把毛薅下来的办法？

上说你们呀，只能做太平丞相，生在高祖打天下的时代你连参军都不够格。孙弘说我是做不了萧何，我也不想做晁错。上说你这样，你回去想想，两条路，要么想出个让民众主动掏腰包的办法；要么代表我去前线部队向战士们宣布，朝廷没钱了，发不了你们军饷，你们可以解散回家了，我看看你能不能活着回来。

次日，上还没起床，侍中送来丞相府连夜研拟写就的报告，上面写着：昨天皇帝讲：五帝治国的策略各不相同，但天下得到大治。夏禹商汤执政的手段各不相同，也都成就了王道。走的路不一样，建树道德的心情是一样的。如今北方边境不安宁，人民生活痛苦，我很难过。前一阵，大将军反击匈奴，杀死捕获敌人一万九千人，战士们流血流汗，牺牲也很大，可是由于朝廷没钱，应该领的抚恤、奖赏到今天没能发下去。不能再让战士流泪了！你们商量一下，是不是可以恢复古已有之，文皇帝、景皇帝都实行过的纳粟拜爵制，设置一些华而无实的爵位，允许老百姓拿钱买。家里有人判刑关在监狱里的也可以定一个价格，允许犯人家属出钱赎罪或者减刑。根据这一指示，我们请求设置十一级武功爵，为与朝廷任命正经官员区别，建议叫赏官。起步价十七万钱，全拿下来三十余万金。（司马迁按：此处疑有误，以官价一斤金万钱计，十七万乘十一，应为一百八十七万钱，也才一百八十七斤金，差哪儿去了。可能是后半夜算的，丞相府没一个会乘法的，一项项加，位数加乱了。要么就是话没讲清楚，级与级之间不是等差，还有巨大位差。我替他们算了下，要是最后能拿到三十余万金，每上一级不能少于三万万钱。还有一算法，谓武功爵十七级，起步价十七万金，每级加二万，顶格正好三十四万。这就是为算而算了，我汉中产之家不过百金，皇帝家底不过三五十万金，十七万金非豪富不能有，都豪成那样了，为何要买一区区武功？不取。）

上嘻笑曰：虽然我没有讲内些五帝禹汤的话，但是我愿意这些话是我讲的，他们能够承认每一代自有每一代治理国家的方略我也很欣慰。遂高高兴兴去参加朝会。当天朝会洋溢着超级乐观情绪，君臣聚在一起掰手指头算小账，一家取三十万金，也不要多，我汉一百个豪富总有吧，加在一起就是三千万金，再打五十年仗都够。上表示担忧，钱多了花不完怎么办？孙弘建议免天下钱粮一年，这可是亘古未有的大恩，就凭这一点，我拍板定了，您可与黄帝同光。上难得不好意思，羞答答说过了过了，身后不要骂我就好。

大家共同表现出惜福的样子，不建议一下子把十一级武功爵都开放给老百姓购买，因为考虑到购买最热情的可能是商人，只许老百姓买到第九级"执戎"，留两级，赏给真正立有军功的人，也别弄得军功都成了买卖。但是也有鼓励措施，真有意为国效力而不只是为发丧老人添些名头好看的人买到第五级"官首"，同等条件可优先选拔为吏。买到七级"千夫"，可比照二十等爵五大夫享受免役待遇。有武功爵者，犯了罪减二等处理。（司马迁按：武功爵序：一级曰造士，二级曰闲舆卫，三级曰良士，四级曰元戎士，五级曰官首,六级曰秉铎,七级曰千夫,八级曰乐卿,九级曰执戎,十级曰政戾庶长,十一级曰军卫。)

七月,武功爵令正式发表。造士卖得很好,仅在长安一地就售出几十份。陈掌羊肚手巾包头,装成小贩推一车白杏到横门九市寻摸一圈假装推销,见到卖布的南阳人和卖玉的右北平人歪戴进贤冠,在街头拱手互称造士大人早上好。卖肉摊儿后也有一位屠夫,扛着刀跟顾客说今儿伺候您的可是一位造士哈!蜀郡卖出一份执戎,获金二十万,是卓文君给她爸买的。

八月,匈军忽然放弃平城,从我塞前各要点全线后撤。我各边派出匈裔侦察员,化装为牧人沿边放马,发现黄河以西、贺兰山缺、阴山之阳广大地区已无成建制匈军,经向当地牧人打探,大队匈骑已过漠北。

后又从公主小组传回消息,赵信降匈后,恢复其胡姓本名:自豪依思敏;颇受单于重视,将其寡姐嫁与自豪依思敏,封为毕林自次王,翻成汉话是尊荣仅比单于低一等的意思。自豪依思敏向单于献计,曝露我战略意图及战法战术,谓我组建强大野战军,依托边塞对匈军各部实施定向打击,意在消耗匈军有生力量,每于匈军分散搞生产时出击,形成短时局部压倒性优势,故匈军连战皆北。汉对匈,拥有百倍人口优势,骑兵作战三要素:弓、刀、马;汉已于弓、刀胜于匈,惟马尚不如匈,至今一线骁骑尤一人一马,也即长距离、大地域机动弱于匈。今若破汉，惟有诱其脱离边塞，拉长交战距离。匈国国土辽阔，地势复杂且单一，气候严峻且多变，常一日四季，汉军不耐草原饮食风寒，畜力有限，补给全靠国内徒步运转是其致命短项，补给线延长一日，则军力减一分，延长三日，则三餐不继。军愈众，行愈远，则担负愈重，消耗愈大，我军（这里的我军是指匈军）不与之战，亦不得全师。今我移主力于漠北，汉军要打我，必涉大漠而来，到达战场亦疲累不堪，减员严重，那时我军以逸待劳，可轻取。单于曰：善。遂移师。

九月底，清点三个月武功爵销售情况，还不错，全国卖出近千份，扣除推广费、网点费，上缴财政八十万金。

42

冬十月，元狩元年正月。上在西畤举行军事会议，研判敌情变化，决定调整战术，还是要打出去，部队难以远征这个问题迟早要解决，否则直捣单于庭就是一句空话。卫青建议拿出一支小部队进行试点，依匈军编制，每卒三马，进行长途拽引并驰人不下马换乘训练。同时改变饮食，取消汉人熟食热食习惯，士卒皆按匈人习俗先是按旬继而按月发放生肉奶酪，不集中开伙，怎么吃、分几顿吃不管，到月底没的吃了自己想办法，培养士卒自我管理忍饥挨饿能力。

会上决定，以票鹞校尉霍去病带领的飘摇大队为试点单位，过完年即开赴草场条件与匈国相近陇西开展训练。训练署派员跟进，俟基础训练完成后，总结经验，拿出符合我军特点从军到分队各项作战、勤务条令。再投入一个全训军，争取用一年时间，集中我草原野战军全部畜力，编训三个远征军。以我亭马年入役量不少于三万匹计,则每年可增一个具有远征能力的军。若降低标准,一卒双马,则两年可增三个军。四年之后我十万野战军可初步具备匈军那样不要后方、长程远途机动作战能力,则可与单于在漠北一决高下。

开完会,陈掌建议来都来了,是不是可以去五畤照一面,真的假的主持一次祭祀,让老百姓远远照一眼,这几年每回都是太常代表您献祭品,百姓中已有闲言,今上什么也不信。上说你觉得有这必要么,闲言也听,别干别的了。陈掌说闲言止于说什么不是什么,车去车回,到地方您就下去站一阿秒,让老百姓觉得您不嫌弃他们胡乱信的东西,会觉得,会觉得……上说别说了,我成全他们。

于是上就去五畤转了一圈,也没有只站一秒,还是仔细看了看五畤建筑、泥塑,每座神前献了份太牢,扫了眼围观群众,才登车,回长安。

十一月,朔方郡一个拾粪老头,早起出门摔一大跟头,起来见地上躺着一头已经死去多时独角犀牛,这是犀牛在华北灭绝千年后首次现身,谁也不认得,牛有骈胝,人哄传为足有五蹄。郡守心里没底,不知是吉是凶,没请兽医,请太常派人辨认,是瑞兽还是煞神。太常丞报告令孔臧,孔臧老不以为然,说吾家之学,重在究理明义,天人感应阿附鬼神,非君子敢言者类。太常丞复问老令谬忌,谬忌说别听他的,这个也不是制膏药,酱猪头,闻世之学皆公器,不以嫡传为宗本，天人感应再不讲了，难道任人自托为大么？遂定犀牛为神兽。上奏曰：陛下严肃对待神明，恭敬进行祭祀，如今上帝回报来了，赐一角兽，可能是麟。

司马迁按：麟，麇身、牛尾、马足，五色，圆蹄，一角，角端有肉，音若钟吕，行中规矩，游必择地，四处嗅一遍觉得安全才住下来，不踩虫蚤，不踏幼草，不群居，不结伴而行，不入陷阱，不钻罗网，王者至仁而出。今并州界有麟，大小如鹿，生活习性并不像传的内样儿。

上亦疑惑，说至仁是我这样么？因问孔臧老：是乃个上帝搞清楚没有？孔臧老生气说我怎么知道，还乃个上帝，好像上帝也是一大家子哥几个似的。上说您不太信这个是吗？孔臧老说我现在什么也不能说了，说了就是坏人家好事。还有比这个更荒唐的么，捡到不认识的动物就说是上帝奖的，你能告我这其中的道理么。上说可能来自天地万物都是上神所造古老模糊的拗知。孔老说今天都到我汉八十四年，您十一年了，官民觉知还停留在遥不可及的古代您不觉得可悲么？

上说觉得可悲了，所以希望用一种新的、更积极、对人的处境更关注的理念代替旧的传统观念。您作为新理念、新思想的当然代表人物，愿意到朝堂上来和其他新思想代表人物一起，对新思想进行梳理，对传统观念进行去芜、泼扬，以期汰旧布新，使我汉得获一个更适配于当今这个朝代，新的朝代……精神么？

孔老说我们怎么成新思想了？我祖爷爷……

上说您祖爷爷也很年轻，岁数不大，连生年带冥寿归乐包齐也就四百多岁，跟遥不可及比，只能算人芽儿吧？人类了解世界、认识自己思想活动开始很早，早到没一个我们听说过的思想家出生。

孔老说可是……

上说可是你想说你祖爷爷也不是平地抠饼，懂你的顾虑，生怕新、个儿创跟没根基是近义词，您不觉得这也恰是一种古老模糊拗见么？凡事必引古，因为未来不可知，当下皆荒芜，古您怎么说怎么是，也是一种不可证伪，就拿来打掩护了。这我必须批评您老了，老爷子已经很圆满了，可能他自己都没意识到，至少在咱们这一片，他是第一个不言鬼神只论人事的学人，这就是新阿！这就是亘古未曾得见阿！往大了说，古今就此分野，人神从此异族。咱就别愣往三代挂了，他们内时候包括周都还战战棵棵，敢做不敢当，遇见不能克服摸不着头脑的局象——忙着向上推责呢。

孔老说行，听懂了，我是新思想代表人物，谁是旧、传统观念代表人物，跟我……泼扬阿？

上说我。

孔老……

上说您想想，您先别忙着推辞，咱们泼扬不是为争个谁是谁非谁更高明，大家都高明，都对，咱们坐在一起，畅欲所言是为各征其本，互取其妙，在新的认知上达到新的和鸣，为刻下亟需施行之官民一体教化提供一总章指要。也不光要您一人。指公孙弘：孙大人您认识吧，你们内头的。孔老点头哦哦，你好。

孙弘问太常丞：可能是麟什么意思？太常丞说可能是麟，未见得是麟，因为谁也没见过麟。司马迁说我理解至仁的意思是对动物也实行人道煮义予以护育，所以珍稀动物才会出现。上说是不是的，乃个上帝做的好事也不管了，咱们统一给老大们回个信，也别显得厚了乃个薄了乃个。于是命五畤一齐扫地燃灯庆祝，给五位上帝祭奉牺牲各增加一头老黄牛，做成烧烤，让熏香味儿直传到天上，告诉五上帝：收到了。

马迁说所以你并不认同我内个对至仁的理解。

上说尔今还不到把动物全保护起来不与杀害的时候，人先要停止杀人，才可论及不伤动物，还要调整饮食结构，改变观念，为肉食癖者寻找代肉，还早嘞。

十二月，大雨雪，有民冻死。作《白麟之歌》。

谬忌听说上当真了，又研墨舔笔写了本奏章曰：君主纪年没有比以天瑞命名更合适的了，今年开元得到瑞兽，应命名为狩。

上说原来不是叫狩么，我怎么记得这俩月报日子已经叫元狩年几月几日了。

陈掌说原来是叫元授，授命的授，听上去差不多。上说行吧，随你们怎么叫吧。这就是元狩年的来历。

春一月，各地听说上得天瑞，纷纷上书遣使来贺。济北王刘胡听闻此事没太搞明白，以为上有意封禅，暗示他有所表现，他也是淮南厉王这一枝下来的，对刘安、刘赐两位叔不安分也有所耳闻，又不好刻下冒失举报两位亲叔，又生恐日后吃瓜涝儿，故益发挣扎，上书不但有诣辞还有实际行动，说他认为上的德行齐全了，故天降祥瑞以示认可，燎一头牛礼薄了，应来泰山金泥银绳登封报天、降禅报地。他个人也有点表示，请上接受将泰山及所在邑泰安县献给皇帝为贺。

上也有点高兴，非给我是吧？不接着不合适是吧？遂受。以东海郡两个县予以补偿。

二月，淮南王事发。据事后揭发整理的材料看，早在上刚继位，还是个少年时，淮南王刘安就有不臣之心，听说上没儿子，不太理政事，就很高兴，说一个小孩，弄不好。后听说上生了儿子，开始处理政务，而且办得头头头是道，就很生气，说不可能，岁数在呢儿摆着呢，年轻人受欲望之狗追逐，还把交配视作第一推动力人之为人存世大乐子每日不搞一下难受呢。

淮南王最倚重的两个亲信，也都是名人之后，门客左吴,《左传》作者左丘明之后;中郎伍被,两国名将伍子胥之后。刘安也是常见内种解不开,以为名人似良种,其籽必也壮,多少名人混了一世,临撩跟子女说科别学我,寻个安稳营生,默守度世。刘安内个专收迷信妄言的《淮南子》少收了一条冷僻迷信:名人都是树妖花精来度劫的,异能魅力不传代。文人之后左吴每天跟安聊军事,画了一无比例尺全国青绿山水,研究从哪条路进攻长安,好像他家祖上有人写过战争故事他就懂打仗了。武人之后伍被祖上两次遭灭族,深知厉害,慌得一匹,每天跟安动之以情,反着劝安,说您好好当王,别人羡慕都来不及,为何忽出亡国之念?您光看到高皇帝得天下易如反手,忘了吴楚军力十倍于您,到头来落得个身首异处子孙绝祀,自己成了孤魂野鬼连口冷饭也吃不上。我已经看到大王被天子赐死,在群臣一同灭族前拧次死在东宫,今日奢丽王宫遍生荆棘,露水打湿夜行路人衣摆景象了。

把安说哭了,说你太给我添堵了。回屋哭了会儿,出来命令把伍被父母关起来。伍被说我说话招您不爱听,您关我爹妈干嘛,您把我一刀宰了不更解恨么。

安说我不宰你,我还留着你给我出主意呢,不信扳不过来你。

三个月后,伍被去探监父母,父母说你是又打算继承咱家传统,拿父母的死成全你的忠义么?伍被回来对王说服你了，你放了我爹妈，我给您献条计。

刘安说你先说我再放。伍被说现在诸侯无二心，百姓对朝廷也无深怨，您可以挑唆他们，假造丞相御史奏疏，请求迁徙郡国土豪有钱人去朔方，再派咱国部队去各国催促他们启程，假造诏书廷尉文件，逮捕诸侯太子亲信大臣，这样不但能激起民怨还能使诸侯恐惧，再派左吴去游说他们像游说您一样，可能、有十分之一侥幸，大家伙能跟你一起反。

安先说好主意！过会儿说要不要这么麻烦。又过了会儿说你这是计么，我派部队假传诏书去各国抓人抄家不等于公告天下反了么？你告我怎么去鲁国、胶东国？再关伯父伯母仨月，你给好好我想条计。但是可是，想到了伪造公章重要性，命官奴私刻皇帝印玺，丞相、御史大夫、将军、中二千石、周围几个郡守都尉印信和汉使者所用符节，说将来我坐天下也用得着。

还异想天开，惦记给卫青下套儿，照着雷被演一出，派壮士假装受到苛待，逃亡京师，投靠大将军，赶明儿咱们这儿一起兵，上肯定还是用他内几个担儿挑，大将军没动身，便被咱们的人刺杀于帐中。后来懂的人跟安说军队最讲资历，您现上轿现扎耳朵眼这会儿派人往大将军跟前混，混到能瞧见大将军长什么样最少二年，给人提鞋、洗马拽蹬还得二年，遂罢。

安评价上周围几个近臣很有意思，上事后特意拿给孙弘看，安说汉廷大臣，唯独汲黯是个直肠子，死心眼，想游说他办点法外事不可能。至于丞相孙弘等人，煽惑他们就像上炕掀被货秋天摇树叶哗哗往下落。

孙弘说由是可见刘安是个糊涂人。

安聊得起性，越聊越往当真去。一天和伍被聊怎么对付国内这帮汉吏，应当趁其不备把相、内史、中尉这些二千石都收拾了，一激动扭脸叫人立刻传这些人入宫，伍被也惊着了，说您这什么意思准备发动了？

安说去他爹的，不管内些个了。一会儿相来了，说啥事？安说没事，想你了，老没聚了，一起吃个饭。

然后和相聊长安扒褂，上准备和群儒掰齿人家文遗，听说还有人加傍，下了注，长安赌档开的赔率是一赔五百，都不看好上。相和安意见一致，未见得，应在押群儒同时押上一手，一比五百，赢了大赚。

聊了半天内史、中尉没来，带话说工作忙。安也不等了，留相真吃了顿豆粑煮鱼和虾米蛋汤，吃完饭送相出门。太子在厨房磨快刀准备杀人，等了一顿饭，人走了，气得横刀抹了自己脖子，也没打算死，又是惯用手右手握刀，一沾皮儿腕软了，据说真抹脖子不能用惯用手，得用反手，反应慢，切得深。还是流一地血，弄得王宫人飞狗跳，一帮女的冲出来乱哭。

伍被一看，忒不是事儿了也！爷儿俩把造反这么凶险大事弄得跟儿戏似的，我别瞎跟着他们起哄了，回头再把我勾上，老伍家已经赶上过两回灭族，剩我这一枝儿不容易，再弄一回，真没人了。遂连夜求见淮南中尉，向中尉报告了安父子图谋造反详情。

中尉即刻发兵，入宫逮捕了脖子缠着麻纱正躺在太子妃怀里仰脖喝红糖水的刘迁和失眠搭上焦心睡不着正跟花园溜达散荡的王后荼。刘安听见动静出来查看，被门口围着的兵手拉手圈了回去。刘安跳着脚骂，当兵的也不吭声，就是不让您跨房门一步。中尉捧着刚起获的皇帝印玺说：大王省省吧。遂命彻底搜查王宫，起出更多私刻汉官印信、符节等谋反铁证。

遂下令尽收王府内臣、奴仆，只留刘安一人坐困宫中他住的内个房间。封闭国境，追捕所有曾混迹于王府吃喝蹭饭宾客、术士。寿春城内凡与王有过交际，酬酢应和过的名人、土豪亦一并记名捉拿，枷入大狱。同时将谋反证据及重要证人伍被即刻解往长安。

上正在家里逗孩子，扛着儿子在屋里够梁。陈掌进来跟他报告出了这么档子事，上扛着孩子听，越听越糟心的样子。子夫忙说你把孩子放下来吧，我怎么脚着你想摔他似的。上放下孩子说我还怎么对他好阿？嫩么大岁数了，弄这些事，叫天下人看我们皇家笑话。

陈掌说您知孔先生内句名言女子小人难养原来是说亲戚

的么？上说呕，不知道。陈掌说听孔安老说的，孔先生四姨奶老来借钱，烦着孔老了，别人家女人小人也不归他养阿。子夫说那是你们大户，我们小户人家亲戚不团结，老人生病都没人搭把手往郎中家抬。

陈掌说你们不请郎中阿，为什么往人家抬呢？子夫说不是没钱怕人家不来么，人抬去再跪求好歹讹着把病瞧了。上说你说得有道理，看来问题不是出在亲不亲上，还是出在有没有上，没别的急着了就惦记上这个了，越有越想有。陈掌说也出在亲戚上，也出在人性上，我怎么不惦记您阿。

遂命宗正召集宗室诸侯王、列侯四十三人组成合议庭，审理老刘叔案，说你们定就是定了，不用报我。

三月，合议庭长赵王刘彭祖约见上，说还是得报你，案情实在重大，根据"见知法"，见过听说过的皆坐明知不报，与案犯同罪。目前已坐实衡山王确知。其他牵连到的各地列侯、二千石、土豪名人数千人，这数千人密接者应该还有十倍不止，是不是定个框框，到乃一步为止。臣听说两个素昧平生的人只要通过五个人就能连上一个共同朋友。臣恐怕再追下去，天下种地的、卖笑的、耍大刀的、要饭的都要受到牵连。

上说什么时候又有了一个见知法，我怎不知道？

司马迁说刚颁布的，自公孙弘做了丞相以来，拿春秋大义要求大伙，光说不管用，张汤配合他，将《春秋》所列非礼行为全引出来，申援为法律，故有见知法、违逆法、诽谤法诸法问世。上说什么是春秋大义？

马迁说对是非曲直善恶正邪态度鲜明予以褒贬。

上说正邪由谁定？

马迁说倒是也有厘定，下犯上为邪。上违制则以隐恶彰善法处之。上说听着没毛病，你们觉得呢？

大伙说听您的。上说衡山王就不要连坐了，诸王都是亲戚，连坐一个也活不了。其他人你们根据所涉程度，比照刘安定罪论处。体力劳动者、操贱业者、文盲就不要追究了，量他们和刘安也不是深交。

同月，合议庭拿出一致判决：淮南王安甚大逆无道，谋反证据确著，当伏诛。王后荼、太子迁及其他参与谋反者皆族。淮南国二百石以上及相当于二百石的官吏、宗室成员、宠幸近臣即使没参与谋反，也以平时没能教导劝谕安迁父子论罪，一律免官削爵为民，今后概不得再任官职。本来就没有职务的，罚金二斤八两赎死罪。其余各地涉案线索交廷尉继续办理。

上命宗正刘胡伤执皇帝符节去淮南处置刘安。胡伤出长安即一路放话：我是来监刑的。未至淮南，安自刎于宫，据说是中尉递的刀。

上认为伍被有自首情节，虽与谋实受胁迫，出的主意也不像样子，无可操作性，可考虑减罪免死。

张汤不同意，说伍被一开始就是参与者，与安谋措多年不举发，后见事不秘，行将败露才出首，不能宽宥。上说那就不要族了，这家也太倒霉了。遂诛被。

还有一个人，上欲为之说，即长乐、未央两宫永巷令庄好庄嫩姊妹之兄，邢夫人之舅，当年援东瓯有功，现为侍中的庄助。此人素为刘安至交，是安每至长安必过府拜访一起喝酒三俩人之一。虽安死，已无人可证都聊了什么，助自己也说没聊什么，都是收藏上的事，助是良渚古玉收藏大家，家中藏有於越亡国后宫中流出大量玉琮、玉钺，每次安来都是看他藏品，也是他重要买家，曾从他手里千金买过一条抬头龙和一条俯首龙两件玉饰，这次彻底裹进去了，家中千金被认定为安的厚赂贿赠，人系于廷尉狱。上说这个人我了解，老实人，是不是可以不死。张汤争辩：尤其这个人不能不死，他的位置太重要，可以随便出入禁中，是天子心腹大臣，却在外面和诸侯私自交往到这个程度，不杀，以后我还怎么要求别人。遂判助弃市。

汤兴大狱，逮捕各地涉案列侯、二千石、土豪名人过万，深究穷治，牵出另一大案。去年底衡山王刘赐曾遣使上书请废太子刘爽，立次子刘孝为太子。使到长安，上正忙于军事，人在西畤，请求书便留在侍中，未与答复。内头刘爽扑徐来扑炸，被他爸毒打一顿关小黑屋，一直关到来年二月才放出，才听一向跟他好的门客白嬴说他爸要废他，立他弟刘孝。爽一听急了，也特么不过了，回小黑屋写了封黑信，揭发刘孝私造兵车弓弩及与他爸打通铺等事。倾其所有凑了数百金，交予白赢说你帮我把信带到长安送给上，我爸总得嗝儿你信吧，我袭了王，衡山国就是咱俩的。

白赢也是古玉爱好者兼藏家，原来专玩红山玉，最近好上良渚玉，到了长安没急着投书，揣着数百金奔了庄助家，坐下没聊两句，庄助说有会稽玉贩新送来的货，转身进屋拿货，一帮廷尉狱史进来了，白赢连说误会误会，廷尉还管你那个，扛上枷一起拉走了。

进号里先脱一精光，搜嘚儿扒眼儿探一遛够，然后扔进黑牢，里边全是列侯、二千石。二月阿！屋里没火，冻得嘚哩嘚瑟，衣露着肘，裳露着蛋，最轻的挨了四十个大耳帖子。一会儿栅栏门外进来一狱卒，举着火把，喊白赢名字，说你就是白赢，你出来。把他带到一间询问室，让他先蹲呢儿，一会儿进来一白面无须微胖眼袋很大中年人，手里拿着内封黑信，火漆已然拆开，问这封信是谁给你的。白赢把事儿来回来去这么一说，中年人命狱卒给白赢换重枷，换了间囚室单独关押，就拿着内封黑信登车直奔未央宫。

上看了张汤送来白赢口供和衡山太子爽上书，说还是按程序，先交沛郡处理。

沛郡都尉派吏员迳入衡山国，先按廷尉交办淮南案涉案人员名单挨家搜捕，竟无一人得获，全跑路了。继而搜检王子刘孝家，座中一人竟是刘爽信中告发刘孝委任监造兵车弓弩者前江都工官陈喜，遂枷回。并于次日弹劾刘孝首匿陈喜。

沛郡尉、廷尉这时还不太清楚这个陈喜的重要，刘孝清楚，陈喜是他爸近臣奚慈介绍而来，而奚慈正是元光六年以来围绕他爸身边蹿逗他爸造反割据江淮重要谋士之一。陈喜入沛郡狱，深知吐实也是死，也不知从哪儿听说扛十二堂就算扛过去了，还寄望衡山王能出手捞他，扛了三堂，打成烂茄子也未供一人，坚称是受雇造车，并不知道王室家事，只知孝是王子。

刘孝不知道，平素座中客也有法吏、也有涉案入监前辈，说起狱政黑暗，狱吏手段酷烈，皆说只要是爹妈生肉长的没有能扛过去的，不用动刑，让你坐三十天光板凳，屎尿迸流你就得崩溃，除非你是死心眼，一怒先跟自己急了，咬断舌根我就这样了，或是心理异常于受虐中快感如潮，招供决非贪生而是但求速死。

刘孝心说我心眼既不死心理亦不异常，我别考验自己人性了，跟衡山中尉打听，是不是有自告免罪律条，衡山中尉说确有。刘孝说那我现在就向你自首。

遂供出衡山王刘赐自元光六年皇帝夺去他任免二百石以上官员人事权后便心生不满，与奚慈、张广昌等人讨论军事形胜，虽无意问鼎中原，却有独立倾向。后又引入陈喜、救赫这样的军工生产专家和周丘之类所谓壮士其实是军迷，大谈当年吴楚伐汉计划不周密及路线选择得失，基本属于嘴砲却也实打实刻了皇帝印玺、将军丞相及各级军吏印信。衡山中尉很慎重，立即将案件移送廷尉。张汤亲阅卷宗，呈报皇帝，请求逮治衡山王。上说先不要抓人，进了你那里没罪问出罪，小过问成死罪，我就不信我这些亲戚都怀反心。

于是派中尉司马安、大行李息去衡山国质询刘赐。

司马迁按：时，大狱纷起且颇涉宗室，宗正手下无警力，主管京城治安中尉及其属吏多为宗正用，中尉便成执法吏，专案专任，并置多人。

司马安、李息到了衡山，出示刘孝白嬴等人口供，刘赐很痛快，一一认下。安、息遂命衡山中尉围王宫，一人不得出。迳返长安复命。宗室列王列侯合议廷又被召回，议决衡山王有罪，请派宗正、大行与沛郡杂治王。刘赐听到消息，即自刎，据说用的是厨房剔骨尖刀。刘孝因有自首情节，免谋反罪，坐与王御婢奸，弃市。王后、太子均未定谋反罪，徐来坐蛊杀前王后乘舒，太子爽坐王告不孝，皆弃市。其他参与谋反者白嬴、陈喜、救赫、周丘、奚慈、张广昌辈皆族。

张汤欲罢不能，草蛇灰线皆成窝案，淮南、衡山两案株连列侯、二千石、土豪名人以十万计，死数万。还在深挖广掘。天下震动，大小官吏无不股战，公卿上朝亦闻籔籔裳响，老赶脚屋里在下小雨。孙弘语上不能再搞下去了，再搞下去我怕张汤疯了。

夏四月，诏令淮南、衡山两国除，设九江郡，衡山郡。赦天下因淮南、衡山两案见知系狱未决者。

刘陵时尚在廷尉狱待斩，蒙赦释出，已鸠形鹄面苍苍老妪耳。她最后一个老情儿是岸头侯张次公，也因她家事受牵连，坐与淮南王女奸受财物免侯。陵也没脸再去找人家，无可依傍，为庙前广场"元宵刘"淀儿哥收留，帮着摇元宵，睡街边，未几郁郁而终。

孙弘上奏：淮南刘安起贰臣心，觊觎大位，口实之一便是上斯时无后，今不立太子，恐他人日后效尤。

丁卯日，立皇长子据为太子，年七岁。赐中二千石右庶长爵，百姓当了父亲的赐爵一级。

五月三十晦日，日蚀。

匈军万骑入上谷，杀掠数百人。

六月，上贪吃白杏，染时疫，腹泻不止，又于服药期间饮酒，产生双硫仑反应，几昏厥，缠绵病榻多日。马迁张骞带西瓜来看他，上说最不爱吃这种甜不嗖嗖贱不唧唧的东西。马迁说冬瓜行。上说冬瓜行。因问张骞你最近干嘛呢？骞说我还能干嘛，呆着呗。

上说这些天没事躺着胡思乱想，上回说内身毒的事还得办那。骞说什么身毒的事我都忘了。上说你记性比我还不好，就是你说在康居还是哪儿见到人拎着蜀郡拐棍穿着中国细绢纺，人跟你说是身毒产的。

骞说噢噢内件事阿，你不是不爱吃甘蔗么我发觉你对内种大量的甜、纯甜不感兴趣。上说还真是，红糖、白糖论堆儿吃能吃几口阿。马迁说什么量大了都受不了。上说我寻思着他们呢儿老没人管也不行阿。

骞说谁呢儿老没人管？上说他们呀，你不是说波斯人走了他们呢儿挺乱的，互相打来打去为点水浇地还饶世界哭。骞说我什么时候说没人管了，人呢儿有人管，波斯人走了希腊人又来了。上说然后呢，阿瞳都上咱们这儿来了。骞说噢噢还真是，我发觉你对别人的事特别上心，你打算管管人家？上说就是说说，还不知道人愿意不愿意呢，反正就是让匈奴管我觉得对他们特别不好。骞说你啥意思，让我去说说？上说你觉得行么，不会惹人不高兴吧？骞说我发现你现在说话很有意思，想说什么不直说，兜圈子，让别人猜。

上说有么，我不觉得阿。骞说有，有，好几回了，老用一种暗示的口气说话，你过去可不这样。马迁说跟孙弘学的，孙弘就这么说话。上说可能吧，老和谁在一起就容易互相受影响，你不觉得这叫客气么？

骞说觉得是客气了，也觉得挺装的，听着累。

上说不能和谁说话都一个口气，不是所有人都跟你一样。骞说没不同意你，我也愿意别人和我客气。

马迁跟骞说你给我内卷羊皮纸我找我们呢儿匈奴研究员看了，说不是波斯语，是西胡内边一种方语文字。骞说对对，卖我这卷纸的人说是阿拉米文。马迁说我们内研究员是粟特人，他们平时用的粟特文就是用阿拉米字母拼写的，比阿拉米二十二个字母多了还是少了几个字母我也没记住。上说颛顼文也二十二个字母诶。马迁说老先生说这卷纸里也不全是阿拉米语，其中有些章句拼读出来不知什么意思，可能是一种更古老的语言用阿拉米字母拼写的，老先生叫嘎杂。据说也是一种没有文字的语言，他们内边古时候人用来唱歌，也可以叫诗吧，因为读出来琅琅上口，有韵。

骞说讲的是什么呢？迁儿说老先生认出里边有阿胡拉·马兹达的尊号，结合上下文，认为是牙什拿赞颂文和哈泼坦哈以提七章诵一些段落，相当古老的文献。上说什么什么？骞说老到什么时候他认为？迁儿说老先生说，初步判定阿，不一定准，应该是阿赫门王朝时代的东西，那个时代正是阿拉米文取代楔形文成为西胡各国通行文字的时候，很多方语口传经典都可以通过阿拉米字母注音记读，所以才有了内种几种语言混编在一起的文书。可能内些用古老语言唱诵的经文被认为有神圣的力量，用现代语转译出来就失去内种力量，就不灵了，和咱们国一些地方巫师术士念的咒一样，真译出来也没什么，都是些很直接的话。

骞说也不是很老阿，四五百年前。

上说你从西域拿回来书为什么不给我呀？骞说你看么？我看你挺忙的，再说内都是外文书，你也不懂。

上说我不懂我可以找懂的人。骞说你们宫里内些宫女？就怕给了你又涝宫女手里，三传两传再给字摸没了。上说你这么说就不好了，是，我最近忙，没怎么看书，跟你们比显得有点落后，好多事不知道，但是你也不能看不起我呀，你对不如你的人应该好一点，更多一点耐心，我们怎么一摸字儿就没了。骞说没看不起你，书给迁儿是让他找人翻译，我也不懂没看过。

马迁说我最近又翻了翻李耳老师的《西征随志》，没有查到琐罗亚斯德这个人，其中提到所经地区部落人民信仰倒是基本都是二元的，有主神和他的影子或称对手，但主神的名字也没有叫阿胡拉·马兹达的。胡麻伊塔尔讲的塞西安人民的信仰我有点糊涂，不知是二元还是一元，在塔别缇和巴博斯之上还有个时间之神赛敏，好像是超然于众神之上绝对领导一切的。

骞说穆天子经过埃兰高原时当地部落人民还没形成主体民族，米底王国还没有呢，波斯是诞生于米底王国废墟上，是希腊人叫起来的。我在巴克特里亚确实去过琐罗亚斯德的家乡，锡尔河边一个布满葡萄园到处是丁香的小村子，老房子还在，住着琐老后人。

马迁说对对，你还见过希罗多德呢。骞说你要这么说咱们就没法聊了。上，你给评评理，许不许我说错话，认错人。上说必须——许！骞说可不嘛！我一个旅行家，慌慌张张，他们说的话多一半听不懂，连猜带懵，听岔了，记错了，还不是要多正常有多正常，正确的认识从哪里来？还不就是从一个个听岔了、记拧了——来。错认之先是空白，没有错认，何来正见？

上说你说得太对了，我们反对的不是错误，是坚持错误的态度。骞说这个态度我有！我现在宣布，我所说的一切都不一定是真的，欢迎纠正，谁较真儿瞧不起谁。上说你这个态度又不对了。骞说没说完呢，谁纠正得对，算谁的。不管历史上有没有琐老这个人，琐老是不是个传说，以琐老名义传唱的嘎杂也即圣歌早在居鲁士开国前便已在西胡各国广为流行，信仰阿胡拉·马兹达的人相信自创世以来宇宙间就有善与恶也即阿胡拉·马兹达和阿赫里曼的争斗，而世间的苦难饥饿、战争将由一位处女于湖中沐浴感孕而生的救世主终结，嘎杂语称为苏斯亚特；波斯语称苏斯姗；粟特语称斯围乌斯亚特。居鲁士曾获得内个封号，他征服巴比伦后释放了在那里为奴的各族人民，其中一支民族人民称居鲁士为"受膏者"，而这也正是内个民族方语救世主一词原义。当然更多的人不承认这一点，因为居鲁士本人也是战争英雄，杀戮的人远超解放的人。嘎杂里唱到苏斯亚特降临之日便有末世审判，死去的人统统都要复活，归于土地的肉体、散在风中的寿命、进入太阳的属性和灵魂重新结合在一起,接受烈火的洗礼。善者如洗牛奶澡,并不疼痛。作恶者则活受罪,真做烧烤了。然后大家都要走判别之桥,善者由美少女带路入天堂,第一步入善思居,第二步入善言居,第三步入善行居,第四步就是无限光明之永在了。这座桥对善者而言有九根长矛那么宽,可轻松通过。恶者上去,桥即变成一把刀刃,不掉下去永远走不完,一定要你坠落地狱。如果一个人不善不恶或善恶相等,那么有另一个地方等着你,就是阴曹地府,在那里,灵魂像影子一样存在,没有快乐也无悲伤。

骞问上:有经的人,什么感想?上说昂,问我呢?

骞说你是我们这儿惟一有经的人,《三坟》在你们家砸窑砸得死死的,也不让我们看,跟你商量一事行么,你放我进去看一眼《三坟》,完了出来你把我处死。

上说处死你不用找那么多借口。我对凡天堂地狱说都不太能接受,想象力实在不出色,我要求这世外之物只有一条,不能像人间。我国也曾是酷刑大国,文皇帝、景皇帝皆知,酷刑不是慑伏人的有效办法,只能让受刑者、施刑者、观刑者一起变得野蛮。至于怎么叫高尚美好的生活,你拿景色壮观、美少女、吃喝不愁说事儿,不知你们,对我这个皇帝不构成吸引。至于永生,真的不能理解,大概没有真正生活过的人,我指好也没见过,苦也没大受,一辈子都是错过,才阴盼有机会重来,才有这个诉求,是十足的贪心,依凡给天地添多余皆为恶自然伦理观照，不可称善。本人从来就不相信满足人类贪心是神之为神必要条件。

骞说：有一天神居天堂上，生如是邪见：此处有常，此处有恒，此处长存。

上说哟喝，听谁说的？

骞笑说在巴克特里亚遇一要饭秃子说的。

上说是不是的，就爱听这等厉害的话。

骞说你就从没有过长生不死之念？

上说特别弱的时候，对生活完全无知的时候，有过，早不那么想了。如果现在有神蹦出来说，也不要你信我，也不要你奉我的名给我长行市，白给你长生，跟我一样永远活着，我会说：再见！

马迁说你对颛顼以前我国高古信仰比较熟悉，太昊太元是不是都是一元论？

上说应该是吧，凡嫡长子继承制不管起初是几元，最后总是趋于一元。

骞说五个上帝怎么说？

上说老百姓怎么想咱就管不着了，确切词义革分，此五上帝都是有名有姓之人死后升格，严格说算鬼。

骞说一个人搞一个教很累吧？上说这就是你们无经之人无法想象的，经不是给人读的，是给人留念的，因文字生信在哪里都属小信，你想文字才几年，上神若在，所行多少嗯……万万年。严格说听闻亦是小信，可以肯定地说创世之初，没语言。每一个灵体——注意我说的不是生命阿——都是神的分身，大经在心里。

马迁说你看你又给他吹的机会了。骞说你所行皆是神迹，你敢这么说？上笑我当然不能这么说了，我现在并不能确定本人是不是属灵，不瞒二位，在这个事上我采取完全放任自流，蒂根就不去操心，因为这事不取决于我，我只要别被人的妄言蛊惑带偏就行。一元二元都是人论断，在上内位若果有，一定大于这些人设定，超乎人理性所能一切指。我听说史家毛呢先生就破了一元论，往外扩了一圈。我有意请你去西边再走一趟，也不全为贪图他们土产，操内份闲心管他们，更深意思是要你访访，他们都到乃一步了，我关心的是字称！碰碰壶之后能否化得一干二净。我粗判阿，一元之外，空寂广大，史先生初来乍到，全凭内观，只得见形量，也只能就现象而现象佯述，亦不免比兴。无常是对的，没有贯穿主体我也这样认为，寂静还是为人而说，落在人境了，描半天就四个字：只能形容。也不怪您，文白语言也就说到这儿了。也许未来，有一种精抠演术，不涉文字，才可简直勾勒非人非物之能态，众生俱灭万物尽销还是有存在，真空不空，只是瞧不见，其究里嬗机，还要靠后人不死不休一崩子扎进去。所以，别惦记着读经了兄弟，这事特别残酷，您要不是——我指属灵，读破头也就是做个顺民，经里都有那么一章，讲德不论道，专为上驯下讲，严重怀疑智者乱入。是，回去候着，别瞎起劲，把你内点人间义务尽完，有老婆不要离婚，抛妻弃子不信你能得了脱！终有一日，怎么也不过去，今儿就要搁这儿了，你心底最深那阡儿，会有声色唤你。

骞说先宽敞着。上说是这意思。

马迁说有什么征兆没有？上说据过来人说，你看这世上之人所行一切事都很可笑，就快了。

骞说你看自己可笑么？上说你猜。

43

七月，再传张骞入宫。上说你准备得怎么样了，夏天都过去了，再不动身大雪一封山，西南道就更难走了。骞说您是真的呀，我以为你就那么一说，你不没钱了么。上说你得到的消息晚了两年，我又有钱了，这二年武功爵购销两旺，一路冲高，今年前三季销售已超去年全年，你要想买，赶紧，明年准备调价。关东地区风调雨顺，夏粮丰收，各地征购普遍超额完成，秋粮老天不出幺蛾子，也是大丰收，多年跑车的粮仓今年有望充实，还要再兴建一批，建立国家储备库。漕渠和朔方城塞修建工程均已竣工，当年缺钱下马的一些项目可以考虑重新上马，西南道就在首批名单中。我替你想了，西路不能走了，你在呢儿混了太多年，认识你的人太多，当年你从茏城跑出来，单于还发了通缉令，到今天没撤销。你还是走西南，我给你配备最强班子，一定把西南要津险隘摸一遍，需要走多远就走多远，多背些绢帛，对当地部落尽可儿许愿收买，不修路，就是最大的省钱。记住，我们的目标是身毒。

骞说我也没什么好准备的，您的话就是我的信心，你说走，今天就能走。上说家里安排了么，太太在这边生活还习惯？骞说就是觉得柴火煮奶不如牛粪煮得香，羊肉没羊味儿，冬天太潮，出门都是房子堵得慌，还是想回草原，住毡篷。上说朔方新开发，人烟稀少，可以找一块草场，太太城里住烦了可以去那里散散心，遛遛马。这样，你这趟差出完回来，我寻摸着给你封个侯，也算让你一辈子有个落脚的地方。骞说你还真别给我封太远，我不愿意住没人地方什么都得自己干，在匈奴插队这么多年，够了。上说你可以不住，两头跑，男孩子怎么样，多大了，要不要我这里安排一下。

骞说就别让他上这儿来搅豁了，再长几年问他自己想干什么再说。上说武功爵你真不考虑买一个，出去吃饭，一座人，都有武功，就你没有，多没面子。

骞说你跟我说实话武功爵卖得到底好不好，为什么你这么使劲向我推销。上说怎么卖得不好，卖得非常好，我这是给你便宜。骞说我不贪便宜，我是老派人，要军功就去部队真刀真弓打一个，买一个，丢不起内人。上说行，就喜欢你对自己有信心的样子，等你回来，给你一个军带。骞说别别别！一个军真不行。

上说那你挑一个部队,跟着走一圈,能全须全影儿回来就算有功,内头不好封侯这头给你封侯。

八月,张骞轻车简从去了成都,入住赵国饭店,请当地商界巨头介绍去过身毒知晓路径的行商。卓老、程老皆不知有此等人物。后经多次去织坊、竹篾市打听,探知有一伙人专做南路生意,皆是曾从汉征楚,高祖五年复员,因功封五大夫那一大批军功地主子弟。南路难行,没有武装出不了僰道就得让人劫了货,弃尸赤水河,所以敢走南路的都是强人,说是半黑道也成立。骞放出话,请这伙人赵国饭店相见餐聚。开了桌酒席,等了几日无人赴宴,每天菜肴都折了泔水。

有知情人跟骞说你得去南广找犍为都尉叶弘。骞于是奔南广拜见叶弘。叶弘一见骞说嗐,我还以为是谁呢,等好几年故人,你不是蛇在匈奴了么我听说。

骞说我是蛇在匈奴了,又自个爬上来了。这次来是因为这么这么嫩么嫩么……把来意交代了一遍。

弘说你也甭打听了,这伙人都在我这儿,说起来有的人你可能还认识,家里原来都是北军的,后来大人回蜀,孩子还留在长安念书,都在九三学校住校,跟你哥同学,大了后才回这边。言罢请出王然于、段毅、建平、杨力文、北海等人。骞说就一个王然于不认识,别的都熟。弘说我也是没办法,元朔四年朝廷就不拨钱粮了,让我自收自支,我收谁去？我这儿说是一个郡，只有两个县，夜郎不说了，跟我没什么关系，不找我要钱我就给他磕头了。南广就那么几户人，还不如巴中一个大村人多，种罂粟的比种粟的多，见我就跑好像我要抢他们似的。我得养兵，夷人三天两头围城，爬城跟爬树似的，一个没留神夷兵已经堵了街，早起出门都得拿刀抢出去。只能找哥几个，剿匪时捎带脚运点东西，全靠哥几个在这儿苦苦撑着呢。

骞说特别理解，也特别赞成。我在匈奴都听说你们特别成功，卖的货都到我手里了，我朋友都特别爱用你们的东西。弘说不会吧，问段毅，咱们的货走到匈奴了？段毅说没有阿，匈奴在哪儿阿，不是北边么，咱们的货都是往南走。骞说可能是你们的货走到身毒，身毒运到大夏、康居，康居运往匈奴这么一物流过程。

段毅说那太有可能了，身毒确实是我们一特别大的客户，尤其对咱们这纱、细绢，喜欢！有多少要多少，可能是他们呢儿太热，自己纺的布太厚，听说国王王后原来都光膀子，现在可有的穿了。骞说我说什么来着，我就是看见咱们内细绢了，他们假装是他们自己产的，还有拐棍，他们也特喜欢你们临邛的拐棍。

段毅说这为什么呀我想不明白，我们也不往呢儿销阿，谁拿拐棍当出口商品阿。杨力文说你忘了，上回咱们去他们呢儿，一人手里拿一拐棍，爬坡使，他们头人谈完价，指着

533

咱手里内拐棍，嗯嗯哼哼——想要。段毅说哦对对，他们住山上，上山还行能扒着点什么，下山手里没抓挠老摔跟头，这他们也给转手了？

骞说住山上？他们不是都跟河边大平原住么？

北海说别听段毅瞎逼逼，什么他妈身毒就是一帮住山上的猴子。段毅说你懂个锤子！我问多少遍了，人这山这寨子叫太深，内山内寨子叫太独，人是一家。

北海说去你妈笔多少遍，你他妈能听懂人家什么话呀，每回去都跟人比划，说你他妈笔一堆鸟语数儿都数不过来。段毅说赌什么的？北海说赌你妈乐隔壁。

骞说哎哎骑不骑大象我就问。段毅说明儿我就带你去，你自己去看是不是身毒，我要瞎说我是孙子！

骞说是是我是要亲自去看看。建平说确、确实骑大象，摘香蕉，拉木头都、都骑着大象。

叶弘说那可有点远，你得带三天干粮。

骞说三天？三天够吗？

力文说现在走行，雨季一来，三天到不了。

骞说我能再核实一下么，身毒人都挺黑的。力文说黑，也有白的，还有青的。骞说有孔雀？力文说有。

骞说都吃素？力文说这好像没听说，养猪，黑猪，瘦得跟狗似的，来客请吃生猪肉小茴香鱼腥草沙拉。

骞说不对呀，怎么还吃生的呀，你们是不是搞错了，小茴香对，还有胡荽子、芥末子、丁香、姜黄，不放肉，光这些，煮一块儿，叫咖喱，拿手拌一切吃。

杨力文说我们是不会错的，我们去多少趟了，你听说的那都是没去过的人瞎传的，天下哪有不吃肉的人，不吃肉长不了这么大。骞说那行吧，咱们就走。

叶弘说不急，你先住下来，咱们好好聚聚，我们还得备货呢，等货齐了叫你。当天大酒中，建平告辞说我还得赶回矿上。骞说你们还开矿呢？叶弘说光这点哪够啊，要想富，逮开矿。第二天酒醒，骞跟北海去了盐井镇，建平在呢儿督着人往骡子背上装麻袋。

骞说哦你们是贩盐。上回唐蒙开西南道是不是就是你们，被他扇嘴了，跟他到了牂牁江。建平说内傻笔，完、完全就是一傻笔！差点我们给丫扔江里。

这一年最后两个月，张骞随私盐马帮四出犍为。一路经永善西渡金沙江，至邛都，入大小凉山，这时已经走了三天了，骞说身毒在哪儿？力文说还要走三天。三天后为诺苏人所阻，骞说这是身毒人？力文说身毒还要走三天。骞说到底还要走多少天？段毅说我们这儿对里程只有一个计数单位：三天。全西南通用，到哪儿都是三天。骞说我发现你们完全蛮夷化了。

诺苏人挥舞棍棒弓箭拦路叫嚣。段毅力文前去跟他们交涉，瞅着他们席地而坐，拿出酒肉请夷人吃喝，说说笑笑，互相拍胸脯竖大拇哥，段毅几次笑倒在地。

骞说为什么不冲过去？北海惊讶看骞：我们是做生意，不是来杀人。一会儿内边来一帮戴银项圈姑娘，力文和姑娘跳起罗索舞，摆手踏脚，边跳边喊：哟喝喝罗！段毅喝个大红脸回来说卸货，他们全要了。然后牵骡子一个个掉头，大家就轻装愉快回来了。

二路经僰道至朱提沿堂琅江南下，也是走了几个三天，为昆明夷所阻，卸了货回来了。

三路还是经僰道至朱提沿堂琅江南下，在郁邬折向北盘江，沿北盘江南下，绕夜郎后边来了。北海说不能走夜郎，他们丫完全没信誉，拿了货不付账，耍王八蛋，叫傻笔唐蒙惯坏了。走了几个三天，货叫什么夷接走了。骞说合着我陪你们送货来了。力文说你别急阿，早晚让你见着身毒。

第四回出发走得比较深，还是经僰道、朱提下堂琅江。走了不知几个三天，看到一池浩淼清波，寨子都建在水边，有华丽九头鸟漆饰和当窗帘的中国丝和波斯地毯。一个断发纹身头插孔雀翎晒挺黑土王，从大象上让人搀下来，说出令骞深感意外的话：汉与滇哪个大？段毅说国王国王。带领大伙深深下拜，替骞回答：滇大。北海跟骞说别跟他们认真，什么也不懂，认真你就成傻子了。骞说这就是你们说的身毒？

力文说不是没关系，咱问呀，跟他打听，咱们不知道他哼不能也不知道吧。段毅和土王聊得热闹，咯咯笑，回头说这哥儿们觉得他说的是中国话。问骞你知他七世祖是谁吗，楚国上将庄蹻！骞说哦哦听说过。

力文说你问问这哥儿们身毒在哪儿。

段毅跟土王掰齿，一个字一个字往外蹦词儿，反复说身毒、审读、深度？土王阿咦呜艾欧说了半天。

段毅说哦哦，回头说很近，三天的距离。

北海问骞你还打算去么？骞说心里没底，三天是多远啊。北海说要不咱们走三天？骞说行，就走三天。

土王接了货，请大家吃火腿折耳根和汽锅鸡，大家说这个伙食放在我汉也算是讲究的了。吃完鸡往西南走了三天，渡过礼杜江、阿曼江和把边江，都是人马货吊在竹索上一推——在惨叫声中溜过去。又走了三天，到达澜沧江，澜沧江像无数只雄狮张口怒吼，骞哑着嗓子说不想再往前走了。大家就回了。

44

冬十月,元狩二年正月。上祭五畤,驻跸西畤。

同月,行在移往狄道,观飘摇部队一卒带三马行进中换乘操课。时,骑一军已全部投入单骑多马训练,全军万人铺开于百里草场,单骑数马、数骑十马、数十骑百数马,或放逸、或徐行,乃至千尾万蹄列阵横行,声若河决,所扬烟尘形同沙暴,百里之外坐家里攘一脸灰。

十一月,张骞带段毅回到长安,在西畤受到上的接见。段毅暴侃一顿,将西南道聊得风光无限,西南人民热情美丽好客,滇国王尝羌是他朋友。上被聊得撒吆,也问出那样令骞意外的话:滇国与身毒哪个大?

段毅毫不含糊说滇国大,拥兵百万。身毒只是与滇国接壤的一个小国,我们控制了滇国,也就等于控制了身毒,所以主要工作方向我以为应该放在滇国。

上同意段毅判断，遂任命段毅为滇国经略史。重点做他好朋友工作，既然都是中国出去的，还希望尝羌先生能接受我汉策书诏命，有什么要求都可以提。

上亲手交给段毅两卷盖了皇帝印玺细绢，说把空白诏书给人从来没有先例，但是我信任你，知道你不会乱来，你可以自己定抬头，在你朋友愿意的情况下委任他，方便的话也给身毒王一个名分，说我盼着他们都能来朝觐我。段毅说没问题，应该可以办到。

十二月，段毅回到成都，在赵国饭店开房，设立滇国经略使驻蓉办事处，办事处每天工作就是呼蜜引朋类，开大饭，每于酣饮中欢聊开滇、开身毒大事。

一日正在暴搓怒侃中，接壁儿包房正在开同乡会二十七位蜀中名绅实在听不下去，过来与段经略使交换看法，提出西南道不可开、毋须开、开——于国于民皆无益的主张，遭段某摇唇鼓舌长篇宏论痛灭之。

时，马相如正在成都探亲，与夫人文君同为段某人当日大局座中客，觇聆全过程，回长安后借段公言浇自己胸中块垒，以使者自谓，一挥而就写成雄文《西征论》呈于上。现择要录于左：

汉兴八十有五载，一连六代皇帝道德崇高，威武纷纭，清澈的恩泽像春雨一样及时，凡生命皆得淋濡沾润，洋溢于四方化外之境。乃命使者西征，随流而攘，风之所被，罔不

539

披靡。冉、马龙二部归顺朝廷。平定筰、邛。安抚了斯榆，争取了苞满。完成了史无前例的任务，即将返回长安向天子报告，来到蜀都。

时，二十七位有高爵当地老绅士，头戴进贤冠、身着曲裾深衣昂扬造访，客气一番后进言：我们听说自古以来天子之于四夷，一向都是稍加约束和他们保持距离。可是你们却发动巴蜀广汉三郡士卒人民，修筑通往夜郎的险道，三年下来，工程不能完工，士卒劳倦，本来富庶的巴蜀人民经常揭不开锅。现在你又要通西夷，百姓已经没有力气再让你们折腾了，恐怕同样是个烂尾工程，将来对你个人的前途也会产生不利影响。邛、筰、西僰这些地方作为中国邻居，年代之久远，查阅历史记载也说不清，从来都是仁者懒得道德化育，强者也不曾想武力征服的贫瘠之地，现在你一时性起要去经营它，绝对是白费劲！割取本国居民利益去结交蛮夷，这是兴弊以事无用之功，我们这些边鄙粗人见识浅陋，实在不明白为什么要这么做。

使者说：怎么能这么说呢？如果真像你们说的那样，今天蜀人也不会穿汉服，巴人还会崇拜虎蛇、打仗前先对歌跳尬舞。我实在是太烦你们这种说法！这件事太大，本来就不是一般吃瓜者所能明白的，我这次还有事，马上要走，没工夫跟你们细说，就跟各位民爵大夫简单聊一下吧。这个世上阿，只有先出非凡的人，然后才能出非凡的事。有非凡的事，才有非凡的功业。非凡的人，意思就是眼界超于凡人。所以圣人说：只要出现新事物，凡夫都会感到害怕；大功告成，凡夫们又都会表现出很佩服，一直很期待的样子。

一个贤君即位，怎么会只抓琐碎细小的事务，拘泥于陈习惯例，因袭旧的学说，只从眼前角度看问题，世上人喜欢什么就拣他们爱听的说呢？他一定会在旧的传统基础上做新的阐发，创立新学说，开创一个新格局、新事业使其成为新的传统，为万世作楷模。他追求的是无所不包、无所不容，想的是与日月同光，六合之内，八方之外，但凡一个生命没沾润到天子的恩泽，贤君耻之。今封疆之内、穿中国衣冠的人都已经获得幸福，基本没有遗漏。而那些与我国风俗迥异的夷狄之国，辽远孤绝的异乡，不通舟车、人迹罕至的地方，还没有机会蒙受天子教化，我国礼乐文化的影响在那里微乎其微。如果不拿他们当外人，他们就会蹬鼻子上脸毫无礼义廉耻侵扰我国边境。如果置他们于不顾，他们也会自己乱搞，无恶不作，放弑犯上，君臣易位，尊卑失序，使本国百姓父兄无辜就刑，幼儿孤雏卖作奴隶。那些被捆绑的人，日夜痛哭的人，就会眼巴巴望着中原埋怨：听说中国有至仁天子，他的德行如海洋恩泽普施大地，万物皆因他的照料而各得其所，为什么偏偏把我遗漏了呢？他们踮着脚尖眺望中原，像久旱盼甘霖一样，这种饥渴绝望的情景真叫铁石心肠的人看了也为他们掉泪，何况是天子内样的圣王，又怎能撒手不管呢？所以才出兵向北讨伐匈奴，遣使向南问责南越，结果四面八方都传颂起汉天子的恩德，西夷、南夷两个地区的君长也都一齐仰慕我汉，愿意归化接受封赐者以亿计。也正是在这种情况下，天子才把边关设到了沫水、若水，把哨卡建到牂牁江，开凿零山，在孙水上架桥，开一条道德教化通途，垂仁义道统于边陲，博恩广施，远抚长驭，使任何偏远地区不再闭塞，一切黑暗角落得见光明。中国休甲兵于此，蛮夷免诛伐于彼。遐迩一体，中外提福。这不是对大家健康都有好处的事情么？夫拯民于水火，让他们奉行一种最美好的制度，改变域外之世那种无处不衰坏乱象，继承我周断绝的伟业，斯乃天子之急务也。百姓虽然有些劳累，又怎么能不去做呢？

再者说，圣王要办的事情没有一件不是始于痛苦劳累，而最后归于彻底安乐的。天命降临的征兆，是一块刻着字的石头么？不！正是显现在这种辛劳里。天子马上就要去泰山祭天，去梁父祭地。马上就要兴办礼乐，歌颂圣德，使当今天子上可与五帝并列，下笃定超过三王的地位。你们这些吃瓜围观者眼睛看不出个门道，耳朵听不出个声响，就像鹪鹩已飞上天空，粘鸟的人还瞪着眼睛往灌木丛草棵子底下找。可悲！

一番话，数落得这些老绅士一个个茫然若失，完全忘掉了他们是为什么而来，本来想说什么。不约而同一齐感慨说：我汉的道德实在太高了，您说的这些，正是我们这些鄙陋的人所愿意听到的。百姓们尽管劳苦，我们情愿亲自领着他们去干。于是一个个失魂落魄，六神无主，谁都不知再说什么陪着小心退出去。

上阅后说现在我知道为什么人都说我尊儒了，都是你们给我散的，我有那么说过么，开教化通途，垂礼义于边陲，还有什么什么与日月同光，你这个、这个难道不是给我垫砖么？

马相如说您可别给我扣这么大帽子，我就是这么理解这件事的，有些事你只要去做，实际造成的影响、其中的意义就会超过最初的盘算，这是即使您，贵为天子，个人意志也难以左右的。

上说好吧，不管怎么说我觉得你的文风还是有点浮夸，让被论及的人心里忽悠忽悠的，感到不是很塌实，让人觉出被夸了，是不是也不能算很高级？

相如说我能说实话么，内些给您往高架的话其实不是我说的，是张骞朋友您任命的内位滇国经略使段毅段先生说的，当然说出了我的心里话，我只是借用。

上说哦那就不奇怪了，骞的朋友都是侃将，都有逗口舌之快、过甚其辞先声夺人顽习。因问相如你这老在家呆着闷不闷得慌呀，要不要还是出来做点事。

相如说我这消渴病受不了累，国之要务办过一回才知道,成坏标准在人不在我,我也不善跟人打交道,人多我就结巴,您允许我当个闲人,您去上林苑、长杨宫内些野地方玩叫上我,我喜欢去有山有水的地方。

上说你不打算自己弄一园子么?

相如说哎呀我不想费内劲,还得设计、盖、挖池堆石种草一堆事。

上说行了,你甭管了,我给你找一园子去就能住。

遂拜相如为孝文陵园令。

上跟相如说还记得么,你欠人一篇作文,答应了没写。相如说谁呀?上说阿娇,你是不是答应过给人家园子来篇赋?相如说噢噢还真是,内什么不是……她搬家了么。上说她整搬到孝文陵旁边,离你不远,你上班路上就能瞧见,咱们不能人家好的时候就往前凑,人家不行了面儿都不照,传出去显得咱这人不地道。相如说我就知道白给的不白给,准有事等着我。行行,您别说了,我代您去看她,把欠她的补上,咱不让人挑礼儿。上说这回咱就别来西征论内样的雄文了,你真正强的还是骚体,我想看你骚。相如说一定。

遂有《长门赋》面世:……刻木兰以为榱兮,饰文杏以为梁。抚柱楣以从容兮,览曲台之央央。白鹤噭以哀号兮,孤雌跱于枯杨。忽寝寐而梦想兮,魄若君之在旁。惕寤觉而不见兮,魂迋迋若有亡云云。

春一月,张骞以校尉随飘摇大队出陇西,向河西走廊搜

544

索前进，对沿途山川、水源、羌胡各部分布情况进行武装侦察，一直走到弱水才回来。上以骞知水草，使军队、军马没渴着，封骞为博望侯。（司马迁按：食邑在南阳郡邓县，食千一百户。）

二月，在西畤召开军事会议，决定飘摇大队与骑一军合编，正式更名为征远第一军，由小霍指挥，近期出去搞一次野战拉练，在实战中检验一下训练成果。

总提新成员、大将军卫青亲自找小霍谈话，交代他此次出去，一定要坚持一切决定于条件的原则，坚持效果原则，凡能占便宜的仗，坚决打。没便宜、取胜把握不大或损失亦可能很大乃至与敌损失相当的仗，断然不打，不装好汉。凡是不从战场实际情况出发，仅凭良好愿望和主官意志而下的决心，无论美其名曰果敢或无畏，其结果都会造成被动或失败，是你应极力避免的。这次出去，你不再是一个战术单位指挥员，而是全军统帅，你的责任是组织好部队，积极有效地运用战术，禁止你放弃指挥位置，带队冲锋。一军是我们的老部队，每一个战士都很宝贵，你带他们出去，就有义务带他们回来。记住，你们首要的任务是锻炼部队，即便毫无斩获，把部队完整带回来就是胜利。

三月初八，戊寅日，平津侯公孙弘薨。上得到消息人还在西畤，愣了一下说什么病？陈掌说不知道什么病，听家人说头天睡下还好好的，早起人就没了，也没听见扑棱，是在睡眠中无声无息没的。张苍公说是老死的，均衡地衰竭，虚岁八十，也算寿终正寝了。

上说知道他很老没想到这么老。怪我，本来这个岁数是静心在家护生，思忖身前身后事，参生死，了恩怨，积极准备告别人生的年龄段，还叫他套上国家这盘磨转圈儿操心，不得一日闲，孙老有什么遗言么？

陈掌说也不能叫遗言，临睡前写过两个字，家属说是读孟子"独乐乐与人乐孰乐"有感。上炕后还惦记着向您建言，跟侍寝的妾说该提醒上早日进行廷辩了，否则记性一天不如一天，好多本来烂熟于胸的见解都忘了，上的策略就是拖，欺负我老，拖不过他。

上莞尔，说两个字是什么呀孰乐有感？

掌说：皆乐。

上叹：以后再没人像孙老这样可以一起口无遮拦地谈文学了。孙老的一生，是把自己喜忧永远摆在别人需要之下的一生。遂赐谥号：献。

二十二号，壬辰日。任命乐安侯李蔡为丞相，张汤为御史大夫。

二十三号，癸巳日。我征远军万骑三万马秘密渡河，前出小皋兰。同日，发布命令，任命霍去病为票骑将军，率征远军出河西，击匈奴。

次日，甲午。军逾乌鞘岭，渡西营河，对河右匈奴速濮部展开进攻,将其部一举击溃,不要俘虏,不掳牛羊,马不停蹄继续向西攻击前进。(马迁按:乌鞘岭又称乌戾山。西营河,谷水支流,又称狐奴水。)

乙未日。军渡删丹河,破浑邪部,俘浑邪王子嘎马丹及其相国、都尉。本来总提指定此次出击折返点为焉支山,票骑霍将军从嘎马丹口中得知伊稚斜单于子乌维此时在居延泽,遂决心突击居延泽,捕其子。

丙申日。军出焉支山,沿黑河左迅驰至合黎山口,遇匈卢侯王、折兰王二部合军万骑拒我。(马迁按:合黎山又称大皋兰山。)

丁酉日。军发起进攻,大破卢侯、折兰二部,斩卢侯王、折兰王。军亦伤亡过半,无力追击。

戊戌日。军还,一日千里,至谷水北流入休屠泽河口,掳休屠部人民数千口,缴获休屠王祭天金人。

己亥日。军度沙衍,经羊湾沟、大直沟、黄草川、庙儿岔至黄河,还渡入汉。是役,我征远军转战六日,穿过匈奴五王驻地,出焉支山千里,斩、俘匈军民八千九百余口级。我军损失亦众,战斗、非战斗减员十去其七,战马三万出河西,还渡不满四千。

夏四月,加封去病食邑二千户。以新训练部队补充一军。同月,调雁门五军、六军入北地,与驻马岭二军一起编入征远军战斗序列。抔脖子环节还是马,数量不够,不能开展单骑多马训练。霍将军去病亲赴陇西、北地、上郡各边亭字马群挑马，赶回三批近万匹儿马，全部补入一军，征远军军势复壮。

去病于担儿挑局献休屠祭天金人于上。金人尺余，袒脐闭目，盘膝交叠手坐于方蒲团，眼凹深陷似髅，一脸络腮卷髭，锁骨、肩胛、肱骨、尺桡、胸肋历历可数，腹下仅垂一布皱褶累累尤不蔽体，可谓褴褛，可谓形销骨立。其母少儿惊怪，说怎么搞个乞丐来。

上说不然，这等行状郑重造像不是圣人便是隐士。

陈掌说莫非是神，祭天么。公孙贺说我匈族所拜长生天非人类，无形无像，造像即是渎神，不可能。

去病说听休屠巫讲叫阿格乐兰，又叫马纳加大，翻成汉语叫醒人。上若有所动，说什么醒人，觉者吧？

去病说您译得对。陈掌说醒什么了觉什么了？

卫青说人生大梦醒了，觉得此世不真。我也是听部队里呼揭战士说过，他们西胡各部不少人信他，视为导师，当作教主，好比我们这里孔先生、李先生。

上说名字叫个什么知道么，此觉者。

去病说萨嘎毛尼。

上一握拳，说嘿！我就知道是他。史家毛呢！快让我好好看看他。掌说您认识？上指指心口：我朋友。

将金人置于案头，细细端详。赞叹说：你瞧瞧人家，这就是追求真理奋不顾身的样子，哪像我们，脑满肠肥。因问去病：休屠巫现在哪里？

去病说依律一概没入官奴，现大概在北地放羊呢。

上说叫什么名字，马上派人去找，传此人入宫。

去病说叫什么名字还真不知道，当时月黑风高，战斗还没结束，我们抄了他们，刀指胸口随便问了几句主要追问休屠王下落，突然又冒出一股残敌向我反击，此人撒腿就跑，……噢想起来了，我把他抹了。

五月，军情署自余吾水购得良马一匹，辗转偷运入关，为我各边亭马做种马，遍与之配，精尽而废。

南越献驯象、能言"胡虏殄灭天下服"鸟。（马迁按：疑似鹦鹉。）

张骞去邓县视察他的领地，打算盖所宅子当侯府，将来儿女靠不住，还有一帮乡亲可以使唤。对匈作战以来，军功封侯者渐多，封到哪个县就切出一块，当地就少一块税收。南阳，人口大郡，村庄稠密，小霍、煇渠侯仆多都封在南阳。小霍生从穰县、宛县切走两个富裕乡，直接改名叫冠军县。邓县也是大县，郡都尉治所所在，听说又空降一侯，心里不乐意，封侯制书写到乡，没写村，南阳都尉邓县县令这几个坏人打听骞也没什么背景，骞是出使匈奴叫人扣了十几年挣来的侯，于是在制书给出的内个乡东拉西拽给骞凑了千十来户鳏寡孤残绝户，分散在刁河两岸百十个村子。

骞叫上蛮子闺女儿子说走！瞧瞧你们爹给你们挣下的祖业产去。赶上辆骡车，带孩子来到邓县，眼见村村都有瓦房，猪羊满圈，粮食满囤，高兴。跑了一圈下来，每个村都给带到村里最穷，屋里如大风刮过连个碗都没有，穿不上裤子的人家去，说这户归您了。

炕上一帮裸体瞅着他，目光如烛，伸出一只只嶙峋如爪的手。骞熟悉这手，这眼神，他在草原逃婚也曾一次次爬向牧人火堆伸出这样的手，这样看着人家，不由抬手伸给闺女，闺女从怀里掏出锅盔，放他爸手里。骞咬牙瞪眼放膝盖上撬，掰成几块，撒炕沿上。

小半天转下来，闺女胸前瘪了，骡车空了，一家三口身上就剩一身绢。儿子央个他：大，不转了，再往下去，光膀子咧。闺女也说：大，前心贴后背咧。

领他们转的县吏也不涝忍说不看了，再看也就这样了。

骞说这是咱县所有困难户么？县吏说嗯，还有。

骞说还有更惨的么。县吏说也还有。骞说就是死球的吧？县吏不嗳嗳。骞说你们是打算让我带他们致富么？县吏说侯爷，您这话小的接不住，我就是一班头，啥也不是您消消气。骞说行吧，不难为你，回吧。

扭脸回到长安，几天猫屋里不出门。马迁饼妹来贺喜乓乓拍街门，对闺女食指摁唇嘘——，忍着不开。哐哐砸门，绕到房后喊：老张！老张！在家么？还是不开，接着听到拿脚踹，咔！咔！咔！胡人太太叫大白天关门作甚咧！闺女忙跑出去给她妈哗啦抽出门栓。

阿一拎一挂羊蝎子俩葱头三根胡萝卜跨过门槛，往里让人：来就来吧还带啥东西。吩咐闺女快接一下你叔你婶儿手。马迁饼妹站门外把一小筐红皮鸡蛋、一弯角系红绸子水牛头、一篮子点了红点的蒸馍一样儿样儿递给闺女，说这重，你别了，并肩抬一檀座贴囍字铜镜一齐迈进院。张骞立台阶上，揉着眼，说刚醒。你们这什么路子，贺新人来了。马迁一膀子拱开他，哼哧哼哧和饼妹把镜台抬进屋，咣当撂地上。说不知道送什么好，送金送玉也没有，平常空手来，今儿说怎么也得给您带点东西，现上横门买的，说去贺人，店家给选的。怎么样阿？热泪欢迎吧？几抬大轿阿？喝上人奶了么？骞说嗐，别提多坑了！千十来户俩村，夹着一刁河，都比河低，每年过水都上堤赛着垒堰，都怕自个冲了盼着水过对村去。每年都有一倒霉的，谁倒霉谁不干，都逮打，世仇，姑娘老屋里死屋里也不嫁过河。这不我去了嘛，都争，跪求我把宅子落他们村，侯府嘛，有势力，谁敢开堰冲？那就不是全村老百姓跟你不干了。哭着喊着，俩村全乐意拿出最好宅基地，俩村乡亲全乐意自带料白出工替我盖，家具陈设什么的都不用管，到时候您就提一包入住，我想住高点视野好点选个垄岗——不答应！非让住河边，水景房。为难呀我！都是我的百姓，条件一毛一样我不能向着这个臊着内个，实在不行只能全答应，盖俩侯府，大家一碗汤端平。

马迁说你决定盖俩了？骞说决定了，到时候我住不过来，你来，你住另一个。我可不跟你开玩笑阿，现在我就正式通知你和饼妹，邓县刁河有你一宅子。

饼妹说那多不合适阿，那是朝廷给你的待遇，你熬煎熬煎挣下一个侯俄们劈走一半俄们啥也没干呀。

骞说这话俄就不爱听，咱们谁跟谁呀，就这么定了，赶明儿，宅子弄完俄叫上你咱们一起去乔迁之喜。

阿一也不择菜也不切肉，坐在厨房小凳上竖着耳朵听，内边哈哈一笑自个也跟着傻乐。闺女哐哐拿斧子剁着羊骨说有啥好听的，俄大就会吹。阿一说你不滋道，俄和你大当年咋相上的，就喜欢他内张嘴。

45

六月，发动河西战役，史称二次征西。票骑霍将军去病并合骑侯公孙敖率远征军四万骑七万马从北地分两路出河西，攻击匈奴。作战计划：

一阶段：霍将军率一军三万马为先遣支队，走北路，从中卫过渡，经干塘、石峡子至休屠城，对该城可围而不打威慑监视敌前通过，迅逾芨岭抢渡删丹河，某日之前到达临泽，完成从北面包围浑邪王部同时封闭其西撤之路。

合骑侯率远征军二、五、六军走南路，从小皋兰过渡，经乌鞘岭迂回青石嘴，经大斗拔谷出扁都口入河西，占领大马营，驱逐扫荡当面之敌，从东南两面包围浑邪王部并遮断其与休屠部连接通道，与先遣支队建立战场联络。俟我远征军各部就位完成合围，战场指挥权即移交霍将军。由霍将军统一指挥，对浑邪王部展开围歼，围住多少，吃掉多少，务求尽歼该敌。

二阶段：一阶段战役达成，霍将军一军居黑河右，合骑侯二、五、六军居河左，两军协同共同向西攻击前进，深入发展，打击肃清沿经要点匈奴各部。过合黎山入弱水段，亦保持并肩北上协同作战姿态。至布格，木林河、纳林河分流，霍将军部转向沿木林河攻击前进，并最终夺取居延泽；合骑侯部继续沿纳林河攻击前进，夺取苏泊泽。至此，二阶段战役目的达成。

三阶段：各部迅速回师，围休屠城，合军，克之。

上于战役发起前，特找霍将军谈话，说此次征西，再战休屠，遇巫觋神女，务必刀下留人，活口带回来。

战役发起，霍将军率票鹞营先发，于中卫夜渡，一日越干塘、石峡子抵休屠城。休屠王闻票骑至，弃城而走。票骑追击休屠王逾芨岭，休屠王遁入冷龙岭，其众消失于大马营广袤草滩。大马营为合骑侯划定作战地域。遂渡西河，再渡删丹河。次日，渡黑河。当日进至临泽而军主力尚在删丹之左半渡。

票骑派出斥候，侦知临泽以东并无匈军大队，拦截西来粟特商队得悉，浑邪王率其众日前已过合黎出弱水徙往居延泽，且有进一步北蹿动向。遂派出两路骑通员，一路折回与军主力取得联络，严命他们速至临泽；一路寻找合骑侯部队，告知他们情况有变，浑邪王已不在删丹、黑河之间而在居延泽。根据新的战场形势,他决意改变原有作战计划,放弃第一阶段作战,直接发起第二阶段作战,请合骑侯立即向我靠拢。

第一路骑通员在东园遇到军主力,向军长史龙额侯韩说传达了命令。军当夜不宿营,强行军,于次晨赶到临泽。票骑已走,留下骑通员要他们立即跟上。军不吃不睡,人不下马,沿黑河岸马粪蹄迹向西疾进。

第二路骑通员按原计划规定路线寻找合骑侯,至大马营听到鼓角军吼,知前方有大军交战,遂加鞭攒行,至大黄沟遇十数匈骑突出,三人皆被俘。这小股匈骑正是休屠所部,为避票骑追击进入草滩分散隐蔽,闻票骑去,出来找部队,也是听到前方鼓角,循声而往。前方大草滩,两军骑兵正在对攻,一方汉军,一方重新纠集起来之休屠王部。汉军白刃如练,阵型严整,移动如方城,所过皆碾压。匈骑似湍流,乘势而来,顺势而去;又似泼水,这一摊,内一摊。流水遇方城,不免粉碎。宽大正面上,汉军并列六个方阵,每前进一个波次,又出六方阵;渐次推出数十方阵,数万骁骑全部展开。匈骑亦如渠缺,大水漫灌,散了一股又来一股,俱是远近闻讯赶来参战游牧民,一度有越打越多之势。日暮,忽然尽散,偌大昏黄草滩只剩下阵框轨齐行行列列汉军。入夜,作一排排火堆。

翌日,打扫战场。二军长史涉轵侯李朔报告合骑侯,在一干沟发现屠杀我军战俘现场，除我各军战场失踪人员，还发现三具穿橘色套裤腿战俘尸体，据判应为骑通员。询问五、六军均告未有骑通员失踪。请二军骑通长辨认，称是一军的人，去年远征军组织骑兵通信考核，他们曾一起参训。一军骑通员跑到我们作战方向，会不会霍将军有事通报？公孙敖想了想，说：许是在他们作战方向被俘，带到我们这里杀害。

合骑侯遂按原计划，提军西行，爰草滩而下，渡西河，次日至黑河左。所过无敌踪，亦不闻友军消息，遂驻军河上，派出数批骑通员往临泽、河右方向寻找友军并与之建立联络，归来皆报不见人。遂席卷河右，大掠河左，占领并控制临泽至删丹浑邪王所属领地。

这时才从被捣毁牧民帐中陆续搜出我军装具铠甲、弩机、弹丸、盔、玉佩及环首刀；发现帐前拴马烙有朱文"票骑萃马"印；发现我一军掉队人员，伤兵伤马。经查询方知，票骑已于数日前蹑浑邪王踪西去。

合骑侯拔军，二军河右，五六军河左，夹岸并向西进。沿经所过不断收容我一军掉队人员，愈往西愈密，渐至如列成行，有带伤的有全身完好的，都在往回走。出合黎入弱水，竟见成伍成什散骑，满眼灰心坐在路旁，见合骑侯大军至，复振作，皆指向居延泽。

合骑侯催军，令速进。李朔率轻骑飙行，未入居延即见天空群隼寻绕,闻伤马哀嗥。即入居延,由岸及滩,遍地满目死人死马,尽插矢戟,尤有秃旄斜帜,跛马走动,是一处尚未及打扫即遭遗弃之大战场。

合骑侯至,已从死人堆抬出我军重伤员数十人,一一仰置草坡止血包扎给水。其中一人孙敖面熟,乃是同为义渠匈族一军奋击校尉仆多。孙敖问你的部队在哪里?仆多告敖:击浑邪入漠。敖说馍?什么馍?仆多胡乱一指:大漠。随即扭脸昏死。

孙敖亦向四周胡乱画了个圈,命李朔:多派斥候,务必找到票骑去向。

居延泽四野滩涂,皆为人马践踏,似刚犁过松土,草根新土翻上来,湖滩地水位高,新土潮如泥,深踩一脚即出渗水,趟出垄,墩出坑,蓄了卧子所在,处处汪着水。初,还有刨出沟蹄迹,掩于烂泥弃械,隔五差七磕次不绝伏尸断臂。再往前行,土越来越紧致,地越来越干,渐渐能蹚起烟儿,蹄也成印儿,成碗儿了,行距也能数出来,由杂乱倒错变成只只蹄蹄向前,是行军纵队了。再往前,马下窸窸窣窣,洗刷刷洗刷刷,出沙了。蹄子浅了,蹄子稀了,蹄子印没了……

李朔抬起头,沙漠在脚下,落日在眼前,像一颗出油咸蛋黄,他最爱吃了,还有家乡趁热的小米饭。

李朔郁闷折返,报告孙敖:一军失去踪向。

孙敖先是皱眉，继而大骂：特么的回回搞这事，就显他能！

霍将军去病此时已在千里之外，行于崇山阔谷之间。地势越走越高，两边山崖林木已由山杨、白桦变为油松青扦，进而变云杉，变圆柏。低谷草滩忍冬蔷薇渐变鬼箭锦鸡、金露梅，变紫花针茅、线叶蒿草。

荒漠、高寒草甸接替出现。阳光恍弗失去穿透，六月大中午晒得冒油，躲树荫蹲一小会儿山风一吹浑身鸡皮疙瘩。温差越来越大，太阳下山，裹着皮袄还打嘚嗦。风刮得嗷嗷的，一块云彩一场雨，下的都是凉水，滴脑门杀痛，要么核桃大冰雹，捂着头砸一手包。前儿个遇见溪，几个兵洗马连带自己搓嘚儿，忽来一场冷水澡，马没事，兵失温，死了一个伍，都是最好的兵哇！

连日慢说敌，连个活物儿也没瞧见过。前面出现一个山口，山到呢儿咔擦没了，一大坨哇蓝匝地接云。

霍说这哪儿阿，山呢？韩说正做着梦，说卜儿道。连三抖脑袋，喊：内谁，单恒牵来，他不懂汉话么。

一獭帽狐裘匈奴贵人两手扦绳儿跟着一战士马后兜兜拽拽小碎步紧跑，喘说当当当金，当金山口。

韩说说山呢？单恒说山就到这儿，没了。

票骑乃归。合骑侯军陈黄河西，见票骑军至，共入汉。

战后论功，曰：票骑将军深入二千余里，逾居延，过小月氏，至祁连山，得单恒、酋涂王，及相国、都尉以众降者二千五百人，斩首虏三万二百级，获裨小王七十余人。天子益封去病五千户。鹰击司马赵破奴斩遬濮王，捕稽沮王、千骑将，得王母一人，王子以下四十一人，虏众三千三百三十人，前行捕俘千四百人，封从票侯，食千五百户。句王校尉高不识，随票骑将军围捕呼于屠王、王子以下十一人，以桡钩勾其下马受缚；单独捕虏千七百六十八人，封宜冠侯，食千一百户。校尉仆多有功，封煇渠侯。

马迁按：单恒者，粟特巨贾，重金买匈奴王号，为行商出入方便故。会我军西征，为票骑掳，虽强烈告白，不能辨伪，以王牵回汉，列献俘册，后我汉多名勋臣贵人提供证人证言，救出。故仅留名于彼。又：鹰击司马赵破奴，故深泽齐侯赵将夕曾孙，父赵修，孝景三年袭侯，七年有罪免。破奴以军容入大将军帐，后入票鹞营，以功迁司马。高不识，故祝阿孝侯高色孙，父高成，孝文五年袭侯，后三年，坐事国人过律免。不识以侍卫入大将军帐，后入票鹞营，功迁校尉。票鹞营多功臣后，家世倾覆者亦多，只身投军，期与续世复家。二出定襄，三出河西，每役必先发，作战英勇，居延泽一役，七百骑折损太半，得封侯者止赵、高二人。叹！

又：合骑侯坐行留不与票骑会，畏懦，当斩，赎为庶人。

同期，右北平方向发动夏季攻势。上果真给张骞一个军带，任命他为驻右北平六十六军军长史，为使军方便特加卫尉衔。这个任命是一个月前、五月份发表的。上从马迁呢儿听说骞在邓县的遭遇，先是乐继而不安，说赖我，事儿办糙了，我已下令南阳都尉、邓县县令及其班子一窝端，发往右北平军中效力，同时发表你为六十六军长史，人交给你，当你的兵。

骞先说过了，没事我。继而惶恐：一个军，开玩笑，我连自己家几个人都管不好。上说你行，我也管不好家里人，两回事。卫青怎么样，过去管牲口，我看人很准的。骞说不是这么回事，我就不爱管人，上回带内一百个人出去就把我烦着了，这还没打仗呢。

上说你是不愿意得罪人。

骞说我得罪他们干嘛，他们跟我有什么关系呀，就他们内些破事，乃一件也不值得我过心，我哪有那闲工夫阿一人呆着挺好。南阳内个事你处理也不对，我没觉得怎么样，亏他们内个德性，万一对我好，紧张罗，就怕人家对我好，一过意不去真把家安呢儿了不定怎么后悔呢。最怕一帮小人以为我会跟他们争，把我想成跟他们一样还不够恶心的呢。

上说内个事跟你没关系，不要往自己身上瞎连连。六十六军你还是去，任命刚发表也不能马上撤，你呆上一年，实在干不了，挪个地方也好有个说头。没嫩么可怕，广叔在呢儿呢，还用你操心。真是都替你想到了，广叔大好人，不会难为你。万一你干得不错呢，是真男儿志在四方，你也该从你舒适区出来走走了。

骞说我要哪儿都没去过，真信了你这套奋胡令里的鬼话。志在四方到处奔就是为了找舒适区，我舒适区找到了，就是家，家里蹲。上说不行！必须把你从家笛出来。骞说真服你了，朝里有人没人呀认识一个就笛啦一个。能不能叫南阳内帮别去右北平，见了面怎么说呀，还不够尴尬的呢，再特么一顿认怂赔不是。

上说让你见不着行吗？

张骞遂带三千响应奋胡令自备弓马投军恶少星夜赶至右北平郡治平刚城。夏侯赐也在那里，正在郡守治所和李广研究作战计划。张骞把自己委任和特命李广加郎中令衔比九卿诏书一起交给广爷。广爷看着骞瞪眼，说操！你们真是不碰空儿，看我不忙是么。

骞说就是帮您忙来的。广说欢迎，先把你内帮小哥们儿带营里认铺，回头我再跟你介绍军里情况。

骞说不是我哥们儿，是国家的哥们儿。广说行行。

骞入城前，既见一队队骑步兵往北开，还有运粮大车一架接一架，壅塞了道路，便知部队有行动。

当晚军里开小范围欢迎会，也没像通常搞一地菜，只是切了些熟羊肉，拌了个木耳，提了罐薄酒，一人半盏也就没了。代理军长史军正李夫人、李广利之弟李季说：不好意思就这个条件，伙房已经装车走了，好在博望侯也不是外人。遂为骞介绍军里几个主要干吏：军司马成敬候董罢军侄儿董孝全；主力一部部校尉都昌侯朱辟强妻弟朱丹（因其夫人也姓朱）；二部部校尉妻弟之弟朱臣。骑校尉李敢。六十六军也是老部队了，马邑之后调到这里就没挪窝，大仗没打，小仗李将军来前也是年年不断，这几年好点。干吏换了几茬，生活艰苦，发展前途不大，有想法、有点办法的都调走了，要么去一军二军，要么细柳当教员。没办法的，身体搞垮了的，离职回内地养老去了。李季说。我们几个也是这二年才调来，全儿哥早点。董孝全说我早点，马邑我就在下面当军候。李季说部队情况也就那样，战士老的少新的多，去年开始步改骑，老兵又淘汰一些，到现在改了一半，丹哥内个部全改了……

　　说到一半，李广来了，大家连忙站起来，向将军行抱拳礼。李广也不坐，就那么站着说：情况都了解了？骞说都了解了。广说现在说部署，明天卯时一刻出发，我带一部走狗泽都，你带二部、补充营辎重队走阳安都，我们在濡水北流处会合，路不太好走，但是我要求你当日必须赶到。然后还是我走前边，你走后边，沿流北上，寻歼濡水之左至饶乐水之南广大牧场可遇之敌。我们保持角鼓可闻距离，鼓声就是命令，一旦你听到前军鼓连击角长鸣就是发现敌人了，立即向我靠拢，你鼓角长鸣我亦复如是。还有什么问题么？

骞说部队在哪？董孝全说已全部集结于二都障下。

骞说我带来那三千义勇兵要不要一起参加行动。

广说全部拨入补充营，你带上走。还有问题么？

骞说没有。

广说现在我们对漏刻。

明日，广将四千骑，骞将万骑，齐出右北平。

广部先至濡水，时未至午，休士马以待。骞这里号称万骑，也就朱臣部三千人是整建制可以投入战斗的骑兵，武器主要还是轻骑兵配备的二石制式弓和楚汉之争时即已使用的老式短梃，新列装的大黄弩、环首刀全给了他哥朱丹的一部。补充营两个曲有马，武器是一部汰换下来的弓刀，使用时间较长，弓臂拿了龙，更了弦，弓的射程、准头还是有所下降；刀缺刃比较严重，新淬了火，刃有了还是有点脆，切瓜行剁腔骨有飞刃，拎着手感轻。剩下两千人是今春新补的兵（马迁按：汉法：新兵十一月入伍，到营集训一个月补入部队。路上走一个月也许俩月一般到部队已是春），还未熟悉武器，也无马给他们，一人发一带棱木杆，也是兵器，春秋时叫殳。乘坐临时征用老百姓马车，老百姓赶着，竖一片杆，旗多，自己的，缴获的，拣的，手巾把、裤腰带也挑着，呼啦呼啦以壮行色。

再一千是辎重兵，一色军用带蓬马车，驮着帐棚、毛毡、竹席、被货、筥帚都是捆儿；猪肉、鸡蛋、面粉、粟、盐都是袋儿；蒜苗、豆角、苤蓝都是筐；酱、油、醋、酒都是缸；还有厨子、琵琶、营伎都是人。

再就是三千义勇兵，骑着五花马，穿着五色绸，背弓的也有，仗剑的也有。有的马从长安骑来已然瘸了，现从平刚买的骡；还有骑叫驴的，背着沉甸甸鼓揣揣塞满散碎金锭干肉甜枣炒黄豆零食袋，夹着铺盖挎着剑，两脚接近垂地；高高低低，仨一群俩一伙，嚣嚣嚷嚷，人笑驴叫呕哇呕哇，隔十里背身听如一集市搬来草原，却也有万马千军蒸腾暴攘滚滚不绝之势。

广在那边等骞，骞在这头等骡子大车。辰时出动，现在已近午时，后队还没出阳安都。骞不认识底下的曲屯长，曲屯长也不认识他，说话没人听也找不着说话的人，虽然身后跟着杆出来前备好的将旗，红底黑字绣着大大的"张"，过往队伍盯着他好奇，听说上面新派下一卫尉接替去年离休的老长史，卫尉，守宫门的，瞧内盔、瞧内甲，噶倍儿新，没准儿鎏了金，瞧着就是个摆设，样子货。冲他们嚷嚷立刻全别过脸假装没听见。全儿哥、季哥跟骞一起立在马上，神色恬然，也没个着急样儿，看来早已习惯部队这个屌样儿。

辎重队大车过来就听篷子里一通锅碗瓢缸叮乐咣当乱响，还有娘们儿笑。一戴尉缨骑白马瘦小伙跟在一挂掀了帘靠帮坐俩糙妞儿大车后倚儿，走马笑聊。

骞正要训斥，李季喊：李炎李炎。把小伙叫过来，给骞介绍：辎重副掌，我妻弟（季夫人亦姓李）。这是咱们军新来的长史，骞哥。李炎说骞哥好。骞转怒为和悦，说回头聊。

全儿哥说你是你们队最后一台车么？炎说差不多。回头一瞅，马后还真没马了，只剩一路车辙和散乱蹄子印。几个人登时伸长脖子，季哥问穿绸儿的呢？骞说什么穿绸儿的？季哥说你内帮兄弟他们不是穿绸么。

炎说一直跟后边阿，刚还聊呢。

全儿哥说你就没回头。对骞说现在已出国境，任何情况都可能发生，前边部队走得太快，不能没人掌握，只得拜托卫尉大人在此等候。言罢拱手，与季哥打马加鞭而去。季哥马上拧腰，迎风喊：前——边等你！

日暮酉时，骞将旗断后，连吼带骂，前后驱策，赶羊般轰着三千穿绸儿的循车辙蹄印赶到濡水北流处。

濡水岸，炊烟绕绕，人、马、车铺得一眼不可尽望。炊事兵正在大锅炒蒜苗、焖豆角；马在吃草；人都歪着、岔着赖地上，兵器扔一地。骞再看！全儿哥季哥臣哥围着一热吊子，伸长筷子捞厚五花肉片。

季瞅见他张大嘴带比划，短着舌头喊快来热乎的！

骞滚下马，垮裆螃蟹步，说怎没见广爷阿？

季说我们也没见，到这儿就一片烂泥，留下一骑通员，说不等了，前边等去。骞说：说好的当日到，咱们到了。季说广爷的当日一般指白天，白日当头，日落山就算第二天了。骞说击鼓！吹角！季、全儿哥、臣哥全停了筷子，全儿哥说干嘛呀？喊住迈开一条腿准备转身跑的传令兵：你稍息。骞说说好的鼓角相闻呢？全儿哥说击鼓吹角是接敌，你这一弄不全乱了。天马上黑了，部队不能晚上走，追阿撵阿也逮等明天。

朱臣说以我跟将军出去几回判断，将军已在百里外。季哥说明儿，一早，臣儿你先派轻骑，向北，带着角手，一路吹，角联络上了，就算咱们全跟上了。

明儿，这边正在集合、点名，吃早点。应骞哥请求，朱臣特从本部紧急抽调老伍长、什长数十员派往义勇营将他们重新编组，按屯曲分队，临时任命头儿，一组跟一组走。全儿哥说把他们放臣儿、补充营两个之间，赶着走，这样这帮绸儿就不会掉链子了。

内头，三百里开外，日头也是刚起，可遥望饶乐水河床满盈岸滩牛马遍地，其中一些马在跑，初蠕蠕，渐如蝗；初一线，渐如堰；渐如织，渐如砌；堰破了，声若崩，是几万骑持弓挥刃在冲锋，顷刻间，若海汇流，山合围，一杆白毛大纛嘚嘚索索耸动军中，近看绣着狼，乃是匈国左贤王伊稚斜单于太子乌维王旗。

广军士皆畏。一些新兵没见过这阵势，身颤手抖握不稳刀，胯下马亦咴叫捯蹄，拧次后退。跟广已久老人儿那些见惯杀场老兵亦惊叹：将军点儿背，一出来就让人围。

广乃命骑校尉李敢：带上你的人，冲他一哈子！

敢遂与数十骑，撞山一般直怼遍地匈骑而去。匈国骑士，本是牧人，独活于大草原，一马一杆驭万千牛马涉水跋山，左绌右突，来回驱策，胎里带的就是自在自如心态。把这些人编在一起，叫他们组团冲锋，心中还是有无形牛马，跑着跑着都让开了，全成自个了，远看一堵墙，吓人，冲进去净是胡同，宽敞得很，人和人对着抡刀还差着八丈远，转眼之间就不见了。故敢与数十骑一通乱钻，弓未张，梃未举，穿左而入，贯右而出，毫发未损驰归本阵，只是引起匈军一通混乱，前马后马纷纷转向。告广曰：胡骑容易对付得很！

广说：全看见了？军士齐喊：吼！乃安。

广乃厉喝：全体，下马，以马为盾，环形列阵，锋镝一概朝外。朱丹亦拔剑，猫腰喊：全体，听我命令，操弓……

匈骑已至阵前，只见一张张弓圆，一排排锐镞如星，飕飕飕！嗡嗡嗡！叩弦若风琴齐鸣，天大阴，矢下如雨，我军如遭风摧，一行行倒伏。我军阵中亦嘈嘈切切，铮铮空空，以连把速射还之。战至日中，匈军攻势不减，我军死者过半，丹哥亦带伤，口不能言，且矢将尽。广命军士持满毋发，自取大黄弩，射敌踊跃向前戴獭帽胯下骏马者，杀数裨将。匈军攻势稍懈。

这时已是日暮——交战中不知日头飞逝，歇下来顿感分

567

刻煎熬。军吏士卒皆无人色，体力透衰，而广意气自如，检查战损装具，收集剩余矢石，吊抚救治伤员，压缩调整阵角，奔走呼喝如常，战士皆服其勇。

明日，复力战，死者复过半。匈军亦伤亡惨重，阵前遗尸粗估过于我军。日中矢尽，广命尚能站立余卒，弃弓横刃，仍以环阵面敌，誓曰：今日与等同死！

这时闻鼓连击，角长鸣，一片男生呐喊，如：哈——；细听为汉语：杀！只见远近汉帜如云，汉骑如潮，个中尤有一路汉骑，于烈日下斑烂如霞最是踊跃。

朱臣一骑当先，入我军残阵，语广：广爷安好？

广曰：只管杀敌！臣曰：诺。遂驰射而去。

全儿哥、骞、季哥亦各纵马提刀入，观敌瞭阵，命相继涌入各部接管防务。这时再看广，已颓然坐地。

日暮，匈军解围，徐徐东撤。我军亦无力追击，各部均残破，义勇营牺牲尤惨烈，其员轻进且绣衣鲜明，每为匈军善射者狙杀，死者多美少年，虽浸血污不掩颜格，刚强如广亦深叹息，乃命罢军。当日我军亦折一将，董司马孝全观敌瞭阵为流矢所中，不治。

军归平刚，部队入营房，会餐，放假。军主要干吏开检讨会，评估是役得失。复次，廷尉派员会同军正组成军法会，依检讨会结论并汉法审决各将功过。

判决如左：博望侯留迟后期，畏懦，当死，赎为庶人。

太守广军失亡多,杀敌亦众,功过相抵,无赏。

马迁按:是时,诸宿将所将士、马、兵皆不如票骑,票骑带领的军士都是经过挑选的精锐,他也确敢孤军深入,每与壮骑走在大军前面,运气也好,有天佑,从未遭困陷入绝境。而诸宿将经常赶不上,受到迟留失期处分。由此票骑日益亲贵,可与大将军相比。

起初,去病初入军中为票鹞校尉,随大将军出定襄击匈奴,路过河东郡平阳县也即平阳侯封地,特去拜见生父退休县吏霍中孺,入其舍跪拜曰:去病不早自知为大人遗体也。中孺大惊,对拜曰:老贼得传命将军,此天要我这样做也,其实我和你妈不是很熟。

去病说我还不是将军呢现在我,熟不熟的那是您二老的事。中孺说像,你像,早晚是,我把话搁这儿。

去病乃去。二出定襄得侯,再过平阳复拜中孺,为其大买田宅奴婢。说别为我省还有,下回接您去我内封地做老太爷。中孺说这怎么话说的,我算扶了正了,见过男小三得济的。此番去病加封五千户,当真去接中孺,说我内家里没人管,几块封地撂在呢儿一块砖都没立,好几年了,一颗租子没见着,您算帮我一把,把这点事管起来,看着哪儿好,帮您儿子把府盖起来,瞧着乃村姑娘顺眼,替你儿子做主许一门亲,日后娶过来我在不在的,孝敬您。中孺真是被说热了心肠,老泪差点下来,说你这孩子心善,胎里善,随你妈，看来你是真没把我当外人，我也不说两家话了，我是真想去，真去不了，年轻时不检点，把身子淘空了，哪儿都不寒，腰寒；哪儿都不酸，腿酸，睡一觉醒两条腿断了也似；撒尿不正，老斜着出去，滋脚面。看着是个人，其实是放仨月的萝卜——糠了；掯半夏的西瓜——瘘了。没法见人！去病说哪至于呀。中孺说至于至于，你这么遮，你要真心疼你爸——我就这么不要脸自称了？去病说该着的，你不是爸谁是，您站稳，我这就呼您三声：爸爸爸！中孺当场泪就给催下来了，说感动的话不说了，有你这一出，你爸这辈子算没白来。你要真心疼你爸，地不地的你爸一辈子没指过这个，好歹是国家的吏，吃官粟的，你这儿还一弟，你现在这妈哦不后妈生的，在家不学好，你给带皇帝跟前去，受点拘束，将来像你一样，有出息。

遂将霍光唤出，指去病说：喊哥。霍光说：哥。

去病说嗯嗯。遂携光至长安，荐于上，任为郎，稍迁诸曹侍中。时年光十磴岁，还是少年。

46

七月,匈骑入代郡、雁门,杀掠数百人。

起初,广陵第一美人淖姬,东南半壁有艳名,江都王刘非、赵王刘彭祖还当时江都太子刘建哥儿俩爷儿仨一起惦记上了,说好文明泡妞儿序年齿排队,先紧着刘非,刘非瞎了彭祖接着,彭祖瞎了后尾儿归刘建,也是都不拉控的意思。没两年,刘非瞎了,挺硬朗一汉子,临了血尿,各国都传是淖姬催的。人还棺里躺着等着入陵——正往里进东西鎏金鹿灯、长毋相忘银带钩、铜祖也即铜鸡巴什么的;另一爱姬淳于婴儿正大闹,说银带钩是送我的跟我毋相忘,你们要发葬干脆连我一起入陵得了。府中乱,刘建趁乱加塞儿,把淖姬叫小黑屋给办了。据说淖姬也曾力拒说咱爸可还接壁儿躺着呢,建对她脸大喝一声:收起你内套假正经吧!也不知是停灵期间闲的还是受了什么刺激,捎带脚还把自家已出阁嫁给盖侯子亲妹子徵臣及所有来奔丧姊妹亲的庶的块儿堆办了。老叔彭祖，揣着小心思赶来吊唁，凉皮都凉了。也是豆腐宴喝高了，到处给人说不铜器不带这样儿的。还是刘胜跟他说哥这不是什么露脸的事，才把事儿摁下去。还是把影响造出去了，时人都说：刘家哥们儿没一个好东西。

还有很多恶劣的事，传得天下沸沸扬扬。某日刘建到雷陂游玩，使郎二人划扁舟入水塘作采荷科，天起狂风，舟倾覆，二郎落水，手抠船帮乍没乍现，建在岸看得有趣，令不许救，遂使二郎溺亡。宫女姬妾犯错误，令裸立击鼓，或置树上，久者三十日乃得衣；或剃光头，以铅杵舂豆，一杵不中，就用马鞭抽，或嗾狼啮杀之；或关禁闭，不给饭，饿杀。像这样无辜丧在建手里人命大概有三五十条，皆因其淫肆酷虐变态行为所致。尤令人发指是乐见人与兽交，强令宫女裸而四据，与公羊公狗交。国中告发他的上书很多，汉公卿数请捕治建，天子不忍，也是不全知道不爱听，张汤刚报告淖姬事便说：别说了！止传诫敕令收束。

建也是一颗纨绔心，不识好歹，谁管他恨谁。王府有熨绸越婢，阴事鬼神，礼雨师妾，善鸡骨卜，驱鬼物，人病，立坛场，跳掷喝呼，为摇头舞，振铃攘之，病自愈，吃人一顿酒，收几文小钱，不治则诿以故，夙债、历劫归仙云云。府中婢妾多信，也找她驱鬼也找她寻物，王后成光找她寻过丢失玉簪，扭脸在床底下找着了；王孙夜啼她给上坟圈喊趟魂，不哭了。遂荐于王，请雨师妾，咒诅上明儿出门让鬼捉了去。

会逢淮南、衡山谋反，建早有听闻，也无意从贼，只是与淮南国邻近，恐一日淮南兵发，先攻占本国，要有防备，乃阴作军器，武装门客舍人。建父刘非，早年击吴有功，先帝赐将军印、天子旌旗，这回也都佩上，张扬开，全身披挂去果儿家串门，校场巡阅家丁家将，放出豪言：壮士不坐死，欲为所不能为耳！

及淮南事发，治其党颇及江都。上命中尉殷宏、宗正刘胡伤前去询征。建使人满铺金条于二人下榻卧褥下，待之以诚悔，每临询必伏地自请罪，痛泣彻腑致翻白眼昏厥，胡伤殷宏亦迫窘，参与抢救掐人中撬牙关，说王不必若此事情还没坏到这步田地。二人归报谋反无实据，造军器实为闻淮南有异动而备警，盖因不曾坐实未敢唐突举报或有触《见知法》之嫌；佩乃父家传将军印、张天子帜确涉僭越，亦可从其向贯慕虚、浮夸、不知惧行状见心机一二。时，正值诏令淮南、衡山两国除，设九江郡、衡山郡。赦天下因淮南、衡山两案见知系狱未决者。江都一案算压下去了。

至本年，江都案复起，动因尤在建，上天若要谁亡必先使其癫狂。上回宗正中尉质询着实惊着建，虽未询及下神咒诅事，建深知此事未了，一旦说破身家难保，虽已命将熨绸越婢严密看管于后府浣房，不得往前面来，想起此女心便咯噔一下大热天出一身冷汗，思来想去遣其归、留于府早晚都是祸根。乃密与其后成光谋，假命越婢至王寝，为鸡骨卜，占吉凶，赐酒，婢久卜不饮，不得已，出壮士强仰之与之喂，婢饮下不死，握颈吐沫坐蹬腿，嘶吼：王杀我！王诅上！建、光皆骇，迭令壮士：搞死她搞死她！壮士擒越婢于膝下，跪其颈，俄顷，婢不复言，僵死。

乃命壮士夜埋婢于后花园废池。次日，赐前夜当值王寝妾婢七八人酒食，妾婢皆不饮不食抱头痛哭，出壮士，强与之食或饮，皆鸩死，埋后花园。

复次，命壮士夜至浣房，传越婢亲近同工老乡十余婢至后花园，逐一扼死，埋于池。

壮士复命，不见王，乃见另一壮士，执铁锤，转身跑，颅后中锤，瓜裂而亡。

铁锤壮士复命，见王眼红，似煞神，未及王开口，转身跑，逾墙出，沿街狂奔并疾呼：王杀人！王诅上！

王亦逾墙出，仗剑红眼奋追。时，天已明，满街妇女倒尿桶，引车卖浆者皆错愕回首，齐睥睨以视之，乃驻步，乃回。

上命张汤复审此案，汤未至广陵，建挺立仰药死。王后成光等六姬弃市，国除。地入于汉，为广陵郡。

同月，胶东王刘寄薨。谥：康。

秋八月，匈奴浑邪王来降。我军二次征西，浑邪王、休屠王二部为我杀伤、俘获数万人，单于怒，欲召二王诛之。二王恐惧，密商投汉。先派使者至边境，找汉方能负责者向天子报告他们的决定。大行李息率士卒正在黄河上筑城，见到使者，用快马驿传向人在西畤天子报告。上听完报告，也是没想到也是太突然，二署情报没有一点反映，为慎全计，命票骑率一、二军迎之，以备匈人诈降袭边。

票骑军至河，休屠王见票骑帜，生恐生悔，跟浑邪王说我算了。浑邪王说哎你等会儿，抽刃斩之。命人传休屠王头颅于营，吞并了他的部众。

票骑挥军渡河，与浑邪部骑众彼此相望，这都是近日才在战场生死相搏对手，多数匈军裨将见汉军发根尤硬，不愿意投降，只见一拨拨人马哄散而去。

票骑率壮骑迅驰入浑邪军营，驱散浑邪王帐前侍从，才得进帐与浑邪王相见，说怎么遮改主意没？

浑邪王说没。票骑说那么好，命令你的人立即下岗，我军换岗。遂纵军入，占据控制浑邪大营各要点，斩杀欲走欲反抗不听命者八千人。将浑邪王一人独盛于驷马驿车，飞送过河至西畤天子行在。自己率军督后，尽遣浑邪余众渡河，计四万余口，号称十万。

上携浑邪王至长安，颁赐他金帛数十巨万，封漯阴侯，食万户。（马迁按：漯阴县属平原郡。）封其裨王呼毒尼为下摩侯，裨王应疕煇渠侯（马迁按：此处疑有误，煇渠侯前已封仆多），禆王禽黎河綦侯；大当户调雎常乐侯。加封票骑霍将军去病千七百户。

起初，浑邪部入中国，报告说有十万人，汉于三辅之内动员马车三万台前往边境迎接，各县无钱，只好跟老百姓赊马、赊车，一些百姓把马藏起来舍不得，马不够，剩大几千辆车没马拉，堆在雍门外大道旁。

上于柏梁台宴浑邪王（马迁按：柏梁台，位于长安西北角，雍门、横门之间，孝景后元年始建，元狩六年地基下沉坍一角，元鼎二年修复），扭脸俯瞰见，怒，吵吵着要斩长安令。右内史汲黯挡横儿，说：长安令无罪，要斩斩我，老百姓才肯出马。再者说，匈奴人背叛他们的君主投降我汉，只要下令沿途各县接力派车把这些投降的人慢慢传过来就是了，何至于令天下骚动，搞光中国物力民力，而去事奉夷狄之人呢？

上不嗳嗳。回头跟浑邪王说哈酒哈酒，今天天气很好哈哈哈。东方朔很欠地问上：您怎不回他呢我这都替您想了一肚子话。上说懒得理他。

二万多台车到了黄河边，才报上确数儿，四万人，一车俩人，还有富余。请匈奴朋友上车，一半登车一半死活不上，说您这是要给我们拉哪儿去呀，我们这儿还有牛羊呢，牛羊不能没人管呀。再动员死活劝，说是去长安，住大房子，见皇帝。好多女匈奴吓哭了，说不进城，怕皇帝，城里套路深，就想挨农村。再劝就急了，拔刀，说你们这什么意思阿，不乐意还不成了，刚进你们国就这么强迫我们。只好说好好好，不乐意不去，乐意的上车，回头别说有赏赐没想着你们。故二万车回来皆成专车，一人一车，还不少放空。

浑邪王部至长安，受到横门小贩、市民热烈欢迎，贱价求购其所佩索格底亚纳玛瑙、巴克特里亚天蓝石、花喇子模绿松石、波斯金币大秦玻璃珠子和狐裘羔皮。因触犯《互市法》：吏民不得擅持兵器及钱物出关；逮治坐当死五百余人。犯者家属齐聚有司喊冤：我们孩子哪儿也没去就跟家门口买点东西怎成携财出关了？

有司法条科爱特全体市民统一回复：关，胡汉大防之间阻。胡人到哪里，哪里就是关。浑邪者，胡人也，入长安，长安即是关。到你们家门口，你们家门口就是关。

汲黯请求上得空儿接见。上正在高门殿看《三坟》，自陈氏去后，上便将高门殿辟作书房，没事也不往后宫去，有时晚了就铺张席子歇在这儿，听说黯求见，说现在就有空儿，命传黯。黯见上，慷慨激动，曰：夫匈奴攻我，把进中国的路都堵了，绝和亲，执行敌视我汉政策，我汉兴兵打击他们，死伤士卒不可胜计，支出军费以数百万万来算。臣愚昧，以为陛下得到胡人，不管捉来的还是投诚的，都应让他们做奴婢，赐给那些从军死于战事的战士家属，所有缴获财物也应用来救济这些烈属，以向天下父母所受的痛苦谢罪，满足一般百姓不平衡心理。今不止做不到,浑邪率数万之众来降,还要搬空府库来赏赐他们,发动良民侍养他们,就像娇惯不听话的孩子。愚民怎知在长安市场上买的东西,会以擅带财物出关论处?陛下纵不能得匈奴之资以谢天下,又以微细法令条文杀无知百姓五百人,是所谓爱护叶子伤其枝也。臣窃为陛下不取。

上依旧沉默,不接茬,半晌说:很久没听到汲黯发言,今天他又在胡说八道了。

东方朔说其实我想的也和汲黯大人想的差不多。

上说我要是你,也会那么想。

没过多久,上谕将投降匈奴人分别迁往沿边五郡陇西、北地、上郡、朔方、云中,令居于故秦蒙恬所筑障塞之外,皆在北河之南。听其保留本国风俗,而接受我汉羁縻,作为我汉属国。自此金城河以西,依南山至盐泽,空无匈人,时或有匈侦骑出没,少见。

司马光按:金城河,河水出金城河关县西南积石山,东流迳金城郡界。自允吾以西,通谓之金城河。渡河而西,则武威四郡之地。然金城郡昭帝元始六年方置,史追书也。

司马迁于当街酒垆闲坐小酌,听买醉匈奴汉子唱胡曲:失我祁连山,使我六畜不蕃息。失我胭脂山,使我嫁妇无颜晒……乃录于左臂。

起初,霍将军征西,上嘱他格外留意休屠部巫,捉一些活口回来问话。霍将军一路深入，并未与休屠部接战，亦无下文。后浑邪降汉，休屠王中途生悔，遭诛戮，所部为并吞，清点人口，并无休屠士民也矣。

事变当日，休屠诸大子皆受诛，太子日磾，时年幼，止十四，因免诛，与母阏氏、少弟伦为浑邪王降为奴（马迁按：草原各部并无嫡长子继承，或兄终弟及，或立幼），渡河之初，即发卖临河筑城大行李息入官。息返长安，将这批胡奴作为战利品献给上，分送太仆、少府各内廷官署充役，日磾被分到黄门养马。

这样过了很久，一日，上游宴，就是连吃带玩，忽然想起看马，严妆宫人遍立上两旁，日磾等数十人牵马过殿下，没有不偷看宫人一眼的，惟独日磾目不斜视。日磾身长八尺二寸，容貌有威严，马又肥好，上异之，叫住他，问他哪里人。日磾把自己情况陈说一遍，说到本系休屠太子，上立刻说你把马交给别人，现在去洗澡，换衣裳，再到我这里来。当日，任命日磾为马监，太阳没落山，迁侍中。（马迁按：侍中得以出入禁中。）令入高门与彻夜谈，破晓旦出，任为驸马都尉，时人谓一日三迁。（马迁按：驸马都尉，今上始置近侍官，皇帝外出时掌驭副车马，多由宗室外戚、公主子孙极亲信人充任，故曰驸马；秩二千石。）

马光按：后世皇家姑爷称驸马自魏晋始。亦可征凡托古言汉以前事出驸马二字皆为伪说。

日磾既亲近，未尝有过失，上甚信爱之，赏赐累千金，出则为副车，入则侍左右，每与作长夜聊，后宫诸美皆遇冷，担儿挑局也见不着人，陈局窃怨：陛下胡乱得一胡儿，反贵重之。上闻听，对日磾愈厚，再迁光禄大夫。以金人出休屠故，赐日磾姓金氏。

据说二人长夜聊多为日磾为上说金人之学。此说出司马迁，司马迁又是听李夫人益寿说的，此女善诙谐，语锋凌厉，常以刻薄损博上一粲，专长接即将落地话渣儿于地砖，什么为壶醋搭斤饺子，为一八仙桌搭一四合院。在宫中有女方朔之称，故多奉召，系常伴高门二三人之一，上每屏退左右，她可以不走，奉茶促谈或隐于帐后，尹婕妤送别号：高门行走。

日磾初夜谒高门夫人即在，上问你了解什么叫终极么？夫人说不懂。上说量你不懂，你可以留下了。

夫人为马迁饼妹老街坊，又是大嘴巴，故每于节假省亲探望老母之余，拐个弯去马迁家闲坐须臾，与他扯些闲篇儿偶尔聊起不懂的日磾只言片语：

真心一切皆周遍，密藏所有众生中，一切因中果先有。

各支各自成因果，前支不成后支因，后支亦非前支果。

解脱主体不存在，解脱事实存在，这样显然不合理。追求者达到解脱前一定持续存在。

如果不承认事物具有自性而结果又被前因自性所染，故因果成立，这是对因果关系的不当扩大。

前一刹那亡，后一刹那生，亡即是无，故无因果。

自在天王是世界主，造一切物，万物灭时还摄取。

问马迁你懂么？马迁说想来是金人之学了。对益寿解释：这金人是西方圣人，所见未见得有我东方圣人高明。

究且到底是没头没脑不明不白，马迁日后巨著亦未见此语录入，或有为日礴作传之想，只是寿不及日礴，止作为素材与《太史公书》原手写竹册窑于本家。

司马光按：终两汉朝，多有好事者为释教何时传入中国聚讼不已，一说为武帝之时，一说为明帝之时，武帝说即举休屠金人并《太史公书》外卷所辑日礴语录。此外卷一直藏于迁婿杨敞家，两汉交替，由杨家与《太史公书》原册共献甫落成之洛阳石渠阁馆藏。明帝永平七年，遣使西域求法。十年，身毒胡僧迦叶摩腾、竺法兰携经书佛像至洛阳，敕建白马寺。石渠阁赠书白马寺，间有日礴语录为汉久闻佛说证。竺法兰稍阅即言：俱是外道邪见！乃弃。

47

元狩三年春，有彗星出于东方。

夏五月，赦天下。

起初，淮南王谋反时，胶东康王刘寄微闻其事，私下作战争准备，制造弓矢，也不知冲谁。后来审理淮南案，有流窜门客供词牵涉到他，有司并未传讯，自己忧焚脑溢血薨了。寄母王夫人儿姁，皇太后王娡女弟，与上最亲，也知道儿子有掌儿也觉得对不住姐、外甥，眼看这亲戚做不成了，悲伤加惶恐，里外一催，家族三高，跟着薨了，连后面谁接班也未来及安排。

上闻听也很悲哀，臣子可以近，可以远，亲戚没得选，遂立康王长子刘贤为胶东王。又封其少子、老姨最宝贝孙子刘庆为六安王，领他叔爷故衡山王地。

秋八月，匈军入右北平、定襄，各数万骑，杀掠千余人。看来匈军主力从漠北下来了，本来计划调集军队进行反击，崤山以东秋汛，多条主要河流发大水，很多地方老百姓房子被冲垮，财产耕牛被卷走，刚入仓粮食也被洪水吞没，大水退去，百姓缺衣少食，中等人家皆沦为赤贫，只得停止战争准备，组织救灾。

上派出使者赴灾区提倡种冬小麦，打开郡国粮库将所有存粮拿出来赈济饥民，还不够。又劝募当地家有余粮富人、官吏、住宅地势比较高未被水淹百姓多少拿出点钱粮借给乡亲，名字可以报给皇帝，让他们出名。还是不够，救得了急救不了天天急。于是迁徙灾民到函谷关以西五郡陇西、北地、上郡、西河、朔方安置，还一部分迁往江南会稽，共迁出灾民七十二万五千余口。迁徙之路衣食皆由沿经各县供给，到安置地亦由所在县提供土地，建房砖木，发给种子农具，助其置业开荒，开垦出土地算官家借他们的，再用收获一点点还。几年下来，有的发家了，有的还是一贫如洗，吃饭等靠要。天子使者分头进行管理，往来奔走，协调地方，操心受累，所费以亿计，数也不数清。

上乃为减膳，平时八个菜减为四个菜，一荤两素一个汤。又减乘舆六马为四马。

马迁按：移民比较成功惟徙往朔方以南故秦蒙恬退匈奴所获千里之地所谓新秦中。那里土地肥沃，百年无人迹，鸟兽作巢，野马野驴满地跑，可谓处女地，只要肯出力，未见得大富，丰衣足食庶几可期，没过几年，阡陌纵横，菽麦逐浪，果成模范大邑。

马光按：新秦建设还是很出了些富户，其俗流远，以致三百年下来，东汉俚谓新富贵者由是称：新秦。

浑邪王既归，其地空旷无人，陇西、北地、上郡久不见胡骑寇边，士马皆肥胖。

九月，下诏减三郡戍卒之半，以宽天下百姓徭役。

马迁按：戍卒指守堡守亭之边防军，野战军不在其列。

同月，经略使段毅遭滇王递解出境，行李卷扔路旁，不许他再入滇国一步，什么原因不说，就是烦了。

上欲讨伐昆明，听说昆明有三百里滇池，乃于长安西南四十里上林苑中划地三百二十顷，掘土为池，曰昆明池；教习楼船水师，演练水上勾撞靠帮技法。

是时，法令益加严刻，吏多废免。军队频繁出动，更役年龄一再放宽，下至十五，上至五十五，武功爵销售大旺，人民中资以上竞买可免更、徭役七等千夫爵，可征发人口愈减少且优秀兵源体能机敏度皆有降。

于是将凡购买七等千夫及赐爵九等五大夫者一窝端，一体任命为吏，令去各部队及各县报到。实在身体有残疾，年龄太大干不了的，令出马，百马抵一人。

又传诏：凡因过失官旧吏，不问高下，皆不令居家，谪贬为力伕，罚去上林苑伐树砍灌木，凿昆明池。

这一年，得神马于渥洼水中。起初，南阳新野县有小吏暴利长，弄法失官，获刑六年，髡钳城旦舂，自愿前往敦煌屯田流代城旦。（马迁按：时，初定河西，故休屠、浑邪地千里无人，国家劝募士民前往屯田，刑徒愿往，屯田一日可抵刑期二日。）利长抵敦煌界，居渥洼水，掘土为穴，汲水为饮，日出而作，日落而息，虽名有边吏管束，边吏亦如处流刑，是凡有个来头皆愿结交，日后返内地或可是条路子——却也自在。

渥洼水出当金山，北流至敦煌西南汇为泽，复北流没入沙漠，晨暮有野马群来喝水。利长数次见群中有马赤骏异于同类，乃使当地羌人持勒绊于水旁，跟随马后玩习，久之，马见怪不怪，利长自持勒绊，收赤骏马，献于上。欲神化此马，吹嘘水中出。得除刑。

起初，上始置乐府，收集民歌使之为雅乐，有唐山夫人作安世房中歌十七章，谬忌作郊祀歌十九章，使童男女七十人歌之：大孝备矣，休德昭明；高张四悬，乐充宫廷。浚则师德，下民咸殖；令问在旧，孔容翼翼。孔容之常，承帝之明；下民之乐，子孙保光云云。

马迁按：唐山夫人，姓唐山，高祖姬，有文采，为汉初第一，史上第二女诗人。奉高祖命作《房中祠乐》歌，初为楚声。惠帝二年乐府令（原文如此）夏侯宽审定新辞合乐改名《安世房中歌》。女子诗多带妖魅，唐山典奥古严，专降伏文章中一等韵士，效庙大文出闺阁，使人惭服。

复按：史上第一女诗人，战国旧宋有死志诗两首"妾是庶人不乐宋王""河大水深日出当心"名句传世之宋康王舍人韩凭夫人何氏是也。"当心"不是小心的意思，是太阳代表我的心剖心明志的壮烈。

又使司马相如等骚客造诗制赋，命协律都尉李延年为新诗新赋作曲，拧次弄弦以合金石丝竹匏土革木八音之调。诗多翻《尔雅》之文（马迁按：《尔雅》三卷二十篇，文帝时列于学官。尔，近也；雅，正也），晦涩艰奥，只通一经之士不能听懂，一定要集合五经专家给大家逐句讲读、领诵，才能大概其知晓说的是什么。

这回得了神马，必须有歌，上乃自作歌云：太一贡兮天马下，沾赤汗兮沫流赭；骋容与兮迣千里，今安匹兮龙为友。相如延年皆赞：冠绝！乃作合唱曲。

恰甘泉宫草成，林工请验巡、试住。上欣然往，流连竟日，说好，是会仙的地方。适值望日，入夜月出，大而圆，乃命七十童子队咏新歌于祭天寰丘。

随队有汲黯，偏在此时添堵，说凡王者作乐，上以承祖宗，下以化兆民。今陛下得马，诗以为歌，在宗庙歌唱，先帝和百姓又岂能知道您唱的是什么呀？

上又给噎住，说不出话，一腔雅兴化作不高兴。

上延招士大夫，常感杰出卓越者不多，一般中才亦不凑手，往往招来志大才疏者，偏又不视人才为宝贵，近臣都是他看得上、信任亲爱的，平时说话尽可直言，或小有犯法，或欺罔，辄按律诛之，无所宽假。

汲黯谏曰：陛下求贤甚辛苦，未尽其用，辄杀之。以有限之士供陛下无尽之诛，臣恐天下贤才将会死光，陛下能与谁共治天下呢？汲黯越说越气，说完已是一副怒相。上反而乐了，辩解说：哪个朝代无才，难就难在没有识才慧眼而已，看着很像，聊起来也很像，用起来不是。若有一个会识马一样识才的人叫叔乐也好侄儿乐也好甭管叫什么，何患无人？所以我这个识才办法比较粗暴，就当人才是拐棍、剪刀内样的器物，合用就用，不顺手、锈了钝了，就弃。天好的东西，用不着，等于没用，我从来不攒东西，留着他干嘛？

黯说臣虽不能拿话说服陛下，心里认为您说得不对，愿陛下今后能自己改正，不要以为臣是傻子基本道理不懂。上回头看群臣，说若汲黯说自己是阿谀小人，那不可以，若说自己不懂事，那不是很准确么。

下来，上问东方朔：我今天是不是说得不太好？

方朔说不好，听出有点急了。

上说我也觉出来了，一时没搂住。